絕對合格！新

情境分類 必勝單字

見て！聞いて！すぐ分かる！
分野別で覚えやすい！N1単語辞典

N1

吉松由美、田中陽子
西村惠子、千田晴夫
山田社日檢題庫小組

山田社

前言

以情境分類，單字速記 NO.1！

新制日檢考試重視「活用在交流上」
在什麼場合，如何用詞造句？
本書配合 N1 要求，場景包羅廣泛，
這個場合，都是這麼說，
從「單字→單字成句→情境串連」式學習，
打好「聽說讀寫」總和能力基礎，
結果令人驚嘆，
史上最聰明的學習法！讓你快速取證、搶百萬年薪！

高階日語學習者最重要的就是「活用」日語的能力，換句話說，學習到此階段的人，將擁有的能力是：

★（聽）聽懂日劇、綜藝節目等，演員對話內容，以及電台、公共場所的廣播。

★（說）在工作、考試等面試的場合，能在面試官前，完整表達出自己的學經歷、想法與抱負。能討論時事， 並分析利弊。在不同的社交場合，能進行不同的對話。

★（讀）能夠閱讀貼近現實生活中，具知識性或一般性的文章，如報紙及最新流行雜誌報導等，能理解文章實際和抽象的含意，懂得從中擷取有用的訊息。

★（寫）能夠寫簡單的書信及 E-mail，發出訊息、陳述意見、報告事件、描述情境。

想要達到以上目標，您腦袋內的單字量絕對是決勝關鍵。史上最強的新日檢 N1 單字集**《絕對合格！新制日檢 必勝 N1 情境分類單字》**，首先以情境分類，串連相關單字。而單字是根據日本國際交流基金（JAPAN FOUNDATION）舊制考試基準及新發表的「新日本語能力試驗相關概要」，加以編寫彙整而成的。除此之外，本書精心分析從 2010 年開始的新日檢考試內容，增加了過去未收錄的N1程度常用單字，加以調整了單字的程度，可說是內容最紮實的 N1 單字書。

無論是累積應考實力，或是考前迅速總複習，都能讓您考場上如虎添翼，金腦發威。精心編制過的內容，讓單字不再會是您的死穴，而是您得高分的最佳利器！

「背單字總是背了後面忘了前面！」「背得好好的單字，一上考場大腦就當機！」「背了單字，但一碰到日本人腦筋只剩一片空白鬧詞窮。」「單字只能硬背好無聊，每次一開始衝勁十足，後面卻完全無力。」「我很貪心，我想要有主題分類，又有五十音順好查的單字書。」這些都是讀者的真實心聲！

您的心聲我們聽到了。本書的單字採用情境式主題分類，還有搭配金牌教師編著的實用例句，相信能讓您甩開對單字的陰霾，輕鬆啟動記憶單字的按鈕，提升學習興趣及成效！

▼ 內容包括：

1. **分類王**—本書採用**情境式學習法**，由淺入深將單字分類成：時間、住房、衣服…動植物、氣象、機關單位…通訊、體育運動、藝術…經濟、政治、法律…心理、感情、思考等，不僅能一次把相關單字整串背起來，還方便運用在日常生活中，再搭配金牌教師編寫的實用短例句，讓您在腦內產生對單字的印象，應考時就能在瞬間理解單字，包您一目十行，絕對合格！

2. **單字王**—高出題率單字全面強化記憶：根據新制規格，由日籍金牌教師群所精選高出題率單字。**每個單字所包含的詞性、意義、用法等等**，讓您精確瞭解單字各層面的字義，活用的領域更加廣泛，幫您全面強化學習記憶，分數更上一層樓。

3. **速攻王**—掌握單字最準確：依照情境主題將單字分類串連，**從「單字→單字成句→情境串連」式學習**，幫助您快速將單字一串記下來，頭腦清晰再也不混淆。每一類別並以五十音順排列，方便您輕鬆找到您要的單字！中譯解釋的部份，去除冷門字義，並依照常用的解釋依序編寫而成。讓您在最短時間內，迅速掌握日語單字。

4. **例句王**—活用單字的勝者學習法：要活用就需要「聽說讀寫」四種總和能力，怎麼活用呢？書中每個單字下面帶出一個例句，例句不僅配合情境，更精選該**單字常接續的詞彙、常使用的場合、常見的表現**，配合 N1 所需時事、職場、生活、旅遊等內容，貼近 N1 程度。從例句來記單字，加深了對單字的理解，對根據上下文選擇適切語彙的題型，更是大有幫助，同時也紮實了聽說讀寫的超強實力。

5. **聽力王**—合格最短距離：新制日檢考試，把聽力的分數提高了，合格最短距離就是加強聽力學習。為此，書中還**附贈光碟，幫助您熟悉日籍教師的標準發音及語調，讓您累積聽力實力**。為打下堅實的基礎，建議您搭配《精修版 新制對應 絕對合格！日檢必背聽力 N1》來進一步加強練習。

《絕對合格！新制日檢 必勝 N1 情境分類單字》本著利用「喝咖啡時間」，也能「倍增單字量」「提升日語實力」的意旨，附贈日語朗讀光碟，讓您不論是站在公車站牌前發呆，一個人喝咖啡，或等親朋好友，都能隨時隨地聽 MP3，無時無刻增進日語單字能力，讓您無論走到哪，都能學到哪！怎麼考，怎麼過！

目錄

第22章

儀式活動、一輩子會遇到的事情

第23章

工具

第24章

職業、工作

第25章

生產、產業

第26章

經濟

第27章

政治

第28章

法律

第29章

心理、感情

第30章

思考、語言

詞性說明

詞性	定義	例（日文／中譯）
名詞	表示人事物、地點等名稱的詞。有活用。	門(もん)／大門
形容詞	詞尾是い。說明客觀事物的性質、狀態或主觀感情、感覺的詞。有活用。	細(ほそ)い／細小的
形容動詞	詞尾是だ。具有形容詞和動詞的雙重性質。有活用。	静(しず)かだ／安靜的
動詞	表示人或事物的存在、動作、行為和作用的詞。	言(い)う／說
自動詞	表示的動作不直接涉及其他事物。只說明主語本身的動作、作用或狀態。	花(はな)が咲(さ)く／花開。
他動詞	表示的動作直接涉及其他事物。從動作的主體出發。	母(はは)が窓(まど)を開(あ)ける ／母親打開窗戶。
五段活用	詞尾在ウ段或詞尾由「ア段＋る」組成的動詞。活用詞尾在「ア、イ、ウ、エ、オ」這五段上變化。	持(も)つ／拿
上一段活用	「イ段＋る」或詞尾由「イ段＋る」組成的動詞。活用詞尾在イ段上變化。	見(み)る／看 起(お)きる／起床
下一段活用	「エ段＋る」或詞尾由「エ段＋る」組成的動詞。活用詞尾在エ段上變化。	寝(ね)る／睡覺 見(み)せる／讓…看
變格活用	動詞的不規則變化。一般指カ行「来る」、サ行「する」兩種。	来(く)る／到來 する／做
カ行變格活用	只有「来る」。活用時只在カ行上變化。	来(く)る／到來
サ行變格活用	只有「する」。活用時只在サ行上變化。	する／做
連體詞	限定或修飾體言的詞。沒活用，無法當主詞。	どの／哪個
副詞	修飾用言的狀態和程度的詞。沒活用，無法當主詞。	余(あま)り／不太…
副助詞	接在體言或部分副詞、用言等之後，增添各種意義的助詞。	～も／也…

終助詞	接在句尾，表示說話者的感嘆、疑問、希望、主張等語氣。	か／嗎
接續助詞	連接兩項陳述內容，表示前後兩項存在某種句法關係的詞。	ながら／邊…邊…
接續詞	在段落、句子或詞彙之間，起承先啟後的作用。沒活用，無法當主詞。	しかし／然而
接頭詞	詞的構成要素，不能單獨使用，只能接在其他詞的前面。	御(お)～／貴（表尊敬及美化）
接尾詞	詞的構成要素，不能單獨使用，只能接在其他詞的後面。	～枚(まい)／…張（平面物品數量）
造語成份（新創詞語）	構成復合詞的詞彙。	一昨年(いっさくねん)／前年
漢語造語成份（和製漢語）	日本自創的詞彙，或跟中文意義有別的漢語詞彙。	風呂(ふろ)／澡盆
連語	由兩個以上的詞彙連在一起所構成，意思可以直接從字面上看出來。	赤(あか)い傘(かさ)／紅色雨傘 足(あし)を洗(あら)う／洗腳
慣用語	由兩個以上的詞彙因習慣用法而構成，意思無法直接從字面上看出來。常用來比喻。	足(あし)を洗(あら)う／脫離黑社會
感嘆詞	用於表達各種感情的詞。沒活用，無法當主詞。	ああ／啊（表驚訝等）
寒暄語	一般生活上常用的應對短句、問候語。	お願(ねが)いします／麻煩…

其他略語

呈現	詞性	呈現	詞性
對	對義詞	近	文法部分的相近文法補充
類	類義詞	補	補充說明

新日本語能力試驗的考試內容

N1 題型分析

測驗科目（測驗時間）		試題內容				
		題型			小題題數＊	分析
語言知識、讀解	文字、語彙	1	漢字讀音	◇	6	測驗漢字語彙的讀音。
		2	選擇文脈語彙	○	7	測驗根據文脈選擇適切語彙。
		3	同義詞替換	○	6	測驗根據試題的語彙或說法，選擇同義詞或同義說法。
		4	用法語彙	○	6	測驗試題的語彙在文句裡的用法。
	文法	5	文句的文法1（文法形式判斷）	○	10	測驗辨別哪種文法形式符合文句內容。
		6	文句的文法2（文句組構）	◆	5	測驗是否能夠組織文法正確且文義通順的句子。
		7	文章段落的文法	◆	5	測驗辨別該文句有無符合文脈。
	讀解＊	8	理解內容（短文）	○	4	於讀完包含生活與工作之各種題材的說明文或指示文等，約200字左右的文章段落之後，測驗是否能夠理解其內容。
		9	理解內容（中文）	○	9	於讀完包含評論、解說、散文等，約500字左右的文章段落之後，測驗是否能夠理解其因果關係或理由。
		10	理解內容（長文）	○	4	於讀完包含解說、散文、小說等，約1000字左右的文章段落之後，測驗是否能夠理解其概要或作者的想法。

	11	綜合理解	◆	3	於讀完幾段文章（合計600字左右）之後，測驗是否能夠將之綜合比較並且理解其內容。
	12	理解想法（長文）	◇	4	於讀完包含抽象性與論理性的社論或評論等，約1000字左右的文章之後，測驗是否能夠掌握全文想表達的想法或意見。
	13	釐整資訊	◆	2	測驗是否能夠從廣告、傳單、提供各類訊息的雜誌、商業文書等資訊題材（700字左右）中，找出所需的訊息。
聽解	1	理解問題	◇	6	於聽取完整的會話段落之後，測驗是否能夠理解其內容（於聽完解決問題所需的具體訊息之後，測驗是否能夠理解應當採取的下一個適切步驟）。
	2	理解重點	◇	7	於聽取完整的會話段落之後，測驗是否能夠理解其內容（依據剛才已聽過的提示，測驗是否能夠抓住應當聽取的重點）。
	3	理解概要	◇	6	於聽取完整的會話段落之後，測驗是否能夠理解其內容（測驗是否能夠從整段會話中理解說話者的用意與想法）。
	4	即時應答	◆	14	於聽完簡短的詢問之後，測驗是否能夠選擇適切的應答。
	5	綜合理解	◇	4	於聽完較長的會話段落之後，測驗是否能夠將之綜合比較並且理解其內容。

＊「小題題數」為每次測驗的約略題數，與實際測驗時的題數可能未盡相同。此外，亦有可能會變更小題題數。
＊ 有時在「讀解」科目中，同一段文章可能會有數道小題。
＊ 符號標示：「◆」舊制測驗沒有出現過的嶄新題型；「◇」沿襲舊制測驗的題型，但是更動部分形式；「○」與舊制測驗一樣的題型。

資料來源：《日本語能力試驗JLPT官方網站：分項成績・合格判定・合否結果通知》。2016年1月11日，取自：http://www.jlpt.jp/tw/guideline/results.html

必勝

N1

情境分類單字

パート
1
第一章

時間

- 時間 -

1-1 (1)

1-1 時、時間、時刻 (1) / 時候、時間、時刻 (1)

01 | あいま【合間】

名 (事物中間的)空隙，空閒時間；餘暇

例 仕事(しごと)の合間(あいま)に小説(しょうせつ)を書(か)く。

利用工作空檔寫小說。

02 | アワー【hour】

名·造 時間；小時

例 ラッシュ・アワー。

尖峰時刻。

03 | いっきに【一気に】

副 一口氣地

例 一気(いっき)に飲(の)み干(ほ)す。

一口氣喝乾。

04 | いっこく【一刻】

名·形動 一刻；片刻；頑固；愛生氣

例 一刻(いっこく)も早(はや)く会(あ)いたい。

迫不及待想早點相見。

05 | おくらす【遅らす】

他五 延遲，拖延；(時間)調慢，調回

例 予定(よてい)を遅(おく)らす。

延遲預定行程。

06 | おり【折】

名 折，折疊；折縫，折疊物；紙盒小匣；時候；機會，時機

例 折(おり)に詰(つ)める。

裝進紙盒裡。

07 | きっかり

副 正，恰

例 きっかり一時半(いちじはん)。

正好一點半。

08 | けいか【経過】

名·自サ (時間的)經過，流逝，度過；過程，經過

例 経過(けいか)は良好(りょうこう)。

過程良好。

09 | ゴールデンタイム【(和) golden + time】

名 黃金時段(晚上 7 到 10 點)

例 ゴールデンタイムのドラマ。

黃金時段的連續劇。

10 | こうりつ【効率】

名 效率

例 効率(こうりつ)が悪(わる)い。

效率差。

11 | さっきゅう・そうきゅう【早急】

名·形動 盡量快些，趕快，趕緊

例 早急(そうきゅう)に手配(てはい)する。

趕緊安排。

12 | さっと

副 (形容風雨突然到來)倏然，忽然；(形容非常迅速)忽然，一下子

例 さっと顔色(かおいろ)が変(か)わる。

臉色突然變了。

13 | じこくひょう【時刻表】

名 時間表

例 電車(でんしゃ)の時刻表(じこくひょう)を検索(けんさく)する。

上網搜尋電車時刻表。

14 | じさ【時差】

名 (各地標準時間的)時差；錯開時間

例 時差(じさ)ボケする。

時差(而身體疲倦等)。

15 | じっくり

副 慢慢地，仔細地，不慌不忙

例 じっくり考(かんが)える。

仔細考慮。

16 | しまい

名 完了，終止，結束；完蛋，絕望

例 しまいにお茶漬(ちゃづ)けにしよう。

最後來碗茶泡飯吧！

17 | しゅうし【終始】

副·自サ 末了和起首；從頭到尾，一貫

例 終始善戦(しゅうしぜんせん)した。

始終頑強抗爭。

18 | しょっちゅう

副 經常，總是

例 しょっちゅう喧嘩(けんか)している。

總是在吵架。

19 | しろくじちゅう【四六時中】

名 一天到晚，一整天；經常，始終

例 四六時中(しろくじちゅう)気(き)にしている。

始終耿耿於懷。

20 | じんそく【迅速】

名·形動 迅速

例 迅速(じんそく)に処理(しょり)する。

迅速處理。

21 | すぎ【過ぎ】

接尾 超過；過度

例 3時(さんじ)過(す)ぎにお客(きゃく)さんが来(き)た。

三點過後有來客。

22 | すばやい【素早い】

形 身體的動作與頭腦的思考很快；迅速，飛快

例 動作(どうさ)が素早(すばや)い。

動作迅速。

23 | すみやか【速やか】

(形動) 做事敏捷的樣子，迅速

例 速(すみ)やかに行動(こうどう)する。

迅速行動。

24 | スムーズ【smooth】

(名·形動) 圓滑，順利；流暢

例 話(はなし)がスムーズに進(すす)む。

協商順利進行。

25 | ずるずる

(副·自サ) 拖拉貌；滑溜；拖拖拉拉

例 ずるずると返事(へんじ)を延(の)ばす。

遲遲不回覆。

26 | ずれ

(名) (位置，時間意見等)不一致，分歧；偏離；背離，不吻合

例 ずれが生(しょう)じる。

產生不一致。

27 | せかす【急かす】

(他五) 催促

例 仕事(しごと)をせかす。

催促工作。

28 | せん【先】

(名) 先前，以前；先走的一方

例 先住民(せんじゅうみん)に敬意(けいい)を払(はら)う。

對原住民表示敬意。

29 | そくざに【即座に】

(副) 立即，馬上

例 即座(そくざ)に返答(へんとう)する。

立刻回答。

30 | そくする【即する】

(自サ) 就，適應，符合，結合

例 実情(じつじょう)に即(そく)して考(かんが)える。

就實際情況來考量。

1-1 (2)

1-1 時、時間、時刻 (2) / 時候、時間、時刻 (2)

31 | タイト【tight】

(名·形動) 緊，緊貼(身)；緊身裙之略

例 タイトなスケジュールが懸念(けねん)される。

緊湊的行程叫人擔憂。

32 | タイマー【timer】

(名) 秒錶，計時器；定時器

例 タイマーをセットする。

設定計時器。

33 | タイミング【timing】

(名) 計時，測時；調時，使同步；時機，事實

例 タイミングが合(あ)う。

合時宜。

34 | タイム【time】

(名) 時，時間；時代，時機；(體)比賽所需時間；(體)比賽暫停

例 タイムを計(はか)る。

計時。

35 | タイムリー【timely】

(形動) 及時，適合的時機

例 タイムリーな企画(きかく)が好評(こうひょう)だ。

切合時宜的企畫大受好評。

36 | たんしゅく【短縮】

(名·他サ) 縮短，縮減

例 時間(じかん)を短縮(たんしゅく)する。

縮短時間。

37 | ついやす【費やす】

(他五) 用掉，耗費，花費；白費，浪費

例 歳月(さいげつ)を費(つい)やす。

虛度光陰。

38 | つかのま【束の間】

(名) 一瞬間，轉眼間，轉瞬

例 束(つか)の間(ま)のできごと。

瞬間發生的事。

39 | ときおり【時折】

(副) 有時，偶爾

例 時折(ときおり)思(おも)い出(だ)す。

偶爾想起。

40 | とっさに

(副) 瞬間，一轉眼，轉眼之間

例 とっさに思(おも)い出(だ)す。

瞬間想了起來。

41 | ながなが（と）【長々（と）】

(副) 長長地；冗長；長久

例 長々(ながなが)と話(はな)す。

說話冗長。

42 | はやまる【早まる】

(自五) 倉促，輕率，貿然；過早，提前

例 予定(よてい)が早(はや)まる。

預定提前。

43 | はやめる【速める・早める】

(他下一) 加速，加快；提前，提早

例 時刻(じこく)を早(はや)める。

提早。

44 | ひび【日々】

(名) 天天，每天

例 日々(ひび)の暮(く)らしが楽(たの)しくなる。

對日常平淡的生活感到有趣。

45 | まちあわせ【待ち合わせ】

(名)（指定的時間地點）等候會見

例 待(ま)ち合(あ)わせに遅(おく)れる。

約好了卻遲到。

46 | まっき【末期】

(名) 末期，最後的時期，最後階段；臨終

例 末期癌(まっきがん)の患者(かんじゃ)を担当(たんとう)する。

負責醫治癌症末期患者。

47 | まつ【末】

(接尾·漢造) 末，底；末尾；末期；末節

例 年末(ねんまつ)の行事(ぎょうじ)を終(お)わらせる。

完成年底的行程。

48 | めど【目途・目処】

㊔ 目標；眉目，頭緒

例 目途(めど)が立(た)たない。

無法解決。

49 | もちきり【持ち切り】

㊔（某一段時期）始終談論一件事

例 その話題(わだい)で持(も)ち切(き)りだ。

始終談論那個話題。

50 | よか【余暇】

㊔ 閒暇，業餘時間

例 余暇(よか)を生(い)かす。

利用餘暇。

51 | ルーズ【loose】

(名·形動) 鬆懈，鬆弛，散漫，吊兒郎當

例 ルーズな生活(せいかつ)を送(おく)る。

過著散漫的生活。

1-2

1-2 季節、年、月、週、日 /

季節、年、月、週、日

01 | かくしゅう【隔週】

㊔ 每隔一週，隔週

例 隔週(かくしゅう)で発刊(はっかん)される。

隔週發行。

02 | がんねん【元年】

㊔ 元年

例 平成元年(へいせいがんねん)が始(はじ)まる。

平成元年正式開始。

03 | こよみ【暦】

㊔ 曆，曆書

例 暦(こよみ)をめくる。

翻閱日曆。

04 | サイクル【cycle】

㊔ 周期，循環，一轉；自行車

例 サイクル・レースに参戦(さんせん)する。

參加自行車競賽。

05 | しゅうじつ【終日】

㊔ 整天，終日

例 終日雨(しゅうじつあめ)が降(ふ)る。

下一整天的雨。

06 | スプリング【spring】

㊔ 春天；彈簧；跳躍，彈跳

例 スプリングベッドが使(つか)われ始(はじ)めた。

開始使用彈簧床。

07 | せつ【節】

(名·漢造) 季節，節令；時候，時期；節操；（物體的）節；（詩文歌等的）短句，段落

例 その節(せつ)はよろしく。

那時請多關照。

08 | せんだって【先だって】

㊔ 前幾天，前些日子，那一天；事先

例 先(せん)だってはありがとう。

前些日子謝謝了。

09 | つきなみ【月並み】

㊔ 每月，按月；平凡，平庸；每月的例會

例 月並みな考え。

平凡的想法。

10 | ねんごう【年号】

㊔ 年號

例 年号が変わる。

改年號。

11 | ばんねん【晚年】

㊔ 晚年，暮年

例 晩年を迎える。

邁入晚年。

12 | ひごろ【日頃】

(名·副) 平素，平日，平常

例 日頃の努力が実を結んだ。

平素的努力結了果。

13 | めざめる【目覚める】

(自下一) 醒，睡醒；覺悟，覺醒，發現

例 才能に目覚める。

激發出才能。

14 | ゆうぐれ【夕暮れ】

㊔ 黃昏；傍晚

例 夕暮れの鐘が鳴る。

傍晚時分鐘聲響起。

15 | ゆうやけ【夕焼け】

㊔ 晚霞

例 夕焼けを眺める。

欣賞晚霞。

16 | よふかし【夜更かし】

(名·自サ) 熬夜

例 夜更かしをする。

熬夜。

17 | よふけ【夜更け】

㊔ 深夜，深更半夜

例 夜更けに尋ねる。

三更半夜來訪。

18 | れんきゅう【連休】

㊔ 連假

例 連休明けに連絡します。

放完連假就聯絡。

19 | れんじつ【連日】

㊔ 連日，接連幾天

例 連日の猛練習に励んでいる。

接連好幾天辛苦的練習。

1-3

1-3 過去、現在、未来 /
過去、現在、未來

01 | いきさつ【経緯】

㊔ 原委，經過

例 事の経緯を説明する。

說明事情始末。

02 | いぜん【依然】

副·形動 依然，仍然，依舊

例 依然として不景気だ。

依然不景氣。

03 | いにしえ【古】

名 古代

例 古をしのぶ。

思古幽情。

04 | いまだ【未だ】

副（文）未，還（沒），尚未（後多接否定語）

例 いまだに終わらない。

至今尚未結束。

05 | かつて

副 曾經，以前；（後接否定語）至今（未曾），從來（沒有）

例 かつての名選手。

昔日著名的選手。

06 | かねて

副 事先，早先，原先

例 かねての望みを達する。

達成宿願。

07 | がんらい【元来】

副 本來，原本，生來

例 これは元来外国の物だ。

這個原本是國外的東西喔。

08 | きげん【起源】

名 起源

例 起源を探る。

探究起源。

09 | けいい【経緯】

名（事情的）經過，原委，細節；經度和緯度

例 経緯を話す。

說明原委。

10 | こだい【古代】

名 古代

例 古代文明を紹介する。

介紹古代文明。

11 | さきに【先に】

副 以前，以往

例 先に述べたように。

如同方才所述。

12 | じきに

副 很接近，就快了

例 じきに追いつくよ。

就快追上了喔。

13 | じゅうらい【従来】

名·副 以來，從來，直到現在

例 従来の考えが覆される。

過去的想法被加以推翻。

14 | せんこう【先行】

名·自サ 先走，走在前頭；領先，佔先；優先施行，領先施行

例 時代(じだい)に先行(せんこう)する。

走在時代的尖端。

15 | ぜんれい【前例】

名 前例，先例；前面舉的例子

例 前例(ぜんれい)がない。

沒有前例。

16 | でんらい【伝来】

名·自サ（從外國）傳來，傳入；祖傳，世傳

例 先祖(せんぞ)伝来(でんらい)の土地(とち)。

世代相傳的土地。

17 | ニュー【new】

名·造語 新，新式

例 ニューカップルが誕生(たんじょう)する。

新情侶誕生了。

18 | ひさしい【久しい】

形 過了很久的時間，長久，好久

例 卒業(そつぎょう)して久(ひさ)しい。

畢業很久了。

19 | ひところ【一頃】

名 前些日子；曾有一時

例 一頃(ひところ)栄(さか)えた町(まち)が崩壊(ほうかい)した。

曾經繁榮一時的城鎮已衰退。

20 | へんせん【変遷】

名·自サ 變遷

例 時代(じだい)の変遷(へんせん)。

時代變遷。

21 | ぼうとう【冒頭】

名 起首，開頭

例 交渉(こうしょう)が冒頭(ぼうとう)から難行(なんこう)する。

交涉一開始就不順利。

22 | みてい【未定】

名·形動 未定，未決定

例 日時(にちじ)は未定(みてい)です。

日期未定。

23 | もはや

副（事到如今）已經

例 もはやこれまでだ。

事到如今只能這樣了。

24 | よ【世】

名 世上，人世；一生，一世；時代，年代；世界

例 世(よ)も末(すえ)だ。

世界末日了。

1-4

1-4 期間、期限 /
期間、期限

01 | うけつける【受け付ける】

他下一 受理，接受；容納（特指吃藥、東西不嘔吐）

例 リクエストを受(う)け付(つ)ける。

受理要求。

02 | おそくとも【遅くとも】

㊖ 最晚，至遲

例 遅くとも9時には寝る。

最晚九點就寢。

03 | かぎりない【限りない】

㊊ 無限，無止盡；無窮無盡；無比，非常

例 限りない悲しみ。

無盡的悲痛。

04 | かみつ【過密】

名·形動 過密，過於集中

例 過密スケジュール。

行程過於集中。

05 | きじつ【期日】

㊔ 日期；期限

例 期日に遅れる。

過期。

06 | きり

副助 只，僅；一…(就…)；(結尾詞用法)只，全然

例 彼とはそれっきりだった。

跟他就只有那些。

07 | きり【切り】

㊔ 切，切開；限度；段落；(能劇等的)煞尾

例 切りがない。

無止盡。

08 | しゅうき【周期】

㊔ 周期

例 10年を周期として。

十年為週期。

09 | ひどり【日取り】

㊔ 規定的日期；日程

例 日取りを決める。

決定日程。

10 | むこう【無効】

名·形動 無效，失效，作廢

例 割引券が無効になる。

折價券失效。

パート 2 第二章

住居

- 住房 -

2-1

2-1 家 / 住家

01 | いえで【家出】

名·自サ 逃出家門，逃家；出家為僧

例 娘（むすめ）が家出（いえで）する。

女兒逃家。

02 | かまえる【構える】

他下一 修建，修築；(轉)自立門戶，住在(獨立的房屋)；採取某種姿勢，擺出姿態；準備好；假造，裝作，假托

例 店（みせ）を構（かま）える。

開店。

03 | かまえ【構え】

名 (房屋等的)架構，格局；(身體的)姿勢，架勢；(精神上的)準備

例 構（かま）えの大（おお）きな家（いえ）に住（す）んでいた。

住在格局大的房子。

04 | きしむ【軋む】

自五 (兩物相摩擦)吱吱嘎嘎響

例 床（ゆか）がきしむ。

地板嘎吱作響。

05 | くら【蔵】

名 倉庫，庫房；穀倉，糧倉；財源

例 蔵（くら）にしまう。

收進倉庫裡。

06 | こうきょ【皇居】

名 皇居

例 皇居前広場（こうきょまえひろば）。

皇居前廣場。

07 | こもる【籠もる】

自五 閉門不出；包含，含蓄；(煙氣等)停滯，充滿，(房間等)不通風

例 部屋（へや）にこもる。

閉門不出。

08 | じっか【実家】

名 娘家；親生父母家

例 実家（じっか）に戻（もど）る。

回到娘家。

09 | しゃたく【社宅】

名 公司的員工住宅，職工宿舍

例 社宅（しゃたく）から通勤（つうきん）する。

從員工宿舍去上班。

10｜そうしょく【装飾】

名·他サ 裝飾

例 店内を装飾する。

裝飾店內。

11｜つくり【作り・造り】

名 (建築物的)構造，樣式；製造(的樣式)；身材，體格；打扮，化妝

例 頑丈な作りの建物。

堅固結構的建物。

12｜ていたく【邸宅】

名 宅邸，公館

例 大邸宅が並んでいる。

櫛比鱗次的大宅院並排著。

13｜どうきょ【同居】

名·自サ 同居；同住，住在一起

例 三世代が同居する。

三代同堂。

14｜とじまり【戸締まり】

名 關門窗，鎖門

例 戸締りを忘れる。

忘記鎖門。

15｜のきなみ【軒並み】

名·副 屋簷節比，成排的屋簷；家家戶戶，每家；一律

例 軒並みの美しい町を揃えている。

屋簷櫛比的美麗街道整齊排列著。

16｜べっきょ【別居】

名·自サ 分居

例 妻と別居する。

和太太分居。

17｜ようふう【洋風】

名 西式，洋式；西洋風格

例 洋風のたたずまい。

西式外觀。

2-2

2-2 家の外側 / 住家的外側

01｜インターホン【interphone】

名 (船、飛機、建築物等的)內部對講機

例 インターホンで確認する。

用對講機確認一下。

02｜えんがわ【縁側】

名 迴廊，走廊

例 縁側に出る。

到走廊。

03｜がいかん【外観】

名 外觀，外表，外型

例 外観を損なう。

外觀破損。

04｜かだん【花壇】

名 花壇，花圃

例 花壇に花を植える。

在花圃上種花。

05 | ガレージ【garage】

㊔ 車庫

例 車(くるま)をガレージに入(い)れる。

把車停入車庫。

06 | がんじょう【頑丈】

形動 (構造)堅固；(身體)健壯

例 頑丈(がんじょう)な扉(とびら)を設置(せっち)した。

安裝堅固的門。

07 | かん【管】

名·漢造·接尾 管子；(接數助詞)支；圓管；筆管；管樂器

例 ガス管(かん)が破裂(はれつ)する。

瓦斯管破裂。

08 | さく【柵】

㊔ 柵欄；城寨

例 柵(さく)で囲(かこ)う。

用柵欄圍住。

09 | タイル【tile】

㊔ 磁磚

例 タイル張(ば)りの床(ゆか)が少(すく)ない。

磁磚材質的地板較為稀少。

10 | だん【壇】

名·漢造 台，壇

例 花壇(かだん)の草取(くさと)りをする。

拔除花園裡的雜草。

11 | とびら【扉】

㊔ 門，門扇；(印刷)扉頁

例 扉(とびら)を開(ひら)く。

開門。

12 | ブザー【buzzer】

㊔ 鈴；信號器

例 ブザーを鳴(な)らす。

鳴汽笛。

13 | ほうち【放置】

名·他サ 放置不理，置之不顧

例 駅前(えきまえ)の放置(ほうち)自転車(じてんしゃ)は減(へ)った。

車站前放置被人丟棄的自行車減少了。

14 | やしき【屋敷】

㊔ (房屋的)建築用地，宅地；宅邸，公館

例 お化け屋敷(やしき)に入(はい)る。

進入鬼屋。

2-3

2-3 部屋、設備 / 房間、設備

01 | こなごな【粉々】

形動 粉碎，粉末

例 粉々(こなごな)に砕(くだ)ける。

磨成粉末狀。

02 | すいせん【水洗】

名·他サ 水洗，水沖；用水沖洗

例 水洗式便所(すいせんしきべんじょ)を使用(しよう)する。

使用沖水馬桶。

03 | すえつける【据え付ける】

他下一 安裝，安放，安設；裝配，配備；固定，連接

例 電話を据え付ける。

裝配電話。

04 | すえる【据える】

他下一 安放，設置；擺列，擺放；使坐在…；使就…職位；沉著（不動）；針灸治療；蓋章

例 社長に据える。

安排（他）當經理。

05 | ちゃのま【茶の間】

名 茶室；（家裡的）餐廳

例 茶の間で食事をする。

在餐廳吃飯。

06 | ながし【流し】

名 流，沖；流理台

例 流しに下げる。

收拾到流理台裡。

07 | にゅうよく【入浴】

名·自サ 沐浴，入浴，洗澡

例 入浴剤を入れる。

加入入浴劑。

08 | はいすい【排水】

名·自サ 排水

例 排水工事をする。

做排水工程。

09 | はいち【配置】

名·他サ 配置，安置，部署，配備；分派點

例 配置を変更する。

變更配置。

10 | バス【bath】

名 浴室

例 ジャグジーバスに入る。

進按摩浴缸泡澡。

11 | ぼうか【防火】

名 防火

例 防火訓練を行う。

進行防火演練。

12 | ユニットバス【（和）unit + bath】

名（包含浴缸、洗手台與馬桶的）一體成形的衛浴設備

例 最新のユニットバスが取り付けられている。

附有最新型的衛浴設備。

13 | ようしき【洋式】

名 西式，洋式，西洋式

例 洋式トイレにリフォームする。

改裝西式廁所。

14 | よくしつ【浴室】

名 浴室

例 サウナを完備した浴室。

三溫暖設備齊全的浴室。

15 | わしき【和式】

㊔ 日本式

例 和式のトイレ。

和式廁所。

2-4

2-4 住む / 居住

01 | アットホーム【at home】

形動 舒適自在，無拘無束

例 アットホームな雰囲気。

舒適的氣氛。

02 | いじゅう【移住】

名·自サ 移居；(候鳥)定期遷徙

例 外国に移住する。

移居國外。

03 | きょじゅう【居住】

名·自サ 居住；住址，住處

例 居住地域。

居住地區。

04 | じゅう【住】

名·漢造 居住，住處；停住；住宿；住持

例 衣食住に事欠く。

食衣住樣樣貧困。

05 | てんきょ【転居】

名·自サ 搬家，遷居

例 転居先に転送する。

轉寄到遷居地。

06 | ふざい【不在】

㊔ 不在，不在家

例 不在通知を受け取る。

收到郵件招領通知。

パート
3
第三章

食事

- 用餐 -

3-1

3-1 食事、食べる、味／
用餐、吃、味道

01｜あじわい【味わい】

名 味，味道；趣味，妙處

例 味（あじ）わいのある言葉（ことば）。

富饒趣味的言語。

02｜あっさり

副・自サ （口味）輕淡；（樣式）樸素，不花俏；（個性）坦率，淡泊；簡單，輕鬆

例 お金（かね）にあっさりしている。

對金錢淡泊。

03｜あまくち【甘口】

名 帶甜味的；好吃甜食的人；（騙人的）花言巧語，甜言蜜語

例 甘口（あまくち）の酒（さけ）を飲（の）む。

喝帶甜味的酒。

04｜あわせ【合わせ】

名 （當造語成分用）合在一起；對照；比賽；（猛拉鉤絲）鉤住魚

例 刺身（さしみ）の盛（も）り合（あ）わせを頼（たの）む。

叫生魚片拼盤。

05｜えんぶん【塩分】

名 鹽分，鹽濃度

例 塩分（えんぶん）を取（と）り除（のぞ）く。

除去鹽分。

06｜かけ【掛け】

接尾・造語 （前接動詞連用形）表示動作已開始而還沒結束，或是中途停了下來；（表示掛東西用的）掛

例 食（た）べかけの饅頭（まんじゅう）。

吃到一半的豆沙包。

07｜かみきる【噛み切る】

他五 咬斷，咬破

例 肉（にく）を噛（か）み切（き）る。

咬斷肉。

08｜かみ【加味】

名・他サ 調味，添加調味料；添加，放進，採納

例 スパイスを加味（かみ）する。

添加辛香料。

09｜きょう【供】

漢造 供給，供應，提供

例 食事（しょくじ）を供（きょう）する。

供膳。

10 | ぐっと

副 使勁；一口氣地；更加；啞口無言；(俗)深受感動

例 ぐっと飲む。

一口氣喝完。

11 | しゅしょく【主食】

名 主食(品)

例 米を主食とする。

以米飯為主食。

12 | ていしょく【定食】

名 客飯，套餐

例 定食を注文する。

點套餐。

13 | なまぐさい【生臭い】

形 發出生魚或生肉的氣味；腥

例 生臭い匂いがする。

發出腥臭味。

14 | なめる

他下一 舔；嚐；經歷；小看，輕視；(比喻火)燒，吞沒

例 辛酸をなめる。

飽嚐辛酸。

15 | のみこむ【飲み込む】

他五 咽下，吞下；領會，熟悉

例 コツを飲み込む。

掌握要領。

16 | ひるめし【昼飯】

名 午飯

例 昼飯を食う。

吃午餐。

17 | ふくれる【膨れる・脹れる】

自下一 脹，腫，鼓起來

例 お腹が膨れる。

肚子脹起來。

18 | まずい【不味い】

形 難吃；笨拙，拙劣；難看；不妙

例 空腹にまずい物なし。

餓肚子時沒有不好吃的東西。

19 | まちまち【区々】

名·形動 形形色色，各式各樣

例 噂がまちまちだ。

傳説不一。

20 | みかく【味覚】

名 味覺

例 味覚が鋭い。

味覺敏鋭。

21 | みずみずしい【瑞瑞しい】

形 水嫩，嬌嫩；新鮮

例 みずみずしい果物が旬を迎えます。

新鮮的水果正當季好吃。

22 | み【味】

漢造 (舌的感覺)味道；事物的內容；鑑賞，玩味；(助數詞用法)(食品、藥品、調味料的)種類

例 旨味(うまみ)がある。

(食物)好滋味。

23 | めす【召す】

他五 (敬語)召見，召喚；吃；喝；穿；乘；入浴；感冒；買

例 お召(め)しになりますか。

您要嚐一下嗎。

3-2

3-2 食べ物 / 食物

01 | うめぼし【梅干し】

名 鹹梅，醃的梅子

例 梅干(うめぼ)しを漬(つ)ける。

醃製酸梅。

02 | おせちりょうり【お節料理】

名 年菜

例 お節料理(せちりょうり)を作(つく)る。

煮年菜。

03 | かいとう【解凍】

名·他サ 解凍

例 解凍(かいとう)してから焼(や)く。

先解凍後烤。

04 | カクテル【cocktail】

名 雞尾酒

例 カクテルを飲(の)む。

喝雞尾酒。

05 | かしら【頭】

名 頭，腦袋；頭髮；首領，首腦人物；頭一名，頂端，最初

例 お頭(かしら)つきの鯛(たい)を買(か)った。

買了頭尾俱全的鯛魚。

06 | こうしんりょう【香辛料】

名 香辣調味料(薑，胡椒等)

例 香辛料(こうしんりょう)を入(い)れる。

加入香辣調味料。

07 | ゼリー【jelly】

名 果凍；膠狀物

例 ゼリー状(じょう)から液状(えきじょう)になっていく。

從膠狀變成液狀。

08 | ぜん【膳】

名·接尾·漢造 (吃飯時放飯菜的)方盤，食案，小飯桌；擺在食案上的飯菜；(助數詞用法)(飯等的)碗數；一雙(筷子)；飯菜等

例 お膳(ぜん)にお椀(わん)を並(なら)べる。

在飯桌上擺放碗筷。

09 | ぞうに【雑煮】

名 日式年糕湯

例 うちのお雑煮(ぞうに)は醤油味(しょうゆあじ)だ。

我們家的年糕湯是醬油風味。

10 | そえる【添える】
他下一 添，加，附加，配上；伴隨，陪同

例 口(くち)を添(そ)える。

替人美言。

11 | とろける
自下一 溶化，溶解；心盪神馳

例 とろけるチーズ。

入口即化的起司。

12 | ねつりょう【熱量】
名 熱量

例 熱量(ねつりょう)を測(はか)る。

計算熱量。

13 | はいきゅう【配給】
名·他サ 配給，配售，定量供應

例 配給制度(はいきゅうせいど)に移行(いこう)する。

更換為配給制度。

14 | はごたえ【歯応え】
名 咬勁，嚼勁；有幹勁

例 この煎餅(せんべい)は歯応(はごた)えがある。

這個煎餅咬起來很脆。

15 | はちみつ【蜂蜜】
名 蜂蜜

例 蜂蜜(はちみつ)を塗(ぬ)る。

塗蜂蜜。

16 | ぶっし【物資】
名 物資

例 救援物資(きゅうえんぶっし)を送(おく)る。

運送救援物資。

17 | ふんまつ【粉末】
名 粉末

例 粉末状(ふんまつじょう)にする。

弄成粉末狀。

18 | ほし【干し】
造語 乾，晒乾

例 干(ほ)しあわびを食(た)べる。

吃乾鮑魚。

19 | もちこむ【持ち込む】
他五 攜入，帶入；提出(意見，建議，問題)

例 飲食物(いんしょくぶつ)をホテルに持(も)ち込(こ)む。

將外食攜入飯店。

20 | ゆ【油】
漢造 …油

例 ラー油(ゆ)をたらす。

淋上辣油。

21 | ライス【rice】
名 米飯

例 ライスを注文(ちゅうもん)する。

點米飯。

22 | れいぞう【冷蔵】

(名·他サ) 冷藏，冷凍

例 肉(にく)を冷蔵(れいぞう)する。

冷藏肉。

23 | わふう【和風】

(名) 日式風格，日本風俗；和風，微風

例 和風(わふう)だしで料理(りょうり)する。

用和風高湯烹調。

3-3

3-3 調理、料理、クッキング / 調理、菜餚、烹調

01 | いためる【炒める】

(他下一) 炒(菜、飯等)

例 にんにくを炒(いた)める。

爆炒蒜瓣。

02 | うでまえ【腕前】

(名) 能力，本事，才幹，手藝

例 腕前(うでまえ)を披露(ひろう)する。

展現才能。

03 | かきまわす【掻き回す】

(他五) 攪和，攪拌，混合；亂翻，翻弄，翻攪；攪亂，擾亂，胡作非為

例 お湯(ゆ)をかき回(まわ)す。

攪拌熱水。

04 | きれめ【切れ目】

(名) 間斷處，裂縫；間斷，中斷；段落；結束

例 文(ぶん)の切(き)れ目(め)をつける。

標出文章的段落來。

05 | けむる【煙る】

(自五) 冒煙；模糊不清，朦朧

例 部屋(へや)が煙(けむ)る。

房間煙霧瀰漫。

06 | こす

(他五) 過濾，濾

例 濾紙(ろし)で濾(こ)す。

用濾紙過濾。

07 | しあげ【仕上げ】

(名·他サ) 做完，完成；做出的結果；最後加工，潤飾

例 みごとな仕上(しあ)げだ。

成果很棒。

08 | したあじ【下味】

(名) 預先調味，底味

例 下味(したあじ)をつける。

事先調好底味。

09 | しみる【滲みる】

(自上一) 滲透，浸透

例 水(みず)がしみる。

水滲透進去。

10 | すくう【掬う】

(他五) 抄取，撈取，掬取，舀，捧；抄起對方的腳使跌倒

例 匙(さじ)ですくう。

用湯匙舀。

3 用餐

11 | せいほう【製法】

名 製法，作法

例 独特の製法を用いる。

使用獨特的製造方法。

12 | だいよう【代用】

名·他サ 代用

例 ご飯粒を糊の代用にする。

以飯粒代替糨糊使用。

13 | ちょうり【調理】

名·他サ 烹調，作菜；調理，整理，管理

例 魚を調理する。

烹調魚肉。

14 | ちょうわ【調和】

名·自サ 調和，(顏色，聲音等)和諧，(關係)協調

例 調和を取る。

取得和諧。

15 | てがる【手軽】

名·形動 簡便；輕易；簡單

例 手軽にできる。

容易做到。

16 | デコレーション【decoration】

名 裝潢，裝飾

例 デコレーションケーキ。

花式蛋糕。

17 | ねっとう【熱湯】

名 熱水，開水

例 熱湯を注ぐ。

注入熱水。

18 | はぐ【剥ぐ】

他五 剝下；強行扒下，揭掉；剝奪

例 皮を剥ぐ。

剝皮。

19 | ひたす【浸す】

他五 浸，泡

例 水に浸す。

浸水。

20 | ほおん【保温】

名·自サ 保溫

例 保温効果がある。

有保溫效果。

21 | みずけ【水気】

名 水分

例 水気をふき取る。

拭去水分。

パート 4 第四章

衣服

- 衣服 -

4-1

4-1 衣服、洋服、和服 / 衣服、西服、和服

01 | いしょう【衣装】

名 衣服，(外出或典禮用的)盛裝；(戲)戲服，劇裝

例 衣装（いしょう）をつけた俳優（はいゆう）たちが役（やく）に入（はい）る。

穿上戲服的演員開始入戲。

02 | いりょう【衣料】

名 衣服；衣料

例 衣料品（いりょうひん）を購入（こうにゅう）する。

購買衣物。

03 | いるい【衣類】

名 衣服，衣裳

例 衣類（いるい）をまとめる。

整理衣物。

04 | おりもの【織物】

名 紡織品，織品

例 織物（おりもの）の腕（うで）を磨（みが）く。

磨練紡織手藝。

05 | サイズ【size】

名 (服裝，鞋，帽等)尺寸，大小；尺碼，號碼；(婦女的)身材

例 サイズが大（おお）きい。

尺寸很大。

06 | さける【裂ける】

自下一 裂，裂開，破裂

例 袋（ふくろ）が裂（さ）ける。

袋子破了。

07 | しける【湿気る】

自五 潮濕，帶潮氣，受潮

例 洗濯物（せんたくもの）が湿気（しけ）る。

換洗衣物受潮。

08 | しゃれる【洒落る】

自下一 漂亮打扮，打扮得漂亮；說俏皮話，詼諧；別緻，風趣；狂妄，自傲

例 洒落（しゃれ）た格好（かっこう）で外出（がいしゅつ）する。

打扮得漂漂亮亮的出門。

09 | ジャンパー【jumper】

名 工作服，運動服；夾克，短上衣

例 ジャンパー姿（すがた）で散歩（さんぽ）する。

穿運動服散步。

10 | スラックス【slacks】

㊔ 西裝褲，寬鬆長褲；女褲

例 スラックスをはく。

穿長褲。

11 | そろい【揃い】

名·接尾 成套，成組，一樣；(多數人)聚在一起，齊全；(助數詞用法)套，副，組

例 娘とお揃いの着物を着た。

與女兒穿上成套一樣的衣服。

12 | たけ【丈】

㊔ 身高，高度；尺寸，長度；罄其所有，毫無保留

例 丈を 3 センチつめた。

長度縮短三公分。

13 | だぶだぶ

副·自サ (衣服等)寬大，肥大；(人)肥胖，肌肉鬆弛；(液體)滿，盈

例 だぶだぶのズボンを買った。

買了一件寬鬆的褲子。

14 | たるみ

㊔ 鬆弛，鬆懈，遲緩

例 靴下のたるみ。

襪子的鬆緊。

15 | ハイネック【high-necked】

㊔ 高領

例 ハイネックのセーターが欲しかった。

想要高領的毛衣。

16 | パジャマ【pajamas】

㊔ (分上下身的)西式睡衣

例 パジャマを着る。

穿睡衣。

17 | ハンガー【hanger】

㊔ 衣架

例 ハンガーに掛ける。

掛在衣架上。

18 | ひっかける【引っ掛ける】

他下一 掛起來；披上；欺騙

例 コートを洋服掛けに引っ掛ける。

將外套掛在衣架上。

19 | ほころびる

自上一 (逢接處線斷開)開線，開綻；微笑，露出笑容

例 ズボンの裾が綻びる。

褲子的下擺開線了。

20 | ほしもの【干し物】

㊔ 曬乾物；(洗後)晾曬的衣服

例 干し物をする。

曬衣服。

21 | ユニフォーム【uniform】

㊔ 制服；(統一的)運動服，工作服

例 ユニフォームを着用する。

穿制服。

22 | りゅうこう【流行】

㊔ 流行

例 流行(りゅうこう)を追(お)う。

趕流行。

23 | レース【lace】

㊔ 花邊，蕾絲

例 レース使(づか)いがかわいい。

蕾絲花邊很可愛。

4-2

4-2 着る、装身具 /
穿戴、服飾用品

01 | きかざる【着飾る】

(他五) 盛裝，打扮

例 派手(はで)に着飾(きかざ)る。

盛裝打扮。

02 | キャップ【cap】

㊔ 運動帽，棒球帽；筆蓋

例 万年筆(まんねんひつ)のキャップ。

鋼筆筆蓋。

03 | くびかざり【首飾り】

㊔ 項鍊

例 花(はな)の首飾(くびかざ)りを渡(わた)す。

遞給花做的項鍊。

04 | ジーパン【(和) jeans+pants 之略】

㊔ 牛仔褲

例 ジーパンを履(は)く。

穿牛仔褲。

05 | せいそう【盛装】

(名·自サ) 盛裝，華麗的裝束

例 盛装(せいそう)で出(で)かける。

盛裝外出。

06 | ねじれる

(自下一) 彎曲，歪扭；(個性)乖僻，彆扭

例 ネクタイがねじれる。

領帶扭歪了。

07 | はえる【映える】

(自下一) 照，映照；(顯得)好看；顯眼，奪目

例 スーツに映(は)えるネクタイ。

襯托西裝的領帶。

08 | はげる【剥げる】

(自下一) 剝落；褪色

例 塗装(とそう)が剥(は)げる。

噴漆剝落。

09 | ブーツ【boots】

㊔ 長筒鞋，長筒靴，馬鞋

例 ブーツを履(は)く。

穿靴子。

10 | ぶかぶか

(副·自サ) (帽、褲)太大不合身；漂浮貌；(人)肥胖貌；(笛子、喇叭等)大吹特吹貌

例 ぶかぶかの靴(くつ)を履(は)く。

穿著太大的鞋子。

11 | ほどける【解ける】

(自下一) 解開，鬆開

例 帯（おび）がほどける。

鬆開和服腰帶。

12 | ゆるめる【緩める】

(他下一) 放鬆，使鬆懈；鬆弛；放慢速度

例 ベルトを緩（ゆる）める。

放鬆皮帶。

4 衣服

パート
5
第五章

人体

- 人體 -

5-1

5-1 身体、体 /
胴體、身體

01 | あおむけ【仰向け】

㊔ 向上仰

例 仰向(あおむ)けに寝(ね)る。

仰著睡。

02 | あか【垢】

㊔（皮膚分泌的）污垢；水鏽，水漬，污點

例 垢(あか)を落(お)とす。

除掉汙垢。

03 | うつぶせ【俯せ】

㊔ 臉朝下趴著，俯臥

例 うつぶせに倒(たお)れる。

臉朝下跌倒，摔了個狗吃屎。

04 | うるおう【潤う】

自五 潤濕；手頭寬裕；受惠，沾光

例 肌(はだ)が潤(うるお)う。

肌膚潤澤。

05 | おおがら【大柄】

名·形動 身材大，骨架大；大花樣

例 大柄(おおがら)な女(おんな)が騒(さわ)ぎ出(だ)した。

身材高大的女人大鬧起來。

06 | かする

他五 掠過，擦過；揩油，剝削；（書法中）寫出飛白；（容器中東西過少）見底

例 弾(たま)が耳(みみ)をかする。

砲彈擦過耳際。

07 | がっしり

副·自サ 健壯，堅實；嚴密，緊密

例 がっしりとした体格(たいかく)を生(い)かした。

運用健壯的體格。

08 | からだつき【体付き】

㊔ 體格，體型，姿態

例 体付(からだつ)きがよい。

體格很好。

09 | きたえる【鍛える】

他下一 鍛，錘鍊；鍛鍊

例 体(からだ)を鍛(きた)える。

鍛鍊身體。

10 | きゃしゃ【華奢】

(形動) 身體或容姿纖細，高雅，柔弱；東西做得不堅固，容易壞；纖細，苗條；嬌嫩，不結實

例 華奢(きゃしゃ)な体(からだ)で可愛(かわい)らしい。

纖瘦的體格真是小巧玲瓏。

11 | くぐる

(他五) 通過，走過；潛水；猜測

例 暖簾(のれん)をくぐる。

從門簾底下走過。

12 | けっかん【血管】

(名) 血管

例 血管(けっかん)が詰(つ)まる。

血管栓塞。

13 | こがら【小柄】

(名·形動) 身體短小；(布料、裝飾等的)小花樣，小碎花

例 小柄(こがら)な女性(じょせい)が好(この)まれる。

小個子的女性比較受歡迎。

14 | じんたい【人体】

(名) 人體，人的身體

例 人体(じんたい)に害(がい)がある。

對人體有害。

15 | スリーサイズ【(和) three + size】

(名)(女性的)三圍

例 スリーサイズを計(はか)る。

測量三圍。

16 | たいかく【体格】

(名) 體格；(詩的)風格

例 体格(たいかく)がよい。

體格很好。

17 | だっしゅつ【脱出】

(名·自サ) 逃出，逃脫，逃亡

例 危険(きけん)から脱出(だっしゅつ)する。

逃離危險。

18 | つかる【浸かる】

(自五) 淹，泡；泡在(浴盆裡)洗澡

例 お風呂(ふろ)につかる。

洗澡。

19 | つやつや

(副·自サ) 光潤，光亮，晶瑩剔透

例 肌(はだ)がつやつやと光(ひか)る。

皮膚晶瑩剔透。

20 | でっぱる【出っ張る】

(自五) (向外面)突出

例 腹(はら)が出(で)っ張(ぱ)る。

肚子突出。

21 | デブ

(名) (俗)胖子，肥子

例 ずいぶんデブだな。

好一個大胖子啊。

22 | どう【胴】

㊔（去除頭部和四肢的）軀體；腹部；（物體的）中間部分

例 胴(どう)まわりがかなり大(おお)きい。

腰圍頗大。

23 | なまみ【生身】

㊔ 肉身，活人，活生生；生魚，生肉

例 生身(なまみ)の人間(にんげん)。

活生生的人。

24 | にくたい【肉体】

㊔ 肉體

例 肉体労働(にくたいろうどう)を強(し)いる。

強迫身體勞動。

25 | ひやけ【日焼け】

名·自サ （皮膚）曬黑；（因為天旱田裡的水被）曬乾

例 日焼(ひや)けした肌(はだ)が元(もと)に戻(もど)る。

讓曬黑的皮膚白回來。

26 | ふるわす【震わす】

他五 使哆嗦，發抖，震動

例 肩(かた)を震(ふる)わして泣(な)く。

哭得渾身顫抖。

27 | ふるわせる【震わせる】

他下一 使震驚（哆嗦、發抖）

例 怒(いか)りに声(こえ)を震(ふる)わせる。

因憤怒而聲音顫抖。

28 | ふれあう【触れ合う】

自五 相互接觸，相互靠著

例 人(ひと)ごみで、体(からだ)が触(ふ)れ合(あ)う。

在人群中身體相互擦擠。

29 | また【股】

㊔ 開襠，褲襠

例 大股(おおまた)で歩(ある)く。

大步走路。

30 | まるまる【丸々】

名·副 雙圈；（指隱密的事物）某某；全部，完整，整個；胖嘟嘟

例 丸々(まるまる)と太(ふと)った豚(ぶた)を喰(くら)う。

大啖圓胖肥美的豬肉。

31 | みがる【身軽】

名·形動 身體輕鬆，輕便；身體靈活，靈巧

例 その身軽(みがる)な動作(どうさ)に驚(おどろ)いた。

對那敏捷的動作感到驚歎不已。

32 | みぶり【身振り】

㊔（表示意志、感情的）姿態；（身體的）動作

例 身振(みぶ)り手振(てぶ)りで示(しめ)す。

比手劃腳地示意。

33 | もがく

自五 （痛苦時）掙扎，折騰；焦急，著急，掙扎

例 水(みず)におぼれてもがく。

溺水不斷掙扎著。

34 | やせっぽち

㊔（俗）瘦小（的人），瘦皮猴

例 やせっぽちの少年（しょうねん）。

瘦小的少年。

35 | よりかかる【寄り掛かる】

自五 倚，靠；依賴，依靠

例 壁（かべ）に寄（よ）り掛（か）かる。

倚靠著牆壁。

5-2 (1)

5-2 顔 (1) /
臉 (1)

01 | あおぐ【仰ぐ】

他五 仰，抬頭；尊敬；仰賴，依靠；請，求；服用

例 空（そら）を仰（あお）ぐ。

仰望天空。

02 | いちべつ【一瞥】

名・サ變 一瞥，看一眼

例 一瞥（いちべつ）もくれない。

一眼也不看。

03 | いちもく【一目】

名・自サ 一隻眼睛；一看，一目；（項目）一項，一款

例 一目（いちもく）してそれと分（わ）かる。

一眼就看出。

04 | いっけん【一見】

名・副・他サ 看一次，一看；一瞥，看一眼；乍看，初看

例 百聞（ひゃくぶん）は一見（いっけん）に如（し）かず。

百聞不如一見。

05 | うつむく【俯く】

自五 低頭，臉朝下；垂下來，向下彎

例 恥（は）ずかしそうにうつむく。

害羞地低下頭。

06 | かおつき【顔付き】

㊔ 相貌，臉龐；表情，神色

例 顔付（かおつ）きが変（か）わる。

改變相貌。

07 | かたむける【傾ける】

他下一 使…傾斜，使…歪偏；飲（酒）等；傾注；傾，敗（家），使（國家）滅亡

例 耳（みみ）を傾（かたむ）ける。

傾聽。

08 | がんきゅう【眼球】

㊔ 眼球

例 眼球（がんきゅう）が痛（いた）い。

眼球疼痛。

09 | くちずさむ【口ずさむ】

他五 （隨興之所致）吟，詠，誦

例 歌（うた）を口（くち）ずさむ。

哼著歌。

10 | くっきり

副·自サ 特別鮮明，清楚

例 富士山（ふじさん）がくっきり見（み）える。

清楚看到富士山。

11 | コンタクト【contact lens 之略】

名 隱形眼鏡

例 相手（あいて）とコンタクトをとる。

與對方取得連繫。

12 | しかく【視覚】

名 視覺

例 視覚（しかく）に訴（うった）える。

訴諸視覺。

13 | したじ【下地】

名 準備，基礎，底子；素質，資質；真心；布等的底色

例 化粧下地（けしょうしたじ）を塗（ぬ）る。

擦上粉底霜。

14 | すます【澄ます・清ます】

自五·他五·接尾 澄清（液體）；使晶瑩，使清澈；洗淨；平心靜氣；集中注意力；裝模作樣，假正經，擺架子；裝作若無其事；（接在其他動詞連用形下面）表示完全成為…

例 耳（みみ）を澄（す）まして聞（き）く。

注意聆聽。

15 | そらす【反らす】

他五 向後仰，（把東西）弄彎

例 体（からだ）をそらす。

身體向後仰。

16 | そらす【逸らす】

他五 （把視線、方向）移開，離開，轉向別方；佚失，錯過；岔開（話題、注意力）

例 視線（しせん）をそらす。

移開視線。

17 | だんりょく【弾力】

名 彈力，彈性

例 計画（けいかく）に弾力（だんりょく）を持（も）たせる。

讓計劃保有彈性空間。

18 | ちょうかく【聴覚】

名 聽覺

例 聴覚（ちょうかく）が鋭（するど）い。

聽覺很敏銳。

19 | ちらっと

副 一閃，一晃；隱約，斷斷續續

例 ちらっと見（み）る。

稍微看了一下。

20 | つば【唾】

名 唾液，口水

例 手（て）に唾（つば）する。

躍躍欲試。

21 | つぶやき【呟き】

名 牢騷，嘟囔；自言自語的聲音

例 呟（つぶや）きをもらす。

發牢騷。

5-2 顔 (2) /
臉 (2)

22 | つぶやく【呟く】
自五 喃喃自語，嘟囔
例 ぶつぶつと呟(つぶや)く。
喃喃自語發牢騷。

23 | つぶら
形動 圓而可愛的；圓圓的
例 つぶらな目(め)が可愛(かわい)い。
圓溜溜的眼睛可愛極了。

24 | つぶる
他五 (把眼睛)閉上
例 目(め)をつぶる。
閉上眼睛；對於缺點、過失裝作沒看見。

25 | できもの【でき物】
名 疙瘩，腫塊；出色的人
例 足(あし)に出来物(できもの)ができた。
腳上長了疙瘩。

26 | なめらか
形動 物體的表面滑溜溜的；光滑，光潤；流暢的像流水一樣；順利，流暢
例 滑(なめ)らかな肌触(はだざわ)りに仕上(しあ)げた。
打造出光滑細緻的觸感。

27 | にきび
名 青春痘，粉刺
例 ニキビを潰(つぶ)す。
擠破青春痘。

28 | はつみみ【初耳】
名 初聞，初次聽到，前所未聞
例 その話(はなし)は初耳(はつみみ)だ。
第一次聽到這件事。

29 | はり【張り】
名·接尾 當力，拉力；緊張而有力；勁頭，信心
例 張(は)りのある肌(はだ)。
有彈力的肌膚。

30 | ひといき【一息】
名 一口氣；喘口氣；一把勁
例 一息(ひといき)入(い)れる。
喘一口氣；稍事休息。

31 | ほっぺた【頬っぺた】
名 面頰，臉蛋
例 ほっぺたをたたく。
甩耳光。

32 | ぼつぼつ
名·副 小斑點；漸漸，一點一點地
例 腕(うで)にぼつぼつができた。
手臂長了一點一點的疹子。

33 | ぼやける
自下一 (物體的形狀或顏色)模糊，不清楚
例 視界(しかい)がぼやける。
視線模糊不清。

34 | まばたき・またたき【瞬き】

(名·自サ) 瞬，眨眼

例 瞬きもせずに見つめる。

不眨眼地盯著看。

35 | まゆ【眉】

(名) 眉毛，眼眉

例 眉をひそめる。

皺眉。

36 | みとどける【見届ける】

(他下一) 看到，看清；看到最後；預見

例 成長を見届ける。

見證其成長。

37 | みのがす【見逃す】

(他五) 看漏；饒過，放過；錯過；沒看成

例 決定的瞬間を見逃す。

錯過決定性的瞬間。

38 | みはらし【見晴らし】

(名) 眺望，遠望；景致

例 見晴らしのいい展望台。

景致美麗的瞭望台。

39 | みわたす【見渡す】

(他五) 瞭望，遠望；看一遍，環視

例 見渡す限りの青空。

一望無際的藍天。

40 | めつき【目付き】

(名) 眼神

例 目付きが悪い。

眼神兇狠。

41 | もうてん【盲点】

(名)（眼球中的）盲點，暗點；空白點，漏洞

例 敵の盲点をつく。

乘敵之虛，攻其不備。

42 | よそみ【余所見】

(名·自サ) 往旁處看；給他人看見的樣子

例 よそみ運転する。

左顧右盼的開車。

5-3

5-3 手足 / 手腳

01 | あゆみ【歩み】

(名) 步行，走；腳步，步調；進度，發展

例 歩みが止まる。

停下腳步。

02 | あゆむ【歩む】

(自五) 行走；向前進，邁進

例 苦難の道を歩む。

在艱難的道路上前進。

03 | おしこむ【押し込む】

(自五) 闖入，硬擠；闖進去行搶 (他五) 塞進，硬往裡塞

例 トランクに押し込む。

硬塞進行李箱裡。

04 | おてあげ【お手上げ】

名 束手無策，毫無辦法，沒輒

例 お手上げの状態になった。

變成束手無策的狀況。

05 | かけあし【駆け足】

名·自サ 快跑，快步；跑步似的，急急忙忙；策馬飛奔

例 駆け足で回る。

走馬看花。

06 | さす【指す】

他五 (用手)指，指示；點名指名；指向；下棋；告密

例 指で指す。

用手指指出。

07 | しのびよる【忍び寄る】

自五 偷偷接近，悄悄地靠近

例 すりが忍び寄る。

扒手偷偷接近。

08 | しもん【指紋】

名 指紋

例 指紋押なつが廃止される。

捺按指紋制度被廢止。

09 | ジャンプ【jump】

名·自サ (體)跳躍；(商)物價暴漲

例 ジャンプしてボールを取る。

跳起來接球。

10 | しょじ【所持】

名·他サ 所持，所有；攜帶

例 証明書を所持する。

持有證明文件。

11 | たちさる【立ち去る】

自五 走開，離去

例 黙って立ち去る。

默默離去。

12 | たばねる【束ねる】

他下一 包，捆，扎，束；管理，整飭，整頓

例 札を束ねる。

把紙鈔捆成一束。

13 | ちゃくしゅ【着手】

名·自サ 著手，動手，下手；(法)(罪行的)開始

例 制作に着手する。

開始進行製作。

14 | つまむ【摘む】

他五 (用手指尖)捏，撮；(用手指尖或筷子)夾，捏

例 キツネにつままれる。

被狐狸迷住了。

15 | つむ【摘む】

他五 夾取，摘，採，掐；(用剪刀等)剪，剪齊

例 花を摘む。

摘花。

16 | てすう【手数】

(名) 費事；費心；麻煩

例 手数をかける。

費功夫。

17 | てはず【手筈】

(名) 程序，步驟；(事前的)準備

例 手はずを整える。

準備好了。

18 | とほ【徒歩】

(名·自サ) 步行，徒步

例 徒歩で行く。

步行前往。

19 | とりもどす【取り戻す】

(他五) 拿回，取回；恢復，挽回

例 元気を取り戻す。

恢復精神。

20 | はたく

(他五) 撣；拍打；傾囊，花掉所有的金錢

例 布団をはたく。

拍打棉被。

21 | はだし【裸足】

(名) 赤腳，赤足，光著腳；敵不過

例 裸足で歩く。

赤腳走路。

22 | ひっかく【引っ掻く】

(他五) 搔

例 引っ掻き傷をつくる。

被抓傷。

23 | ふみこむ【踏み込む】

(自五) 陷入，走進，跨進；闖入，擅自進入

例 一歩踏み込む勇気に期待する。

對向前跨進的勇氣寄予期望。

24 | ほうりこむ【放り込む】

(他五) 扔進，拋入

例 ごみをごみ箱に放り込む。

把垃圾扔進垃圾桶。

25 | むしる【毟る】

(他五) 揪，拔；撕，剔（骨頭）；也寫作「挘る」

例 草をむしる。

拔草。

26 | ゆびさす【指差す】

(他五) (用手指)指

例 犯人を指差す。

指出犯人。

5-4

5-4 內臟、器官 /
內臓、器官

01 | かんじん【肝心・肝腎】

名·形動 肝臟與心臟；首要，重要，要緊；感激

例 肝心要（かんじんかなめ）なとき。

關鍵時刻。

02 | きかん【器官】

名 器官

例 消化器官（しょうかきかん）を休息（きゅうそく）させる。

讓消化器官休息。

03 | こつ【骨】

名·漢造 骨；遺骨，骨灰；要領，祕訣；品質；身體

例 こつを覚（おぼ）える。

掌握竅門。

04 | じんぞう【腎臓】

名 腎臟

例 腎臓移植（じんぞういしょく）が行（おこな）われる。

進行腎臟移植。

05 | ちょう【腸】

名·漢造 腸，腸子

例 胃腸（いちょう）が弱（よわ）い。

胃腸虛弱。

06 | ないぞう【内臓】

名 內臟

例 内臓脂肪（ないぞうしぼう）が増（ふ）える。

內臟脂肪增加。

07 | のう【脳】

名·漢造 腦；頭腦，腦筋；腦力，記憶力；主要的東西

例 脳（のう）を働（はたら）かせる。

讓腦活動。

08 | はい【肺】

名·漢造 肺；肺腑

例 肺（はい）ガンになる。

得到肺癌。

09 | はれつ【破裂】

名·自サ 破裂

例 内臓（ないぞう）が破裂（はれつ）する。

內臟破裂。

パート
6
第六章

生理

- 生理（現象）-

6-1

6-1 誕生、生命 /
誕生、生命

01 | いかす【生かす】

他五 留活口；弄活，救活；活用，利用；恢復；讓食物變美味；使變生動

例 腕を生かす。

發揮本領。

02 | いきがい【生き甲斐】

名 生存的意義，生活的價值，活得起勁

例 生き甲斐を持つ。

有生活目標。

03 | うまれつき【生まれつき】

名·副 天性；天生，生來

例 生まれつきの才能に恵まれている。

擁有天生的才能。

04 | うんめい【運命】

名 命，命運；將來

例 運命に導かれる。

受命運的牽引。

05 | おさん【お産】

名 生孩子，分娩

例 お産の準備が整った。

分娩的準備已準備妥當。

06 | おないどし【同い年】

名 同年齡，同歲

例 同い年の子供が 3 人いる。

有三個同齡的小孩。

07 | しゅくめい【宿命】

名 宿命，注定的命運

例 宿命のライバルに出会った。

遇到宿命的敵手。

08 | しゅっさん【出産】

名·自他サ 生育，生產，分娩

例 男児を出産した。

生了個男孩。

09 | しゅっしょう·しゅっせい【出生】

名·自サ 出生，誕生；出生地

例 出生率が低下する。

出生率降低。

10 | しんぴ【神秘】
(名・形動) 神秘，奥秘

例 生命(せいめい)の神秘(しんぴ)を探(さぐ)る。

摸索生命的奥秘。

11 | セックス【sex】
(名) 性，性別；性慾；性交

例 セックスに目覚(めざ)める。

情竇初開。

12 | ちぢまる【縮まる】
(自五) 縮短，縮小；慌恐，捲曲

例 命(いのち)が縮(ちぢ)まる。

壽命縮短。

13 | にんしん【妊娠】
(名・自サ) 懷孕

例 安定期は妊娠(にんしん) 6 ヶ月(かげつ)が目安(めやす)だ。

安定期約在懷孕六個月時。

14 | はんしょく【繁殖】
(名・自サ) 繁殖；滋生

例 細菌(さいきん)が繁殖(はんしょく)する。

滋生細菌。

6-2

6-2 老い、死 / 老年、死亡

01 | あんぴ【安否】
(名) 平安與否；起居

例 安否(あんぴ)を気遣(きづか)う。

擔心是否平安。

02 | いしきふめい【意識不明】
(名) 失去意識，意識不清

例 意識不明(いしきふめい)になる。

昏迷不醒。

03 | おいる【老いる】
(自上一) 老，上年紀；衰老；(雅)(季節)將盡

例 老(お)いた母(はは)。

年邁的母親。

04 | おとろえる【衰える】
(自下一) 衰落，衰退

例 体力(たいりょく)が衰(おとろ)える。

體力衰退。

05 | かいご【介護】
(名・他サ) 照顧病人或老人

例 親(おや)を介護(かいご)する。

看護照顧父母。

06 | くちる【朽ちる】
(自上一) 腐朽，腐爛，腐壞；默默無聞而終，埋沒一生；(轉)衰敗，衰亡

例 朽(く)ち果(は)てる。

默默無聞而終。

07 | けんぜん【健全】
(形動) (身心)健康，健全；(運動、制度等)健全，穩固

例 健全(けんぜん)に発達(はったつ)する。

健全的發育。

08 | こ【故】

漢造 陳舊，故；本來；死去；有來由的事；特意

例 故人(こじん)を弔(とむら)う。

追悼故人。

09 | しいん【死因】

名 死因

例 死因(しいん)は心臓発作(しんぞうほっさ)だ。

死因是心臟病發作。

10 | し【死】

名 死亡；死罪；無生氣，無活力；殊死，拼命

例 死(し)を恐(おそ)れる。

恐懼死亡。

11 | しょうがい【生涯】

名 一生，終生，畢生；(一生中的)某一階段，生活

例 生涯(しょうがい)にわたる。

終其一生。

12 | せいし【生死】

名 生死；死活

例 生死(せいし)にかかわる問題(もんだい)が起(お)きる 。

發生了攸關生死的問題。

13 | たえる【絶える】

自下一 斷絕，終了，停止，滅絕，消失

例 消息(しょうそく)が絶(た)える。

音信斷絕。

14 | とだえる【途絶える】

自下一 斷絕，杜絕，中斷

例 息(いき)が途絶(とだ)える。

呼吸中斷。

15 | としごろ【年頃】

名·副 大約的年齡；妙齡，成人年齡；幾年來，多年來

例 年頃(としごろ)の女(おんな)の子(こ)が 4 人集(にんあつ)まる。

聚集了四位妙齡女子。

16 | はてる【果てる】

自下一 完畢，終，終；死　接尾（接在特定動詞連用形後）達到極點

例 力(ちから)が朽(く)ち果(は)てる。

力量用盡。

17 | ぼける【惚ける】

自下一 (上了年紀)遲鈍；(形象或顏色等)褪色，模糊

例 年(とし)とともにぼけてきた。

年紀越長越遲鈍了。

18 | ろうすい【老衰】

名·自サ 衰老

例 老衰(ろうすい)で亡(な)くなる。

衰老而死去。

◎ 6-3

6-3 発育、健康 / 發育、健康

01 | きがい【危害】

名 危害，禍害；災害，災禍

例 危害を加える。

施加危害。

02 | ししゅんき【思春期】

名 青春期

例 思春期の少女の心を描く。

描繪青春期的少女心。

03 | すこやか【健やか】

形動 身心健康；健全，健壯

例 健やかな精神が宿る。

富有健全的身心。

04 | せいいく【生育・成育】

名·自他サ 生育，成長，發育，繁殖(寫「生育」主要用於植物，寫「成育」則用於動物)

例 作物が生育する。

農作物生長。

例 稚魚が成育する。

魚苗成長。

05 | せいしゅん【青春】

名 春季；青春，歲月

例 青春を楽しむ。

享受青春。

06 | せいじゅく【成熟】

名·自サ (果實的)成熟；(植)發育成樹；(人的)發育成熟

例 心身ともに成熟する。

身心都發育成熟。

07 | せいり【生理】

名 生理；月經

例 生理的現象。

生理現象。

08 | そだち【育ち】

名 發育，生長；長進，成長

例 育ちが早い。

長得快。

09 | たくましい【逞しい】

形 身體結實，健壯的樣子，強壯；充滿力量的樣子，茁壯，旺盛，迅猛

例 たくましく成長する。

茁壯地成長。

10 | たっしゃ【達者】

名·形動 精通，熟練；健康；精明，圓滑

例 達者で暮らす。

健康地生活著。

11 | たもつ【保つ】

自五·他五 保持不變，保存住；保持，維持；保，保住，支持

例 面目を保つ。

保住面子。

12 | ちち【乳】

(名) 奶水，乳汁；乳房

例 乳(ちち)を与(あた)える。

餵奶。

13 | ねぐるしい【寝苦しい】

(他下一) 難以入睡

例 暑(あつ)くて寝苦(ねぐる)しい。

熱得難以入睡。

14 | ほきゅう【補給】

(名・他サ) 補給，補充，供應

例 カルシウムを補給(ほきゅう)する。

補充鈣質。

15 | みだれ【乱れ】

(名) 亂；錯亂；混亂

例 食生活(しょくせいかつ)の乱(みだ)れ。

飲食不正常。

16 | みなもと【源】

(名) 水源，發源地；(事物的)起源，根源

例 水(みず)は命(いのち)の源(みなもと)だ。

水是生命之源。

6-4

6-4 体調、体質 / 身體狀況、體質

01 | うたたね【うたた寝】

(名・自サ) 打瞌睡，假寐

例 ソファーでうたた寝(ね)する。

在沙發上假寐。

02 | かぶれる

(自下一) (由於漆、膏藥等的過敏與中毒而)發炎，起疹子；(受某種影響而)熱中，著迷

例 肌(はだ)がかぶれる。

皮膚起疹子。

03 | かろう【過労】

(名) 勞累過度

例 過労死(かろうし)する。

過勞死。

04 | くうふく【空腹】

(名) 空腹，空肚子，餓

例 空腹(くうふく)を満(み)たす。

填飽肚子。

05 | ぐったり

(副・自サ) 虛軟無力，虛脫

例 ぐったりと横(よこ)たわる。

虛脫躺平。

06 | こうしょきょうふしょう【高所恐怖症】

(名) 懼高症

例 高所恐怖症(こうしょきょうふしょう)なので観覧車(かんらんしゃ)には乗(の)りたくない。

我有懼高症所以不想搭摩天輪。

07 | ぜんかい【全快】

(名・自サ) 痊癒，病全好

例 全快祝(ぜんかいいわ)いの手紙(てがみ)を贈(おく)る。

寄出祝賀痊癒的信。

08 | ぞうしん【増進】

(名·自他サ) （體力，能力）增進，增加

例 食欲を増進させる。

增加食慾。

09 | だるい

(形) 因生病或疲勞而身子沉重不想動；懶；酸

例 体がだるい。

身體疲憊。

10 | ちくせき【蓄積】

(名·他サ) 積蓄，積累，儲蓄，儲備

例 これまでの蓄積。

至今的積蓄。

11 | ちっそく【窒息】

(名·自サ) 窒息

例 酸欠で窒息する。

缺乏氧氣而窒息。

12 | デリケート【delicate】

(形動) 美味，鮮美；精緻，精密；微妙；纖弱；纖細，敏感

例 デリケートな問題に触れられた。

被提到敏感問題。

13 | ひとねむり【一眠り】

(名·自サ) 睡一會兒，打個盹

例 車中で一眠りする。

在車上打了個盹。

14 | ひろう【疲労】

(名·自サ) 疲勞，疲乏

例 疲労感がぬけない。

無法去除疲勞感。

15 | ひんじゃく【貧弱】

(名·形動) 軟弱，瘦弱；貧乏，欠缺；遜色

例 貧弱な体が逞しくなった。

瘦弱的身體變得強壯結實。

16 | ふしん【不振】

(名·形動) （成績）不好，不興旺，蕭條，（形勢）不利

例 最近食欲不振だ。

最近感到食慾不振。

17 | ふちょう【不調】

(名·形動) （談判等）破裂，失敗；不順利，萎靡

例 体の不調を訴える。

訴說身體不適的狀況。

18 | ふらふら

(名·自サ·形動) 蹣跚，搖晃；（心情）遊蕩不定，悠悠蕩蕩；恍惚，神不守己；蹓躂

例 体がふらふらする。

身體搖搖晃晃。

19 | べんぴ【便秘】

(名·自サ) 便秘，大便不通

例 生活が不規則で便秘しがちだ。

因為生活不規律有點便秘的傾向。

20 | まんせい【慢性】

㊔ 慢性

例 慢性的(まんせいてき)な症状(しょうじょう)がある。

有慢性的症狀。

21 | むかむか

副·自サ 噁心，作嘔；怒上心頭，火冒三丈

例 胸(むね)がむかむかする。

感到噁心。

22 | むくむ

自五 浮腫，虛腫

例 むくんだ足(あし)が軽(かる)くなる。

浮腫的腳消腫了。

23 | むせる

自下一 噎，嗆

例 煙(けむり)が立(た)ってむせてしようがない。

直冒煙，嗆得厲害。

24 | やすめる【休める】

他下一 (活動等)使休息，使停歇;(身心等)使休息，使安靜

例 体(からだ)を休(やす)める。

讓身體休息。

6-5

6-5 痛み / 痛疼

01 | あざ【痣】

㊔ 痣；(被打出來的)青斑，紫斑

例 全身(ぜんしん)あざだらけになる。

全身上下青一塊紫一塊。

02 | がんがん

副·自サ 噹噹，震耳的鐘聲；強烈的頭痛或耳鳴聲；喋喋不休的責備貌

例 風邪(かぜ)で頭(あたま)ががんがんする。

因感冒而頭痛欲裂。

03 | さする

他五 摩，擦，搓，撫摸，摩挲

例 腰(こし)をさする。

撫摸腰部。

04 | しみる【染みる】

自上一 染上，沾染，感染；刺，殺，痛；銘刻(在心)，痛(感)

例 身(み)に染(し)みる。

感銘在心。

05 | すれる【擦れる】

自下一 摩擦；久經世故，(失去純真)變得油滑；磨損，磨破

例 葉(は)の擦(す)れる音(おと)が聞(き)こえた。

聽到樹葉沙沙作響。

06 | だぼく【打撲】

名·他サ 打，碰撞

例 手(て)を打撲(だぼく)した。

手部挫傷。

07 | つねる

他五 掐，掐住

例 ほっぺたをつねる。

掐臉頰。

08 | とりのぞく【取り除く】

㊐他五 除掉，清除；拆除

例 異物(いぶつ)を取(と)り除(のぞ)く。

清除異物。

09 | ふかい【不快】

名·形動 不愉快；不舒服

例 のどの不快感(ふかいかん)が残(のこ)っている。

留下喉嚨的不適感。

10 | やわらげる【和らげる】

他下一 緩和；使明白

例 痛(いた)みを和(やわ)らげる薬(くすり)。

緩和疼痛的藥。

6-6 (1)

6-6 病気、治療 (1) / 疾病、治療 (1)

01 | あっか【悪化】

名·自サ 惡化，變壞

例 急速(きゅうそく)に悪化(あっか)する。

急速惡化。

02 | あっぱく【圧迫】

名·他サ 壓力；壓迫

例 圧迫(あっぱく)を受(う)ける。

受壓迫。

03 | アトピーせいひふえん【atopy性皮膚炎】

名 過敏性皮膚炎

例 アトピー性皮膚炎(せいひふえん)を改善(かいぜん)する。

改善過敏性皮膚炎。

04 | アフターケア【aftercare】

名 病後調養

例 アフターケアを怠(おこた)る。

疏於病後調養。

05 | アルツハイマーびょう・アルツハイマーがたにんちしょう【alzheimer 病·alzheimer 型認知症】

名 阿茲海默症

例 アルツハイマー病(びょう)を防(ふせ)ぐ。

預防阿茲海默症。

06 | あんせい【安静】

名·形動 安靜；靜養

例 心身(しんしん)の安静(あんせい)を保(たも)つ。

保持心身的平靜安穩。

07 | うつびょう【鬱病】

名 憂鬱症

例 うつ病(びょう)を治(なお)す。

治療憂鬱症。

08 | がいする【害する】

他サ 損害，危害，傷害；殺害

例 環境(かんきょう)を害(がい)する。

破壞環境。

09 | かいほう【介抱】

名·他サ 護理，服侍，照顧(病人、老人等)

例 酔(よ)っ払(ぱら)いを介抱(かいほう)する。

照顧醉酒人士。

10 | かんせん【感染】
名·自サ 感染；受影響

例 感染症（かんせんしょう）にかかる。

罹患傳染病。

11 | がん【癌】
名（醫）癌；癥結

例 癌（がん）を患（わずら）う。

罹患癌症。

12 | きかんしえん【気管支炎】
名（醫）支氣管炎

例 気管支炎（きかんしえん）になる。

得支氣管炎。

13 | ききめ【効き目】
名 效力，效果，靈驗

例 効（き）き目（め）が速（はや）い。

效果迅速。

14 | きんがん【近眼】
名（俗）近視眼；目光短淺

例 近眼（きんがん）のメガネ。

近視眼鏡。

15 | きんきゅう【緊急】
名·形動 緊急，急迫，迫不及待

例 緊急地震速報（きんきゅうじしんそくほう）が流（なが）れる。

發出緊急地震快報。

16 | きんし【近視】
名 近視，近視眼

例 近視（きんし）を矯正（きょうせい）する。

矯正近視。

17 | きん【菌】
名·漢造 細菌，病菌，霉菌；蘑菇

例 サルモネラ菌（きん）。

沙門氏菌。

18 | けっかく【結核】
名 結核，結核病

例 結核（けっかく）に罹（かか）る。

罹患肺結核。

19 | げっそり
副·自サ 突然減少；突然消瘦很多；（突然）灰心，無精打采

例 げっそりと痩（や）せる。

突然爆瘦。

20 | けつぼう【欠乏】
名·自サ 缺乏，不足

例 ビタミンが欠乏（けつぼう）する。

欠缺維他命。

21 | げり【下痢】
名·自サ（醫）瀉肚子，腹瀉

例 下痢（げり）をする。

腹瀉。

22 | げんかく【幻覚】

㊔ 幻覺，錯覺

げんかく　み
例 幻覚を見る。

產生幻覺。

23 | こうせいぶっしつ【抗生物質】

㊔ 抗生素

こうせいぶっしつ　とうよ
例 抗生物質を投与する。

投藥抗生素。

24 | こじらせる【拗らせる】

(他下一) 搞壞，使複雜，使麻煩；使加重，使惡化，弄糟

もんだい
例 問題をこじらせる。

使問題複雜化。

25 | さいきん【細菌】

㊔ 細菌

さいきん　ばいよう
例 細菌を培養する。

培養細菌。

26 | さいはつ【再発】

(名·他サ) (疾病)復發，(事故等)又發生；(毛髮)再生

さいはつ　ぼうし
例 再発を防止する。

預防再次發生。

27 | さいぼう【細胞】

㊔ (生)細胞；(黨的)基層組織，成員

さいぼうぶんれつ　く　かえ
例 細胞分裂を繰り返す。

不斷的進行細胞分裂。

28 | さむけ【寒気】

㊔ 寒冷，風寒，發冷；憎惡，厭惡感，極不愉快感覺

さむけ
例 寒気がする。

發冷。

29 | じかく【自覚】

(名·他サ) 自覺，自知，認識；覺悟；自我意識

じかくしょうじょう
例 自覚症状がある。

有自覺症狀。

30 | しっしん【湿疹】

㊔ 濕疹

しっしん
例 湿疹がでる。

長濕疹。

31 | しっちょう【失調】

㊔ 失衡，不調和；不平衡，失常

えいようしっちょう　な
例 栄養失調で亡くなった。

因營養失調而死亡。

32 | しゃぜつ【謝絶】

(名·他サ) 謝絕，拒絕

めんかいしゃぜつ
例 面会謝絶にする。

現在謝絕會客。

33 | しょう【症】

(漢造) 病症

えんしょう　お
例 炎症を起こす。

造成發炎。

6-6 (2)

6-6 病気、治療 (2) / 疾病、治療 (2)

34 | しょち【処置】

(名·他サ) 處理，處置，措施；(傷、病的) 治療

例 応急処置をする。

緊急處置。

35 | しんこう【進行】

(名·自他サ) 前進，行進；進展；(病情等) 發展，惡化

例 進行が速い。

進展迅速。

36 | しんぞうまひ【心臓麻痺】

(名) 心臟麻痺

例 心臓麻痺で亡くなる。

心臟麻痺死亡。

37 | じんましん【蕁麻疹】

(名) 蕁麻疹

例 じんましんが出る。

出蕁麻疹。

38 | せっかい【切開】

(名·他サ)(醫)切開，開刀

例 帝王切開を受ける。

接受剖腹生產。

39 | ぜんそく【喘息】

(名)(醫)喘息，哮喘

例 喘息を改善する。

改善哮喘病。

40 | せんてんてき【先天的】

(形動) 先天(的)，與生俱來(的)

例 先天的な病気がある。

患有先天的疾病。

41 | だっすい【脱水】

(名·自サ) 脫水；(醫)脫水

例 脱水してから干す。

脫水之後曬乾。

42 | ちゅうどく【中毒】

(名·自サ) 中毒

例 ガス中毒。

瓦斯中毒 。

43 | つきそう【付き添う】

(自五) 跟隨左右，照料，管照，服侍，護理

例 病人に付き添う。

照料病人。

44 | つきる【尽きる】

(自上一) 盡，光，沒了；到頭，窮盡

例 力が尽きる。

力量耗盡。

45 | つぐ【接ぐ】

(他五) 縫補；接在一起

例 骨を接ぐ。

接骨。

46 | ておくれ【手遅れ】

(名) 為時已晚，耽誤

例 措置が手遅れになる。

處理延誤了。

47 | どわすれ【度忘れ】

(名·自サ) 一時記不起來，一時忘記

例 ど忘れが激しい。

常常會一時記不起來。

48 | にんちしょう【認知症】

(名) 老人癡呆症

例 アルツハイマー型認知症が起こる。

引起阿茲海默型老人癡呆症。

49 | ねっちゅうしょう【熱中症】

(名) 中暑

例 熱中症を予防する。

預防中暑。

50 | ねんざ【捻挫】

(名·他サ) 扭傷、挫傷

例 足を捻挫する。

扭傷腳。

51 | ノイローゼ【(德)Neurose】

(名) 精神官能症，神經病；神經衰竭；神經崩潰

例 ノイローゼになる。

精神崩潰。

52 | はいえん【肺炎】

(名) 肺炎

例 肺炎を起こす。

引起肺炎。

53 | はつびょう【発病】

(名·自サ) 病發，得病

例 ガンが発病する。

癌症病發。

54 | ばてる

(自下一) (俗)精疲力倦，累到不行

例 暑さでばてる。

熱到疲憊不堪。

55 | はれる【腫れる】

(自下一) 腫，脹

例 顔が腫れる。

臉腫脹。

56 | ひふえん【皮膚炎】

(名) 皮炎

例 皮膚炎を治す。

治好皮膚炎。

57 | ふしょう【負傷】

名·自サ 負傷，受傷

例 手足（てあし）を負傷（ふしょう）する。

手腳受傷。

58 | ほっさ【発作】

名·自サ（醫）發作

例 発作（ほっさ）を起（お）こす。

發作。

59 | ほよう【保養】

名·自サ 保養，（病後）修養，療養；（身心的）修養；消遣

例 保養施設（ほようしせつ）で過（す）ごす。

住在療養中心。

60 | ますい【麻酔】

名 麻醉，昏迷，不省人事

例 麻酔（ますい）をかける。

施打麻醉。

61 | まひ【麻痺】

名·自サ 麻痺，麻木；癱瘓

例 交通（こうつう）マヒに陥（おちい）る。

交通陷入癱瘓。

62 | めんえき【免疫】

名 免疫；習以為常

例 免疫（めんえき）を高（たか）める。

增強免疫。

63 | やまい【病】

名 病；毛病；怪癖

例 病（やまい）に倒（たお）れる。

病倒。

64 | よわる【弱る】

自五 衰弱，軟弱；困窘，為難

例 体（からだ）が弱（よわ）る。

身體虛弱。

65 | リハビリ【rehabilitation 之略】

名（為使身障人士與長期休養者能回到正常生活與工作能力的）醫療照護，心理指導，職業訓練

例 彼（かれ）は今（いま）リハビリ中（ちゅう）だ。

他現在正復健中。

66 | りょうこう【良好】

名·形動 良好，優秀

例 日当（ひあ）たり良好（りょうこう）が嬉（うれ）しい。

日照良好真叫人高興。

67 | レントゲン【roentgen】

名 X光線

例 レントゲンを撮（と）る。

照X光。

6-7

6-7 体の器官の働き / 身體器官功能

01 いきぐるしい【息苦しい】

形 呼吸困難；苦悶，令人窒息

例 息苦しく感じる。

感到沈悶。

02 いびき

名 鼾聲

例 いびきをかく。

打呼。

03 かんしょく【感触】

名 觸感，觸覺；(外界給予的)感觸，感受

例 感触が伝わる。

傳達出內心的感受。

04 けむたい【煙たい】

形 煙氣嗆人，煙霧瀰漫；(因為自己理虧覺得對方)難以親近，使人不舒服

例 たき火が煙たい。

篝火的火堆煙氣嗆人。

05 しにょう【屎尿】

名 屎尿，大小便

例 し尿処理が滞る。

大小便的處理難以進行。

06 しゅっけつ【出血】

名·自サ 出血；(戰時士兵的)傷亡，死亡；虧本，犧牲血本

例 出血大サービスのチラシを見る。

看到跳樓大拍賣的傳單。

07 だいべん【大便】

名 大便，糞便

例 大便が臭い。

大便很臭。

08 にょう【尿】

名 尿，小便

例 尿検査をする。

進行尿液檢查。

09 ひだりきき【左利き】

名 左撇子；愛好喝酒的人

例 左利きをなおす。

改正左撇子。

10 ひんけつ【貧血】

名·自サ (醫)貧血

例 貧血に効く。

對改善貧血有效。

11 みゃく【脈】

名·漢造 脈，血管；脈搏；(山脈、礦脈、葉脈等)脈；(表面上看不出的)關連

例 脈をとる。

看脈。

パート
7
第七章

人物

- 人物 -

7-1

7-1 人物 / 人物

01 | あかのたにん【赤の他人】
連語 毫無關係的人；陌生人
例 赤の他人(あかのたにん)になる。
變為陌生人。

02 | あがり【上がり】
名·接尾 …出身；剛
例 彼(かれ)は役人上(やくにんあ)がりだ。
他剛剛成為公務員。

03 | うごき【動き】
名 活動，動作；變化，動向；調動，更動
例 動(うご)きを止(と)める。
停止動作。

04 | えいゆう【英雄】
名 英雄
例 彼(かれ)は国民的英雄(こくみんてきえいゆう)だ。
他是人民的英雄。

05 | かんろく【貫録】
名 尊嚴，威嚴；威信；身份
例 貫禄(かんろく)がある。
有威嚴。

06 | けいれき【経歴】
名 經歷，履歷；經過，體驗；周遊
例 経歴(けいれき)を詐称(さしょう)する。
經歷造假。

07 | こんけつ【混血】
名·自サ 混血
例 混血児(こんけつじ)が生(う)まれる。
生了混血兒。

08 | しょうたい【正体】
名 原形，真面目；意識，神志
例 正体(しょうたい)をあらわす。
現出原形。

09 | たしゃ【他者】
名 別人，其他人
例 他者(たしゃ)の言(い)うことに惑(まど)わされる。
被他人之言所迷惑。

10 | ただのひと【ただの人】
連語 平凡人，平常人，普通人
例 一度別(いちどわか)れてしまえば、ただの人(ひと)になる。
一旦分手之後，就變成了一介普通的人。

11 | てきせい【適性】

㊔ 適合某人的性質，資質，才能；適應性

例 適性がある。

有…的條件。

12 | てんさい【天才】

㊔ 天才

例 天才的な技を繰り出す。

渾身解數展現出天才般的手藝。

13 | ひとかげ【人影】

㊔ 人影；人

例 人影もまばらだ。

連人影也少見。

14 | ひとけ【人気】

㊔ 人的氣息

例 人気の無い場所に行かない。

不到人跡罕至的地方。

15 | まるめる【丸める】

(他下一) 弄圓，糅成團；攏絡，拉攏；剃成光頭；出家

例 頭を丸める。

剃光頭。

16 | みじゅく【未熟】

(名·形動) 未熟，生；不成熟，不熟練

例 未熟児が生まれる。

生下早產兒。

17 | みのうえ【身の上】

㊔ 境遇，身世，經歷；命運，運氣

例 身の上話をする。

談論身世境遇。

18 | みもと【身元】

㊔ (個人的)出身，來歷，經歷；身份，身世

例 身元保証人を引き受ける。

答應當保證人。

19 | むのう【無能】

(名·形動) 無能，無才，無用

例 無能な連中を追い出す。

把無能之輩攆出去。

20 | りれき【履歴】

㊔ 履歷，經歷

例 履歴書を送る。

寄送履歷。

21 | わるもの【悪者】

㊔ 壞人，壞傢伙，惡棍

例 悪者を懲らしめる。

懲治惡人。

7-2

7-2 老若男女 /

男女老少

01 | いせい【異性】

㊔ 異性；不同性質

例 異性関係を持つ。

有男女關係。

02 | しんし【紳士】

㊔ 紳士；（泛指）男人

例 紳士靴（しんしぐつ）を履（は）く。

穿上男士鞋。

03 | じ【児】

漢造 幼兒；兒子；人；可愛的年輕人

例 新生児（しんせいじ）を抱（だ）く。

抱新生兒。

04 | せいねん【成年】

㊔ 成年（日本現行法律為二十歲）

例 成年（せいねん）に達（たっ）する。

達到成年。

05 | ミセス【Mrs.】

㊔ 女士，太太，夫人；已婚婦女，主婦

例 ミセス向（む）けの服（ふく）。

適合仕女的服裝。

06 | ヤング【young】

名·造語 年輕人，年輕一代；年輕的

例 ヤングとアダルトに分（わ）かれる。

分開年輕人與成年人。

07 | レディー【lady】

㊔ 貴婦人；淑女；婦女

例 レディーファースト。

女士優先。

7-3 いろいろな人を表すことば (1) / 各種人物的稱呼 (1)

01 | いちいん【一員】

㊔ 一員；一份子

例 あなたも家族（かぞく）の一員（いちいん）だ。

你也是家族的一份子。

02 | いみん【移民】

名·自サ 移民；（移往外國的）僑民

例 ブラジルへ移民（いみん）する。

移民到巴西。

03 | エリート【（法）elite】

㊔ 菁英，傑出人物

例 エリート意識（いしき）が強（つよ）い。

優越感特別強烈。

04 | がくし【学士】

㊔ 學者；（大學）學士畢業生

例 学士（がくし）の学位（がくい）が授与（じゅよ）される。

授予學士學位。

05 | かん【官】

名·漢造 （國家、政府的）官，官吏；國家機關，政府；官職，職位

例 官職（かんしょく）に就（つ）く。

就任官職。

06 | きぞく【貴族】

㊔ 貴族

例 独身貴族（どくしんきぞく）を貫（つらぬ）く。

堅持走單身貴族的路線。

07 | ぎょうしゃ【業者】
㊔ 工商業者
例 業者を集める。
召集同業者。

08 | くろうと【玄人】
㊔ 內行，專家
例 玄人の腕前。
專家的本事。

09 | ゲスト【guest】
㊔ 客人，旅客；客串演員
例 ゲストに招く。
邀請客人。

10 | こじん【故人】
㊔ 故人，舊友；死者，亡人
例 故人を偲ぶ。
緬懷故人。

11 | さむらい【侍】
㊔ (古代公卿貴族的)近衛；古代的武士；有骨氣，行動果決的人
例 侍ジャパンが勝ち越す。
日本武士領先。

12 | サンタクロース【Santa Claus】
㊔ 聖誕老人
例 サンタクロースがやってくる。
聖誕老人來了。

13 | じつぎょうか【実業家】
㊔ 實業鉅子
例 青年実業家を目指す。
以成為年輕實業家為目標。

14 | じぬし【地主】
㊔ 地主，領主
例 因業な地主に取り上げられた。
被殘忍的地主給剝奪了。

15 | じゅうぎょういん【従業員】
㊔ 工作人員，員工，職工
例 従業員組合が組織される。
組織工會。

16 | しゅうし【修士】
㊔ 碩士；修道士
例 修士の学位が授与される。
頒授碩士學位。

17 | しゅ【主】
名·漢造 主人；主君；首領；主體，中心；居首者；東道主
例 主イエスキリストを信じる。
信奉主耶穌基督。

18 | しようにん【使用人】
㊔ 佣人，雇工
例 使用人を雇う。
雇用傭人。

19 | しょうにん【証人】

㊔（法）證人；保人，保證人

例 証人に立てる。

成為證人。

20 | じょう【嬢】

名·漢造 姑娘，少女；（敬）小姐，女士

例 財閥のご令嬢と婚約する。

與財團千金訂婚。

21 | しょくいん【職員】

㊔ 職員，員工

例 大学の職員を採用する。

錄用大學職員。

22 | じょしこうせい【女子高生】

㊔ 女高中生

例 今どきの女子高生を集めてみた。

嘗試集結了時下的女高中生。

23 | じょし【女史】

名·代·接尾（敬語）女士，女史

例 山田女史が独自に開発した。

山田女士所獨自開發的。

24 | しんいり【新入り】

㊔ 新參加（的人），新手；新入獄（者）

例 新入りをいじめる。

欺負新人。

25 | しんじゃ【信者】

㊔ 信徒；…迷，崇拜者，愛好者

例 仏教信者を擁護する。

擁護佛教徒。

26 | しんじん【新人】

㊔ 新手，新人；新思想的人，新一代的人

例 新人が活躍する。

新人大顯身手。

27 | し【士】

漢造 人（多指男性），人士；武士；士官；軍人；（日本自衛隊中最低的一級）士；有某種資格的人；對男子的美稱

例 消防士になる。

當消防員。

28 | し【師】

㊔ 軍隊；（軍事編制單位）師；老師；從事專業技術的人

例 師を敬う。

尊敬師長。

29 | セレブ【celeb】

㊔ 名人，名媛，著名人士

例 セレブな私生活に憧れる。

嚮往貴婦般的私生活。

30 | せんぽう【先方】

㊔ 對方；那方面，那裡，目的地

例 先方の言い分にも一理ある。

對方也有一番道理。

7-3 (2)

7-3 いろいろな人を表すことば (2) / 各種人物的稱呼 (2)

31 | たいか【大家】

名 大房子；專家，權威者；名門，富豪，大戶人家

例 音楽(おんがく)の大家(たいか)が奏(かな)でる。

音樂大師進行演奏。

32 | タイピスト【typist】

名 打字員

例 タイピストになる。

成為打字員。

33 | たんしん【単身】

名 單身，隻身

例 単身赴任(たんしんふにん)する。

隻身赴任。

34 | ちょめい【著名】

名·形動 著名，有名

例 著名(ちょめい)な観光地(かんこうち)を訪(おとず)れる。

遊覽知名的觀光地區。

35 | どうし【同志】

名 同一政黨的人；同志，同夥，伙伴

例 同志(どうし)を募(つの)る。

招募同志。

36 | とうにん【当人】

名 當事人，本人

例 当人(とうにん)を調(しら)べる。

調查當事者。

37 | どくしゃ【読者】

名 讀者

例 読者(どくしゃ)アンケートに答(こた)える。

回答讀者問卷。

38 | とのさま【殿様】

名 (對貴族、主君的敬稱)老爺，大人

例 殿様(とのさま)に謁見(えっけん)する。

謁見大人。

39 | ドライバー【driver】

名 (電車、汽車的)司機

例 ドライバーを雇(やと)う。

雇用司機。

40 | なこうど【仲人】

名 媒人，婚姻介紹人

例 仲人(なこうど)を立(た)てる。

當媒人。

41 | ぬし【主】

名·代·接尾 (一家人的)主人，物主；丈夫；(敬稱)您；者，人

例 世帯主(せたいぬし)は父(ちち)です。

戶長是父親。

42 | ばんにん【万人】

名 萬人，眾人

例 万人受(ばんにんう)けする。

老少咸宜，萬眾喜愛。

43 | ひ【被】

漢造 被…，蒙受；被動

例 被保険者になる。

成為被保險人。

44 | ファン【fan】

名 電扇，風扇；(運動，戲劇，電影等)影歌迷，愛好者

例 ファンに感謝する。

感謝影(歌)迷。

45 | ふごう【富豪】

名 富豪，百萬富翁

例 大富豪の邸宅に忍び込んだ。

悄悄潛入大富豪的宅邸。

46 | ペーパードライバー【(和) paper + driver】

名 有駕照卻沒開過車的駕駛

例 ペーパードライバーから脱出する。

脫離紙上駕駛身份。

47 | へいし【兵士】

名 兵士，戰士

例 兵士を率いる。

率領士兵。

48 | ぼくし【牧師】

名 牧師

例 牧師から洗礼を受ける。

請牧師為我們受洗。

49 | ほりょ【捕虜】

名 俘虜

例 捕虜を捕らえる。

捕捉俘虜。

50 | マニア【mania】

名・造語 狂熱，癖好；瘋子，愛好者，…迷，…癖

例 カメラマニア。

相機迷。

51 | やつ【奴】

名・代 (蔑)人，傢伙；(粗魯的)指某物，某事情或某狀況；(蔑)他，那小子

例 おまえみたいな奴はもう知らない。

我再也不管你這傢伙了。

52 | よそのひと【よその人】

名 旁人，閒雜人等

例 よその人に慣れさせる。

讓…習慣旁人。

53 | りょきゃく・りょかく【旅客】

名 旅客，乘客

例 旅客機に乗る。

搭乘民航機。

7-4

7-4 人の集まりを表すことば / 各種人物相關團體的稱呼

01 | いちどう【一同】

㊔ 大家，全體

例 一同（いちどう）が立（た）ち上（あ）がる。

全體都站起來。

02 | かんしゅう【観衆】

㊔ 觀眾

例 観衆（かんしゅう）が沸（わ）く。

觀眾情緒沸騰。

03 | ぐんしゅう【群集】

名·自サ 群集，聚集；人群，群

例 アリの群集（ぐんしゅう）を観察（かんさつ）する。

仔細觀察螞蟻群。

04 | ぐんしゅう【群衆】

㊔ 群眾，人群

例 群衆（ぐんしゅう）が押（お）し寄（よ）せる。

人群一擁而上。

05 | ぐん【群】

㊔ 群，類；成群的；數量多的

例 群（ぐん）を抜（ぬ）く。

出類拔萃。

06 | げきだん【劇団】

㊔ 劇團

例 劇団（げきだん）に入（はい）る。

加入劇團。

07 | けっせい【結成】

名·他サ 結成，組成

例 劇団（げきだん）を結成（けっせい）する。

組劇團。

08 | げんじゅうみん【原住民】

㊔ 原住民

例 アメリカ原住民（げんじゅうみん）。

美國原住民。

09 | しゅう【衆】

名·漢造 眾多，眾人；一夥人

例 烏合（うごう）の衆（しゅう）で危機（きき）を乗（の）り越（こ）える。

烏合之眾化解危機。

10 | しょくん【諸君】

名·代（一般為男性用語，對長輩不用）各位，諸君

例 諸君（しょくん）によろしく。

向大家問好。

11 | しょみん【庶民】

㊔ 庶民，百姓，群眾

例 庶民階級（しょみんかいきゅう）が台頭（たいとう）する。

庶民階級勢力抬頭。

12 | じんみん【人民】

㊔ 人民

例 人民（じんみん）の福祉（ふくし）を追求（ついきゅう）する。

追求人民的福利。

13 | じん【陣】

名·漢造 陣勢；陣地；行列；戰鬥，戰役

はいすい　じん　いしりょく　たか
例 背水の陣が意志力を高める。

背水一戰讓意志力更為高漲。

14 | たいしゅう【大衆】

名 大眾，群眾；眾生

たいしゅう　うった
例 大衆に訴える。

訴諸民眾。

15 | たい【隊】

名·漢造 隊，隊伍，集體組織；(有共同目標的)幫派或及集團

たい　く　すす
例 隊を組んで進む。

排隊前進。

16 | どうし【同士】

名·接尾 (意見、目的、理想、愛好相同者)同好；(彼此關係、性質相同的人)彼此，伙伴，們

き　あ　ものどうし　ともだち
例 気の合う者同士が友達になる。

交到志同道合的好友。

17 | ペア【pair】

名 一雙，一對，兩個一組，一隊

めいさま　しょうたい
例 2 名様ペアでご招待。

兩名一組給予招待。

18 | ぼうりょくだん【暴力団】

名 暴力組織

ぼうりょくだん　しきんげん　た
例 暴力団の資金源を断つ。

斷絕暴力組織的資金來源。

19 | みんぞく【民俗】

名 民俗，民間風俗

みんぞくがく　けんきゅう
例 民俗学を研究する。

研究民俗學。

20 | みんぞく【民族】

名 民族

しょうすうみんぞく　であ
例 少数民族に出会う。

遇見少數民族。

21 | れんちゅう【連中】

名 伙伴，一群人，同夥；(演藝團體的)成員們

れんちゅう
例 とんでもない連中だ。

亂七八糟的一群傢伙。

7-5

7-5 容姿 / 姿容

01 | エレガント【elegant】

形動 雅致(的)，優美(的)，漂亮(的)

み
例 エレガントな身のこなし。

優雅的姿態。

02 | かび【華美】

名·形動 華美，華麗

かび　ふくそう　さんれつ
例 華美な服装で参列する。

穿著華麗的衣服觀禮。

03 | きひん【気品】

名 (人的容貌、藝術作品的)品格，氣派

きひん　たか
例 気品が高い。

風度高雅。

04 | きらびやか

(形動) 鮮豔美麗到耀眼的程度；絢麗，華麗

例 きらびやかな装い。

華麗的裝扮。

05 | こうしょう【高尚】

(形動) 高尚；(程度)高深

例 高尚な趣味を持つ。

擁有高雅的趣味。

06 | しこう【志向】

(名·他サ) 志向；意向

例 高い志向をもつ。

有很大的志向。

07 | シック【(法) chic】

(形動) 時髦，漂亮；精緻

例 シックに着こなす。

衣著時髦。

08 | チェンジ【change】

(名·自他サ) 交換，兑換；變化；(網球，排球等)交換場地

例 イメージチェンジ。

改變形象。

09 | ひらたい【平たい】

(形) 沒有多少深度或廣度，少凹凸而橫向擴展；平，扁，平坦；容易，淺顯易懂

例 平たい顔が多い。

有許多扁平臉的人。

10 | ふくめん【覆面】

(名·自サ) 蒙上臉；不出面，不露面

例 覆面強盗が民家に押し入る。

蒙面強盜闖入民宅。

11 | ぶさいく【不細工】

(名·形動) (技巧，動作)笨拙，不靈巧；難看，醜

例 不細工な顔が歪んでいる。

難看的臉扭曲著。

12 | ポーズ【pose】

(名) (人在繪畫、舞蹈等)姿勢；擺樣子，擺姿勢

例 ポーズをとる。

擺姿勢。

13 | みすぼらしい

(形) 外表看起來很貧窮的樣子；寒酸；難看

例 みすぼらしい格好が嫌いだ。

不喜歡衣衫襤褸。

14 | みちがえる【見違える】

(他下一) 看錯

例 見違えるほど変わった。

變得都認不出來了。

15 | みなり【身なり】

(名) 服飾，裝束，打扮

例 身なりに構わない。

不修邊幅。

16 | ゆうび【優美】

名·形動 優美

例 優美なアーチを描く。

描繪優美的拱門。

17 | りりしい【凛凛しい】

形 凜凜，威嚴可敬

例 りりしいすがたに成長した。

長成威風凜凜的相貌。

7-6 (1)

7-6 態度、性格 (1) /

態度、性格 (1)

01 | あいそう・あいそ【愛想】

名 (接待客人的態度、表情等)親切；接待，款待；(在飲食店)算帳，客人付的錢

例 愛想がいい。

和藹可親。

02 | あからむ【赤らむ】

自五 變紅，變紅了起來；臉紅

例 顔が赤らむ。

臉紅了起來。

03 | あからめる【赤らめる】

他下一 使…變紅

例 顔を赤らめる。

漲紅了臉。

04 | あさましい【浅ましい】

形 (情形等悲慘而可憐的樣子)慘，悲慘；(作法或想法卑劣而下流)卑鄙，卑劣

例 浅ましい行為を重ねる。

一次又一次的做出卑鄙的行為。

05 | あっとう【圧倒】

名·他サ 壓倒；勝過；超過

例 相手の勢いに圧倒される。

被對方的氣勢壓倒。

06 | あらっぽい【荒っぽい】

形 性情、語言行為等粗暴、粗野；對工作等粗糙、草率

例 行動が荒っぽい。

行動粗野。

07 | いいかげん【いい加減】

連語·形動·副 適當；不認真；敷衍，馬虎；牽強，靠不住；相當，十分

例 いい加減にしろ。

你給我差不多一點。

08 | いき【粋】

名·形動 漂亮，瀟灑，俏皮，風流

例 粋な服装をしている。

穿著漂亮。

09 | いさぎよい【潔い】

形 勇敢，果斷，乾脆，毫不留戀，痛痛快快

例 潔く罪を認める。

痛快地認罪。

10 | いっそ

(副) 索性，倒不如，乾脆就

例 いっそ歩(ある)いて行(い)く。

乾脆走路去。

11 | いっぺん【一変】

(名·自他サ) 一變，完全改變；突然改變

例 病勢(びょうせい)が一変(いっぺん)する。

病情急變。

12 | いやらしい【嫌らしい】

(形) 使人產生不愉快的心情，令人討厭；令人不愉快，不正經，不規矩

例 いやらしい目(め)つきで見(み)る。

用令人不愉快的眼神看。

13 | いんき【陰気】

(名·形動) 鬱悶，不開心；陰暗，陰森；陰鬱之氣

例 陰気(いんき)な顔(かお)つきをしている。

一副愁眉苦臉的樣子。

14 | インテリ【(俄)intelligentsiya之略】

(名) 知識份子，知識階層

例 インテリの集(あつ)まり。

人才濟濟。

15 | おおまか【大まか】

(形動) 不拘小節的樣子，大方；粗略的樣子，概略，大略

例 大(おお)まかに見積(みつ)もる。

粗略估計。

16 | おおらか【大らか】

(形動) 落落大方，胸襟開闊，豁達

例 おおらかな性格(せいかく)になりたい。

我希望自己能落落大方的待人接物。

17 | おくびょう【臆病】

(名·形動) 戰戰兢兢的；膽怯，怯懦

例 臆病者(おくびょうもの)と呼(よ)ばれる。

被稱做膽小鬼。

18 | おごそか【厳か】

(形動) 威嚴而莊重的樣子；莊嚴，嚴肅

例 厳(おごそ)かに行(おこな)われる。

嚴肅的舉行。

19 | おせっかい

(名·形動) 愛管閒事，多事

例 おせっかいを焼(や)く。

好管他人閒事。

20 | おちつき【落ち着き】

(名) 鎮靜，沉著，安詳；(器物等)穩當，放得穩；穩妥，協調

例 落(お)ち着(つ)きを取(と)り戻(もど)す。

恢復鎮靜。

21 | おつかい【お使い】

(名) 被打發出去辦事，跑腿

例 お使(つか)いを頼(たの)む。

受指派外出辦事。

22 | おっちょこちょい

㊔名·形動 輕浮，冒失，不穩重；輕浮的人，輕佻的人

例 おっちょこちょいなところがある。

有冒失之處。

23 | おどおど

副·自サ 提心吊膽，忐忑不安

例 人前ではいつもおどおどしている。

在人面前總是提心吊膽。

24 | おんわ【温和】

名·形動 （氣候等）溫和，溫暖；（性情、意見等）柔和，溫和

例 温和な性格。

溫和的個性。

25 | かって【勝手】

名·形動 廚房；情況；任意

例 勝手にしろ。

隨便你啦。

26 | かっぱつ【活発】

形動 動作或言談充滿活力；活潑，活躍

例 取引が活発である。

交易活絡。

27 | がんこ【頑固】

名·形動 頑固，固執；久治不癒的病，痼疾

例 頑固親父が出演した。

由頑固老爹來扮演演出。

28 | かんにさわる【癇に障る】

慣 觸怒，令人生氣

例 あの話し方が癇に障る。

那種說話方式真令人生氣。

29 | かんよう【寛容】

名·形動·他サ 容許，寬容，容忍

例 寛容な態度で向き合う。

以寬宏的態度對待。

30 | きがきく【気が利く】

慣 機伶，敏慧

例 新人なのに気が利く。

雖是新人但做事機敏。

31 | きさく【気さく】

形動 坦率，直爽，隨和

例 気さくな人柄。

隨和的性格。

7-6 (2)

7-6 態度、性格 (2) /

態度、性格 (2)

32 | きざ【気障】

形動 裝模作樣，做作；令人生厭，刺眼

例 気障な男が現れる。

出現了一位裝模作樣的男人。

33 | きしつ【気質】

名 氣質，脾氣；風格

例 気質が優しい。

性情溫柔。

34 | きだて【気立て】

㊔ 性情，性格，脾氣

例 気立(きだ)てが優(やさ)しい。

性情溫和。

35 | きちょうめん【几帳面】

(名·形動) 規規矩矩，一絲不苟；(自律)嚴格，(注意)周到

例 几帳面(きちょうめん)な性格(せいかく)。

一絲不苟的個性。

36 | きなが【気長】

(名·形動) 緩慢，慢性；耐心，耐性

例 気長(きなが)に待(ま)つ。

耐心等待。

37 | きふう【気風】

㊔ 風氣，習氣；特性，氣質；風度，氣派

例 関西人(かんさいじん)の気風(きふう)。

關西人的習性。

38 | きまぐれ【気紛れ】

(名·形動) 反覆不定，忽三忽四；反復不定，變化無常

例 気(き)まぐれな性格(せいかく)を直(なお)す。

改善反復無常的個性。

39 | きまじめ【生真面目】

(名·形動)一本正經，非常認真；過於耿直

例 生真面目(きまじめ)な性格(せいかく)から脱却(だっきゃく)する。

改掉一本正經的性格。

40 | きょう【強】

(名·漢造) 強者；(接尾詞用法)強，有餘；強，有力；加強；硬是，勉強

例 強弱(きょうじゃく)をつける。

區分強弱。

41 | きょよう【許容】

(名·他サ) 容許，允許，寬容

例 許容範囲(きょようはんい)が広(ひろ)い。

允許範圍非常廣泛。

42 | きんべん【勤勉】

(名·形動) 勤勞，勤奮

例 勤勉(きんべん)な学生(がくせい)。

勤勞的學生。

43 | くっせつ【屈折】

(名·自サ) 彎曲，曲折；歪曲，不正常，不自然

例 光(ひかり)が屈折(くっせつ)する。

光線折射。

44 | けいせい【形成】

(名·他サ) 形成

例 人格(じんかく)を形成(けいせい)する。

人格形成。

45 | けいそつ【軽率】

(名·形動) 輕率，草率，馬虎

例 軽率(けいそつ)な発言(はつげん)は控(ひか)えたい。

發言草率希望能加以節制。

46 | けんめい【賢明】

(名·形動) 賢明，英明，高明

例 賢明な行い。

高明的作法。

47 | こうい【行為】

(名) 行為，行動，舉止

例 親切な行為を行う。

施行舉止親切之禮節。

48 | こせい【個性】

(名) 個性，特性

例 個性を出す。

凸出特色。

49 | こだわる【拘る】

(自五) 拘泥；妨礙，阻礙，抵觸

例 学歴にこだわる。

拘泥於學歷。

50 | こつこつ

(副) 孜孜不倦，堅持不懈，勤奮；(硬物相敲擊)咚咚聲

例 こつこつと勉強する。

孜孜不倦的讀書。

51 | こまやか【細やか】

(形動) 深深關懷對方的樣子；深切，深厚

例 細やかな気配りができる。

能得到深切的關注。

52 | ざつ【雑】

(名·形動) 雜類；(不單純的)混雜；摻雜；(非主要的)雜項；粗雜；粗糙；粗枝大葉

例 雑に扱う。

隨便處理。

53 | ざんこく【残酷】

(形動) 殘酷，殘忍

例 残酷な仕打ちをする。

殘酷對待。

54 | じが【自我】

(名) 我，自己，自我；(哲)意識主體

例 自我が芽生える。

萌生主體意識。

55 | しっとり

(副·サ変) 寧靜，沈靜；濕潤，潤澤

例 しっとりした感じの女性の方が良い 。

我比較喜歡文靜的女子。

56 | しとやか

(形動) 說話與動作安靜文雅；文靜

例 しとやかな女性に惹かれる。

被舉止優雅，文靜的女子所吸引。

57 | しぶとい

(形) 對痛苦或逆境不屈服，倔強，頑強

例 しぶとい人間が勝つ。

頑強的人將獲勝。

58 | じゃく【弱】

名·接尾·漢造 (文)弱，弱者；不足；年輕

例 弱肉強食が露骨になっている。

弱肉強食顯得毫不留情。

59 | しゃこう【社交】

名 社交，交際

例 社交的な人と言われる。

被認為是善於社交的人。

60 | じょうねつ【情熱】

名 熱情，激情

例 情熱にあふれる。

熱情洋溢。

61 | じんかく【人格】

名 人格，人品；(獨立自主的)個人

例 人格が優れる。

人品出眾。

7-6 (3)

7-6 態度、性格 (3) /
態度、性格 (3)

62 | すねる【拗ねる】

自下一 乖戾，鬧彆扭，任性撒野

例 世をすねる。

玩世不恭；憤世嫉俗。

63 | せいじつ【誠実】

名·形動 誠實，真誠

例 誠実な人柄を表している。

呈現出誠實的人格特質。

64 | せいじゅん【清純】

名·形動 清純，純真，清秀

例 清純な少女を絵に描いた。

描繪著清純可人的少女。

65 | ぜんりょう【善良】

名·形動 善良，正直

例 善良な風俗に反する。

違反善良風俗。

66 | そうたい【相対】

名 對面，相對

例 空間的な相対関係を用いた。

使用空間上的相對關係。

67 | そっけない【素っ気ない】

形 不表示興趣與關心；冷淡的

例 素っ気なく断る。

冷淡地拒絕。

68 | ぞんざい

形動 粗率，潦草，馬虎；不禮貌，粗魯

例 ぞんざいな扱いを受ける。

受到粗魯無禮的對待。

69 | だいたん【大胆】

名·形動 大膽，有勇氣，無畏；厚顏，膽大妄為

例 大胆な行動を取る。

採取大膽的行動。

70 | だらだら

副·自サ 滴滴答答地，冗長，磨磨蹭蹭的；斜度小而長

例 汗（あせ）がだらだらと流（なが）れる。

汗流浹背。

71 | たんき【短気】

名·形動 性情急躁，沒耐性，性急

例 短気（たんき）を起（お）こす。

犯急躁。

72 | ちかよりがたい【近寄りがたい】

形 難以接近

例 近寄（ちかよ）りがたい人（ひと）。

難以親近的人。

73 | ちっぽけ

名（俗）極小

例 ちっぽけな悩（なや）みがぶっ飛（と）んだ。

小小的煩惱被吹走了。

74 | チャーミング【charming】

形動 有魅力，迷人，可愛

例 チャーミングな目（め）をする。

有迷人的眼睛。

75 | つつしむ【慎む・謹む】

他五 謹慎，慎重；控制，節制；恭，恭敬

例 お酒（さけ）を慎（つつし）む。

節制飲酒。

76 | つよい【強い】

形 強，強勁；強壯，健壯；強烈，有害；堅強，堅決；對…強，有抵抗力；（在某方面）擅長

例 意志（いし）が強（つよ）い。

意志堅強。

77 | つよがる【強がる】

自五 逞強，裝硬漢

例 弱（よわ）い者（もの）に限（かぎ）って強（つよ）がる。

唯有弱者愛逞強。

78 | でかい

形（俗）大的

例 態度（たいど）がでかい。

態度傲慢。

79 | どうどう【堂々】

形動·副（儀表等）堂堂；威風凜凜；冠冕堂皇，光明正大；無所顧忌，勇往直前

例 堂々（どうどう）と行進（こうしん）する。

威風凜凜的前進。

80 | どきょう【度胸】

名 膽子，氣魄

例 度胸（どきょう）がある。

有膽識。

81 | ドライ【dry】

名·形動 乾燥，乾旱；乾巴巴，枯燥無味；（處事）理智，冷冰冰；禁酒，（宴會上）不提供酒

例 ドライな性格（せいかく）を直（なお）したい。

想改掉鐵面無私的性格。

82｜なごむ【和む】

自五 平靜下來，溫和起來

例 心が和む。

心情平靜下來。

83｜なまぬるい【生ぬるい】

形 還沒熱到熟的程度，該冰的東西尚未冷卻；溫和；不嚴格，馬馬虎虎；姑息

例 生ぬるい考えにイライラした。

被優柔寡斷的想法弄得情緒焦躁。

84｜なれなれしい

形 非常親近，完全不客氣的態度；親近，親密無間

例 馴れ馴れしい態度が嫌い。

不喜歡過份親暱的態度。

85｜ネガティブ・ネガ【negative】

名·形動 （照相）軟片，底片；否定的，消極的

例 ネガティブな思考に陥る。

陷入負面思考。

86｜はいりょ【配慮】

名·他サ 關懷，照料，照顧，關照

例 住民に配慮する。

關懷居民。

87｜びしょう【微笑】

名·自サ 微笑

例 微笑を浮かべる。

浮上微笑。

88｜ひとがら【人柄】

名·形動 人品，人格，品質；人品好

例 人柄がいい。

人品好。

89｜ファザコン【（和）father＋complex 之略】

名 戀父情結

例 彼女はファザコンだ。

她有戀父情結。

90｜ぶれい【無礼】

名·形動 沒禮貌，不恭敬，失禮

例 無礼な奴に絡まれる。

被無禮的傢伙糾纏住。

91｜ほうりだす【放り出す】

他五 （胡亂）扔出去，拋出去；擱置，丟開，扔下

例 仕事を途中で放り出す。

把做到一半工作丟開。

7-6 (4)

7-6 態度、性格 (4) ／

態度、性格 (4)

92｜ほしゅ【保守】

名·他サ 保守；保養

例 保守主義を導入する。

導入保守主義。

93｜まえむき【前向き】

名 面像前方，面向正面；向前看，積極

例 前向きに考える。

積極檢討。

94｜まけずぎらい【負けず嫌い】

名·形動 不服輸，好強

例 負(ま)けず嫌(ぎら)いな人(ひと)。

不服輸的人。

95｜マザコン【(和)mother＋complex 之略】

名 戀母情結

例 あいつはマザコンなんだ。

那傢伙有戀母情結。

96｜みえっぱり【見栄っ張り】

名 虛飾外表(的人)

例 見栄(みえ)っ張(ぱ)りなやつ。

追求虛榮的人。

97｜みくだす【見下す】

他五 輕視，藐視，看不起；往下看，俯視

例 人(ひと)を見下(みくだ)した態度(たいど)。

輕視別人的態度。

98｜みならう【見習う】

他五 學習，見習，熟習；模仿

例 見習(みなら)うべき手本(てほん)を残(のこ)した。

留下值得學習的範本。

99｜むくち【無口】

名·形動 沈默寡言，不愛説話

例 無口(むくち)な青年(せいねん)を誘惑(ゆうわく)する。

引誘沈默寡言的年輕人。

100｜むじゃき【無邪気】

名·形動 天真爛漫，思想單純，幼稚

例 無邪気(むじゃき)な子供(こども)。

天真爛漫的孩子。

101｜むちゃくちゃ【無茶苦茶】

名·形動 毫無道理，豈有此理；混亂，亂七八糟；亂哄哄

例 無茶苦茶(むちゃくちゃ)忙(いそが)しい日々(ひび)を過(す)ごす。

過著忙亂的生活。

102｜むちゃ【無茶】

名·形動 毫無道理，豈有此理；胡亂，亂來；格外，過分

例 それは無茶(むちゃ)というものです。

這簡直是胡來。

103｜めいろう【明朗】

形動 明朗；清明，公正，光明正大，不隱諱

例 健康(けんこう)で明朗(めいろう)な少年(しょうねん)。

健康開朗的少年。

104｜もはん【模範】

名 模範，榜樣，典型

例 模範(もはん)を示(しめ)す。

作為典範。

105｜よくぼう【欲望】

名 慾望；欲求

例 欲望(よくぼう)を満(み)たす。

滿足慾望。

106 | らっかん【楽観】

名·他サ 樂觀

例 楽観的な性格。

樂觀的個性。

107 | れいこく【冷酷】

名·形動 冷酷無情

例 彼は冷酷な人間だ。

他是個冷酷無情的人。

108 | れいたん【冷淡】

名·形動 冷淡，冷漠，不熱心；不熱情，不親熱

例 冷淡な態度をとる。

採冷淡的態度。

109 | ろこつ【露骨】

名·形動 露骨，坦率，明顯；毫不客氣，毫無顧忌；赤裸裸

例 露骨に悪口を言う。

毫不留情的罵。

110 | ワンパターン【(和) one + pattern】

名·形動 一成不變，同樣的

例 ワンパターンな人間になる。

成為一成不變的人。

7-7 人間関係 (1) / 人際關係 (1)

01 | あいだがら【間柄】

名 (親屬、親戚等的)關係；來往關係，交情

例 親子の間柄。

親子關係。

02 | あらかじめ【予め】

副 預先，先

例 あらかじめアポをとる。

事先預約。

03 | えん【縁】

名 廊子；關係，因緣；血緣，姻緣；邊緣；緣分，機緣

例 縁がある。

有緣份。

04 | おとも【お供】

名·自サ 陪伴，陪同，跟隨；陪同的人，隨員

例 社長にお供する。

陪同社長。

05 | かたとき【片時】

名 片刻

例 片時も忘れられない。

片刻難忘。

06 | かわるがわる【代わる代わる】

副 輪流，輪換，輪班

例 代(かわ)る代(がわ)る看病(かんびょう)する。

輪流看護。

07 | かんしょう【干渉】

名·自サ 干預，參與，干涉；(理)(音波，光波的)干擾

例 他人(たにん)に干渉(かんしょう)する。

干涉他人。

08 | がっちり

副·自サ 嚴密吻合

例 がっちりと組(く)む。

牢牢裝在一起。

09 | きずく【築く】

他五 築，建築，修建；構成，(逐步)形成，累積

例 キャリアを築(きず)く。

累積工作經驗。

10 | きゅうち【旧知】

名 故知，老友

例 旧知(きゅうち)を訪(たず)ねる。

拜訪老友。

11 | きゅうゆう【旧友】

名 老朋友

例 旧友(きゅうゆう)と再会(さいかい)する。

和老友重聚。

12 | きょうちょう【協調】

名·自サ 協調；合作

例 協調性(きょうちょうせい)がある。

具有協調性。

13 | こうご【交互】

名 互相，交替

例 交互(こうご)に使(つか)う。

交替使用。

14 | こじれる【拗れる】

自下一 彆扭，執拗；(事物)複雜化，惡化，(病)纏綿不癒

例 風邪(かぜ)が拗(こじ)れる。

感冒越來越嚴重。

15 | コネ【connection 之略】

名 關係，門路

例 コネを頼(たよ)って就職(しゅうしょく)する。

利用關係找工作。

16 | さいかい【再会】

名·自サ 重逢，再次見面

例 再会(さいかい)を約束(やくそく)する。

約定再會。

17 | したしまれる【親しまれる】

自五 (「親しむ」的受身形)被喜歡

例 子供(こども)に親(した)しまれる。

被小孩所喜歡。

18 | したしむ【親しむ】
(自五) 親近，親密，接近；愛好，喜愛
例 親しみやすい人には笑顔が多い。
容易接近的人經常笑容滿面。

19 | しょたいめん【初対面】
(名) 初次見面，第一次見面
例 初対面の挨拶を交わした。
初次見面相互寒暄致意。

20 | すくい【救い】
(名) 救，救援；挽救，彌補；(宗)靈魂的拯救
例 救いの手をさしのべる。
伸出援手。

21 | すれちがい【擦れ違い】
(名) 交錯，錯過去，差開
例 擦れ違いの夫婦が増えていった。
沒有交集的夫妻增多。

7-7 (2)

7-7 人間関係 (2) / 人際關係 (2)

22 | たいとう【対等】
(形動) 對等，同等，平等
例 対等な立場が理想だ。
對等的立場是最為理想的。

23 | たいめん【対面】
(名·自サ) 會面，見面
例 初対面が苦手だ。
初次見面時最為尷尬。

24 | たすけ【助け】
(名) 幫助，援助；救濟，救助；救命
例 なんの助けにもならない。
一點幫助也沒有。

25 | ちゅうしょう【中傷】
(名·他サ) 重傷，毀謗，污衊
例 人を中傷する。
中傷別人。

26 | つかえる【仕える】
(自下一) 服侍，侍候，侍奉；(在官署等)當官
例 神に仕える。
侍奉神佛。

27 | どうちょう【同調】
(名·自他サ) 調整音調；同調，同一步調，同意
例 相手に同調する。
贊同對方。

28 | とも【供】
(名) (長輩、貴人等的)隨從，從者；伴侶；夥伴，同伴
例 供に分かち合う。
與伙伴共同分享。

29 | にあい【似合い】
(名) 相配，合適
例 似合いのカップル。
登對的情侶。

30 | はしわたし【橋渡し】

㊔ 架橋；當中間人，當介紹人

例 橋渡(はしわた)し役(やく)になる。

扮演介紹人的角色。

31 | ひきたてる【引き立てる】

(他下一) 提拔，關照；穀粒；使…顯眼；(強行)拉走，帶走；關門(拉門)

例 後輩(こうはい)を引(ひ)き立(た)てる。

提拔晚輩。

32 | ふさわしい

㊎ 顯得均衡，使人感到相稱；適合，合適；相稱，相配

例 ふさわしい服装(ふくそう)に仕上(しあ)げる。

完成了一件合身的衣服。

33 | ペアルック【(和)pair + look】

㊔ 情侶裝，夫妻裝

例 恋人(こいびと)とペアルック。

與情人穿情侶裝。

34 | ほうかい【崩壊】

(名·自サ) 崩潰，垮台；(理)衰變，蜕變

例 家庭(かてい)が崩壊(ほうかい)する。

家庭瓦解。

35 | まじえる【交える】

(他下一) 夾雜，摻雜；(使細長的東西)交叉；互相接觸，交

例 私情(しじょう)を交(まじ)える。

參雜私人情感。

36 | みせもの【見せ物】

㊔ 雜耍(指雜技團、馬戲團、魔術等)；被眾人耍弄的對象

例 見(み)せ物(もの)にされる。

被當作耍弄的對象。

37 | みっせつ【密接】

(名·自サ·形動) 密接，緊連；密切

例 密接(みっせつ)な関係(かんけい)にある。

有密切的關係。

38 | ムード【mood】

㊔ 心情，情緒；氣氛；(語)語氣；情趣；樣式，方式

例 ムードをぶち壊(こわ)す。

破壞氣氛。

39 | むすびつき【結び付き】

㊔ 聯繫，聯合，關係

例 結(むす)び付(つ)きが強(つよ)い。

結合得很堅固。

40 | むすびつける【結び付ける】

(他下一) 繫上，拴上；結合，聯繫

例 運命(うんめい)が彼(かれ)らを結(むす)び付(つ)ける。

命運把他們結合在一起。

41 | めんかい【面会】

(名·自サ) 會見，會面

例 面会謝絶(めんかいしゃぜつ)になる。

謝絕會面。

42 | もてなす【持て成す】

他五 接待，招待，款待；(請吃飯)宴請，招待

例 お客様を持て成す。

宴請客人。

43 | ゆうずう【融通】

名·他サ 暢通(錢款)，通融；腦筋靈活，臨機應變

例 融通がきく。

善於臨機應變。

44 | ライバル【rival】

名 競爭對手；情敵

例 よきライバルを見つける。

找到好的對手。

7-8

7-8 神仏、化け物 / 神佛、怪物

01 | おみや【お宮】

名 神社

例 お宮参りをする。

去參拜神社；孩子出生後第一次參拜神社。

02 | かいじゅう【怪獸】

名 怪獸

例 怪獣が火を噴く。

怪獸噴火。

03 | ごくらく【極楽】

名 極樂世界；安定的境界，天堂

例 極楽浄土に往生する。

往生極樂世界。

04 | ささげる【捧げる】

他下一 雙手抱拳，捧拳；供，供奉，敬獻；獻出，貢獻

例 神様に捧げる。

供奉給神明。

05 | じごく【地獄】

名 地獄；苦難；受苦的地方；(火山的)噴火口

例 地獄耳が聞き逃す。

耳朵靈竟漏聽了。

06 | しゅう【宗】

名 (宗)宗派；宗旨

例 日蓮宗の宗徒が柱を寄付する。

日蓮宗的門徒捐贈柱子。

07 | しんせい【神聖】

名·形動 神聖

例 神聖な山が鎮座している。

聖山在此坐鎮。

08 | しんでん【神殿】

名 神殿，神社的正殿

例 神殿を営造する。

修建神殿。

09 | すうはい【崇拝】

名·他サ 崇拜；信仰

例 個人崇拝が批判された。

個人崇拜受到批判。

10 | せいしょ【聖書】

(名)（基督教的）聖經；古聖人的著述，聖典

例 新約聖書(しんやくせいしょ)を研究(けんきゅう)する。

研究新約聖經。

11 | せんきょう【宣教】

(名·自サ) 傳教，佈道

例 宣教師(せんきょうし)を希望(きぼう)する。

希望成為傳教士。

12 | ぜん【禅】

(漢造)（佛）禪，靜坐默唸；禪宗的簡稱

例 座禅(ざぜん)を組(く)む。

坐禪。

13 | たてまつる【奉る】

(他五·補動·五型) 奉，獻上；恭維，捧；（文）（接動詞連用型）表示謙遜或恭敬

例 会長(かいちょう)に奉(たてまつ)る。

抬舉（他）做會長。

14 | たましい【魂】

(名) 靈魂；魂魄；精神，精力，心魂

例 魂(たましい)を入(い)れる。

注入靈魂。

15 | つりがね【釣鐘】

(名)（寺院等的）吊鐘

例 釣鐘(つりがね)をつき鳴(な)らす。

敲鐘。

16 | てんごく【天国】

(名) 天國，天堂；理想境界，樂園

例 歩行者天国(ほこうしゃてんごく)を守(まも)る。

守住步行天國制度。

17 | でんせつ【伝説】

(名) 傳說，口傳

例 伝説(でんせつ)が伝(つた)わる。

傳說流傳。

18 | とりい【鳥居】

(名)（神社入口處的）牌坊

例 鳥居(とりい)をくぐる。

穿過牌坊。

19 | ばける【化ける】

(自下一) 變成，化成；喬裝，扮裝；突然變成

例 白蛇(はくじゃ)が美(うつく)しい娘(むすめ)に化(ば)ける。

白蛇變成一個美麗的姑娘。

20 | ぶつぞう【仏像】

(名) 佛像

例 仏像(ぶつぞう)を拝(おが)む。

參拜佛像。

21 | ぶつだん【仏壇】

(名) 佛龕

例 仏壇(ぶつだん)に手(て)を合(あ)わせる。

對著佛龕膜拜。

22 | ゆうれい【幽霊】

(名) 幽靈，鬼魂，亡魂；有名無實的事物

例 幽霊(ゆうれい)が出(で)る屋敷(やしき)。

鬼魂出沒的屋子。

パート 8 第八章

親族

- 親屬 -

8-1

8-1 家族 / 家族

01 | きょうぐう【境遇】

名 境遇，處境，遭遇，環境

例 恵まれた境遇に生まれた。

生長在得天獨厚的環境下。

02 | ぎり【義理】

名 (交往上應盡的)情意，禮節，人情；緣由，道理

例 義理の兄弟。

大伯，小叔，姊夫，妹夫。

03 | せたい【世帯】

名 家庭，戶

例 三世帯住宅に建て替える。

翻蓋為三代同堂的住宅。

04 | ふよう【扶養】

名·他サ 扶養，撫育

例 扶養控除の対象にならない。

無法成為受撫養減稅的對象。

05 | みうち【身内】

名 身體內部，全身；親屬；(俠客、賭徒等的)自家人，師兄弟

例 身内だけで晩ご飯を食べる。

只有親屬共進晚餐。

06 | むこ【婿】

名 女婿；新郎

例 婿養子をもらう。

招贅。

07 | やしなう【養う】

他五 (子女)養育，撫育；養活，扶養；餵養；培養；保養，休養

例 妻と子を養う。

撫養妻子與小孩。

08 | ゆらぐ【揺らぐ】

自五 搖動，搖晃；意志動搖；搖搖欲墜，岌岌可危

例 決心が揺らぐ。

決心產生動搖。

09 | よりそう【寄り添う】

自五 挨近，貼近，靠近

例 母に寄り添う。

靠在母親身上。

8-2

8-2 夫婦 / 夫婦

01 | えんまん【円満】

形動 圓滿，美滿，完美

例 円満（えんまん）な夫婦（ふうふ）。

幸福美滿的夫妻。

02 | だんな【旦那】

名 主人；特稱別人丈夫；老公；先生，老爺

例 お宅（たく）の旦那（だんな）が悪（わる）い。

是您的丈夫不對。

03 | なれそめ【馴れ初め】

名（男女）相互親近的開端，產生戀愛的開端

例 なれそめのことを懐（なつ）かしく思（おも）い出（だ）す。

想起兩人相戀的契機。

04 | にかよう【似通う】

自五 類似，相似

例 似通（にかよ）った感（かん）じ。

類似的感覺。

05 | はいぐうしゃ【配偶者】

名 配偶；夫婦當中的一方

例 配偶者（はいぐうしゃ）有無（うむ）の欄（らん）に書（か）く。

填在配偶有無的欄位上。

8-3

8-3 先祖、親 / 祖先、父母

01 | おふくろ【お袋】

名（俗；男性用語）母親，媽媽

例 お袋（ふくろ）に孝行（こうこう）する。

孝順媽媽。

02 | おやじ【親父】

名（俗；男性用語）父親，我爸爸；老頭子

例 厳格（げんかく）な親父（おやじ）に育（そだ）てられた。

在父親嚴格的教管下成長。

03 | けんざい【健在】

名·形動 健在

例 両親（りょうしん）は健在（けんざい）です。

雙親健在。

04 | せんだい【先代】

名 上一輩，上一代的主人；以前的時代；前代（的藝人）

例 先代（せんだい）の社長（しゃちょう）が倒（たお）れた。

前任社長病倒了。

05 | にくしん【肉親】

名 親骨肉，親人

例 肉親（にくしん）を探（さが）す。

尋找親人。

06 | パパ【papa】

名（兒）爸爸

例 パパに懐（なつ）く。

很黏爸爸。

8-4 子、子孫 / 孩子、子孫

01 | おんぶ

名·他サ （幼兒語）背，背負；（俗）讓他人負擔費用，依靠別人

例 子供をおんぶする。

背小孩。

02 | こじ【孤児】

名 孤兒；沒有伴兒的人，孤獨的人

例 震災孤児を支援する。

支援地震孤兒。

03 | こもりうた【子守歌・子守唄】

名 搖籃曲

例 子守唄を聞く。

聽搖籃曲。

04 | しそく【子息】

名 兒子（指他人的），令郎

例 ご子息が後を継ぐ。

令郎將繼承衣缽。

05 | せがれ【倅】

名 （對人謙稱自己的兒子）犬子；（對他人兒子，晚輩的蔑稱）小傢伙，小子

例 私のせがれです。

（這是）犬子。

06 | だっこ【抱っこ】

名·他サ 抱

例 赤ちゃんを抱っこする。

抱起嬰兒。

07 | ねかす【寝かす】

他五 使睡覺

例 赤ん坊を寝かす。

哄嬰兒睡覺。

08 | ねかせる【寝かせる】

他下一 使睡覺，使躺下；使平倒；存放著，賣不出去；使發酵

例 子供を寝かせる。

哄孩子睡覺。

09 | ねんちょう【年長】

名·形動 年長，年歲大，年長的人

例 年長者を敬う。

尊敬年長者。

10 | はいはい

名·自サ （幼兒語）爬行

例 はいはいができるようになった。

小孩會爬行了。

11 | はんえい【繁栄】

名·自サ 繁榮，昌盛，興旺

例 子孫が繁栄する。

子孫興旺。

12 | ようし【養子】

名 養子；繼子

例 弟の子を養子にもらう。

領養弟弟的小孩。

8-5

8-5 自分を指して言うことば／指自己的稱呼

01 | おれ【俺】

㊹ (男性用語)(對平輩,晚輩的自稱) 我,俺

例 俺様(おれさま)とは何様(なにさま)のつもりだ。

你以為你是誰啊！

02 | じこ【自己】

㊔ 自己，自我

例 自己催眠(じこさいみん)をかける。

自我催眠。

03 | どくじ【独自】

(形動) 獨自，獨特，個人

例 独自(どくじ)に編(あ)み出(だ)す。

獨創。

04 | マイ【my】

(造語) 我的(只用在「自家用、自己專用」時)

例 マイホームを購入(こうにゅう)する。

買了自己的房子。

05 | われ【我】

(名·代) 自我，自己，本身；我，吾，我方

例 我(われ)を忘(わす)れる。

忘我。

パート
9
第九章

動物

- 動物 -

9-1

9-1 動物の仲間 / 動物類

01 | えもの【獲物】

名 獵物；掠奪物，戰利品

例 獲物(えもの)を仕留(しと)める。

射死獵物。

02 | おす【雄】

名 (動物的)雄性，公；牡

例 雄(おす)の闘争心(とうそうしん)。

雄性的鬥爭心。

03 | かえる【蛙】

名 青蛙

例 蛙(かえる)が鳴(な)く。

蛙鳴。

04 | かり【狩り】

名 打獵；採集；遊看，觀賞；搜查，拘捕

例 狩(か)りに出(で)る。

去打獵。

05 | くびわ【首輪】

名 狗，貓等的脖圈

例 首輪(くびわ)をはめる。

戴上項圈。

06 | けだもの【獣】

名 獸；畜生，野獸

例 この獣(けだもの)め。

這個畜生。

07 | けもの【獣】

名 獸；野獸

例 獣(けもの)に遭遇(そうぐう)する。

遇到野獸。

08 | こんちゅう【昆虫】

名 昆蟲

例 昆虫類(こんちゅうるい)は苦手(にがて)だ。

我最怕昆蟲類了。

09 | しかけ【仕掛け】

名 開始做，著手；製作中，做到中途；找碴，挑釁；裝置，結構；規模；陷阱

例 自動的(じどうてき)に閉(し)まる仕掛(しか)け。

自動開關裝置。

10 | しんか【進化】

名·自サ 進化，進步

例 進化(しんか)を妨(さまた)げる。

妨礙進步。

11 | ぜんめつ【全滅】

(名·自他サ) 全滅，徹底消滅

例 害虫を全滅させる。

徹底消滅害蟲。

12 | たいか【退化】

(名·自サ) (生)退化；退步，倒退

例 文明の退化が凄まじい。

文明嚴重倒退。

13 | ちょう【蝶】

(名) 蝴蝶

例 蝶々結びにする。

打蝴蝶結。

14 | つの【角】

(名) (牛、羊等的)角，犄角；(蝸牛等的)觸角；角狀物

例 しかの角を川で拾った。

在河裡撿到鹿角。

15 | でくわす【出くわす】

(自五) 碰上，碰見

例 森で熊に出くわす。

在森林裡遇到熊。

16 | とうみん【冬眠】

(名·自サ) 冬眠；停頓

例 冬眠する動物は長寿である。

冬眠的動物較為長壽。

17 | なつく

(自五) 親近；喜歡；馴(服)

例 犬が懐く。

狗和人親近。

18 | ならす【馴らす】

(他五) 馴養，調馴

例 怒りの虎を飼い馴らすに至った。

馴服了憤怒咆哮的老虎。

19 | はなしがい【放し飼い】

(名) 放養，放牧

例 猫を放し飼いにする。

將貓放養。

20 | ひな【雛】

(名·接頭) 雛鳥，雛雞；古裝偶人；(冠於某名詞上)表小巧玲瓏

例 ヒナを育てる。

飼養幼鳥。

21 | ほご【保護】

(名·他サ) 保護

例 自然を保護する。

保護自然。

22 | めす【雌】

(名) 雌，母；(罵)女人

例 雌に求愛する。

向雌性求愛。

23 | やせい【野生】

(名·自サ·代) 野生；鄙人

例 野生動物(やせいどうぶつ)を保護(ほご)する。

保護野生動物。

24 | わたりどり【渡り鳥】

(名) 候鳥；到處奔走謀生的人

例 渡(わた)り鳥(どり)が旅立(たびだ)つ。

候鳥開始旅行了。

9-2

9-2 動物の動作、部位 / 動物的動作、部位

01 | お【尾】

(名) (動物的)尾巴；(事物的)尾部；山腳

例 尾(お)を引(ひ)く。

留下影響。

02 | くちばし【嘴】

(名) (動)鳥嘴，嘴，喙

例 くちばしでつつく。

用鳥嘴啄。

03 | さえずる

(自五) (小鳥)婉轉地叫，嘰嘰喳喳地叫，歌唱

例 小鳥(ことり)がさえずる。

小鳥歌唱。

04 | ぴんぴん

(副·自サ) 用力跳躍的樣子；健壯的樣子

例 魚(さかな)がぴんぴん(と)はねる。

魚活蹦亂跳。

05 | むらがる【群がる】

(自五) 聚集，群集，密集，林立

例 アリが群(むら)がる。

螞蟻群聚。

パート
10
第十章

植物

- 植物 -

10-1

10-1 植物の仲間 /
植物類

01 | かふん【花粉】
名 (植)花粉

例 花粉症になる。

得了花粉症。

02 | きゅうこん【球根】
名 (植)球根，鱗莖

例 球根を植える。

種植球根。

03 | くき【茎】
名 莖；梗；柄；稈

例 茎が折れる。

折斷花莖。

04 | こずえ【梢】
名 樹梢，樹枝

例 梢を切り落とす。

剪去樹枝。

05 | しば【芝】
名 (植)(鋪草坪用的)矮草，短草

例 芝を刈り込む。

剪草坪。

06 | じゅもく【樹木】
名 樹木

例 樹木に囲まれる。

四周被樹木環繞。

07 | しゅ【種】
名·漢造 種類；(生物)種；種植；種子

例 種子植物を分類する。

將種子植物加以分類。

08 | ぞうき【雑木】
名 雜樹，不成材的樹木

例 雑木林が見えてきた。

看得到雜木林了。

09 | つぼみ【蕾】
名 花蕾，花苞；(前途有為而)未成年的人

例 つぼみが付く。

長花苞。

10 | とげ【棘・刺】
名 (植物的)刺；(扎在身上的)刺；(轉)講話尖酸，話中帶刺

例 とげが刺さる。

被刺刺到。

11 | なえ【苗】

名 苗，秧子，稻秧

例 野菜の苗を植えた。

種植菜苗。

12 | ねんりん【年輪】

名 (樹)年輪；技藝經驗；經年累月的歷史

例 年輪を重ねる。

累積經驗。

13 | はす【蓮】

名 蓮花

例 蓮の花が見頃だ。

現在正是賞蓮的時節。

14 | はなびら【花びら】

名 花瓣

例 花びらが舞う。

花瓣飛舞。

15 | ほ【穂】

名 (植)稻穗；(物的)尖端

例 稲穂が稔る。

稻穗結實。

16 | みき【幹】

名 樹幹；事物的主要部分

例 木の幹と枝が絡んでいる。

樹幹與樹枝纏在一起。

17 | わら【藁】

名 稻草，麥桿

例 藁を束ねる。

綁稻草成束。

10-2

10-2 植物関連のことば / 植物相關用語

01 | おちば【落ち葉】

名 落葉

例 落ち葉を掃く。

打掃落葉。

02 | かれる【涸れる・枯れる】

自下一 (水分)乾涸；(能力、才能等)涸竭；(草木)凋零，枯萎，枯死(木材)乾燥；(修養、藝術等)純熟，老練；(身體等)枯瘦，乾癟，(機能等)衰萎

例 涙が涸れる。

淚水乾涸。

03 | しなびる【萎びる】

自上一 枯萎，乾癟

例 野菜が萎びる。

青菜枯萎了。

04 | はつが【発芽】

名·自サ 發芽

例 種が発芽する。

種子發芽。

05 | ひりょう【肥料】

㊔ 肥料

例 肥料(ひりょう)を与(あた)える。

施肥。

06 | ひんしゅ【品種】

㊔ 種類；(農)品種

例 品種改良(ひんしゅかいりょう)する。

改良品種。

07 | ほうさく【豊作】

㊔ 豐收

例 豊作(ほうさく)を祝(いわ)う。

慶祝豐收。

パート 11 第十一章

物質

- 物質 -

11-1

11-1 物、物質 / 物、物質

01 | アルカリ【alkali】

㊔ 鹼；強鹼

例 純アルカリソーダ。

純鹼蘇打。

02 | アルミ【aluminium】

㊔ 鋁(「アルミニウム」的縮寫)

例 アルミ製品を一通り揃えた。

鋁製品全部都備齊了。

03 | えき【液】

名·漢造 汁液，液體

例 液状化現象を起こした。

引起液態化現象。

04 | おうごん【黄金】

㊔ 黃金；金錢

例 黄金の仏像。

黃金佛像。

05 | かごう【化合】

名·自サ (化)化合

例 化合物が検出された。

被檢驗出含有化合物。

06 | かせき【化石】

名·自サ (地)化石；變成石頭

例 アンモナイトの化石。

鸚鵡螺化石。

07 | がんせき【岩石】

㊔ 岩石

例 岩石を採取する。

採集岩石。

08 | けつごう【結合】

名·自他サ 結合；黏接

例 分子が結合する。

結合分子。

09 | けっしょう【結晶】

名·自サ 結晶；(事物的)成果，結晶

例 雪の結晶を撮影する。

拍攝雪的結晶。

10 | げんけい【原形】

㊔ 原形，舊觀，原來的形狀

例 原形を留めていない。

沒有留下舊貌。

11 | げんし【原子】

㊔ (理)原子；原子核

例 原子爆弾を投下する。

投下原子彈。

12 | げんそ【元素】

㊔ (化)元素；要素

例 元素記号を覚える。

背誦元素符號。

13 | ごうせい【合成】

名·他サ (由兩種以上的東西合成)合成(一個東西)；(化)(元素或化合物)合成(化合物)

例 合成着色料を用いる。

使用化學色素。

14 | さんか【酸化】

名·自サ (化)氧化

例 鉄が酸化する。

鐵氧化。

15 | さん【酸】

㊔ 酸味；辛酸，痛苦；(化)酸

例 アミノ酸飲料を飲む。

喝氨基酸飲料。

16 | じき【磁器】

㊔ 瓷器

例 磁器と陶器を焼き合わせた。

瓷器與陶器混在一起燒。

17 | じき【磁気】

㊔ (理)磁性，磁力

例 磁気で治療する。

用磁力治療。

18 | しずく【滴】

㊔ 水滴，水點

例 しずくが落ちる。

水滴滴落。

19 | じゃり【砂利】

㊔ 沙礫，碎石子

例 道路に砂利を敷く。

在路上鋪碎石子。

20 | じょうりゅう【蒸留】

名·他サ 蒸餾

例 海水を蒸留する。

蒸餾海水。

21 | しんじゅ【真珠】

㊔ 珍珠

例 真珠を採取する。

採集珍珠。

22 | せいてつ【製鉄】

㊔ 煉鐵，製鐵

例 製鉄所を新たに建設する。

建設新的煉鐵廠。

23 | たれる【垂れる】

自下一・他下一 懸垂，掛拉；滴，流，滴答；垂，使下垂，懸掛；垂飾

例 しずくが垂れる。

水滴滴落。

24 | たんそ【炭素】

名 (化)碳

例 二酸化炭素が使用される。

使用二氧化碳。

25 | ちゅうわ【中和】

名・自サ 中正溫和；(理，化)中和，平衡

例 酸とアルカリが中和する。

酸鹼中和。

26 | ちんでん【沈澱】

名・自サ 沈澱

例 沈殿物を生成する。

產生沈澱物。

27 | なまり【鉛】

名 (化)鉛

例 鉛を含む。

含鉛。

28 | はる【張る】

自他五 伸展；覆蓋；膨脹，(負擔)過重，(價格)過高；拉；設置；盛滿(液體等)

例 湖に氷が張った。

湖面結冰。

29 | びりょう【微量】

名 微量，少量

例 微量の毒物が検出される。

檢驗出少量毒物。

30 | ぶったい【物体】

名 物體，物質

例 未確認飛行物体が見られる。

可以看到未知飛行物體(UFO)。

31 | ふっとう【沸騰】

名・自サ 沸騰；群情激昂，情緒高漲

例 お湯が沸騰する。

熱水沸騰。

32 | ぶんし【分子】

名 (理・化・數)分子；…份子

例 分子を発見する。

發現分子。

33 | ほうわ【飽和】

名・自サ (理)飽和；最大限度，極限

例 飽和状態に陥る。

陷入飽和狀態。

34 | まく【膜】

名・漢造 膜；(表面)薄膜，薄皮

例 膜が張る。

貼上薄膜。

35 | まやく【麻薬】

(名) 麻藥，毒品

例 麻薬中毒を治療する。

治療毒癮。

36 | やく【薬】

(名·漢造) 藥；化學藥品

例 弾薬を詰める。

裝彈藥。

37 | ようえき【溶液】

(名) (理、化)溶液

例 溶液の濃度を測定する。

測量溶液的濃度。

11-2

11-2 エネルギー、燃料 / 能源、燃料

01 | げんばく【原爆】

(名) 原子彈

例 原爆を投下する。

投下原子彈。

02 | げんゆ【原油】

(名) 原油

例 原油価格が高騰する。

石油價格居高不下。

03 | こう【光】

(漢造) 光亮；光；風光；時光；榮譽；

例 太陽光で発電する。

以太陽能發電。

04 | さかる【盛る】

(自五) 旺盛；繁榮；(動物)發情

例 火が盛る。

火勢旺盛。

05 | さよう【作用】

(名·自サ) 作用；起作用

例 薬の副作用が心配だ。

擔心藥物的副作用。

06 | ソーラーシステム【the solar system】

(名) 太陽系；太陽能發電設備

例 ソーラーシステムを設置する。

裝設太陽能發電設備。

07 | たきび【たき火】

(名) 爐火，灶火；(用火)燒落葉

例 焚き火をする。

點篝火。

08 | てんか【点火】

(名·自サ) 點火

例 ろうそくに点火する。

點蠟燭。

09 | どうりょく【動力】

(名) 動力，原動力

例 動力を供給する。

供給動力。

10｜ねんしょう【燃焼】

名·自サ 燃燒；竭盡全力

例 石油が燃焼する。

燃燒石油。

11｜ねんりょう【燃料】

名 燃料

例 燃料をくう。

耗費燃料。

12｜ばくは【爆破】

名·他サ 爆破，炸毀

例 建物を爆破する。

炸毀建築物。

13｜はんしゃ【反射】

名·自他サ（光、電波等）折射，反射；（生理上的）反射（機能）

例 条件反射する。

條件反射。

14｜ひばな【火花】

名 火星；（電）火花

例 火花が散る。

迸出火星。

15｜ふりょく【浮力】

名（理）浮力

例 浮力が作用する。

浮力起作用。

16｜ほうしゃせん【放射線】

名（理）放射線

例 放射線を浴びる。

暴露在放射線之下。

17｜ほうしゃのう【放射能】

名（理）放射線

例 放射能は怖い。

輻射很可怕。

18｜ほうしゃ【放射】

名·他サ 放射，輻射

例 放射性物質を垂れ流す。

流放出放射性物質。

19｜ほうしゅつ【放出】

名·他サ 放出，排出，噴出；（政府）發放，投放

例 熱を放出する。

放出熱能。

20｜まんタン【満 tank】

名（俗）油加滿

例 ガソリンを満タンにする。

加滿了油。

21｜りょうしつ【良質】

名·形動 質量良好，上等

例 良質のタンパク質を摂る。

攝取良好的蛋白質。

11-3

11-3 原料、材料 / 原料、材料

01 | エコ【ecology 之略】

名·接頭 環保

例 エコグッズを活用（かつよう）する。

活用環保商品。

02 | かいしゅう【回収】

名·他サ 回收，收回

例 資源回収（しげんかいしゅう）を実施（じっし）する。

施行資源回收。

03 | かせん【化織】

名 化學纖維

例 化繊（かせん）の肌着（はだぎ）。

化學纖維材質的內衣。

04 | さいくつ【採掘】

名·他サ 採掘，開採，採礦

例 金山（きんざん）を採掘（さいくつ）する。

開採金礦。

05 | しぼう【脂肪】

名 脂肪

例 脂肪（しぼう）を取（と）る。

去除脂肪。

06 | せんい【纖維】

名 纖維

例 化学繊維（かがくせんい）が生産（せいさん）される。

生產化學纖維。

07 | そざい【素材】

名 素材，原材料；題材

例 素材（そざい）の味（あじ）を生（い）かした料理（りょうり）。

發揮食材原味的料理。

08 | たんぱくしつ【蛋白質】

名 (生化)蛋白質

例 タンパク質（しつ）を取（と）る。

攝取蛋白質。

09 | はいき【廢棄】

名·他サ 廢除

例 廃棄処分（はいきしょぶん）する。

廢棄處理。

10 | ひんしつ【品質】

名 品質，質量

例 品質（ひんしつ）を疑（うたが）う。

對品質有疑慮。

パート 12 第十二章 天体、気象

- 天體、氣象 -

12-1

12-1 天体 / 天體

01 | うず【渦】

㊔ 旋渦，旋渦狀；混亂狀態，難以脫身的處境

うず　ま
例 渦を巻く。

打轉；呈現混亂狀態。

02 | えいせい【衛星】

㊔ (天)衛星；人造衛星

じんこうえいせい　う　あ
例 人工衛星を打ち上げる。

發射人造衛星。

03 | かせい【火星】

㊔ (天)火星

か せいじん　で あ
例 火星人と出会いました。

遇到了火星人。

04 | じてん【自転】

(名·自サ) (地球等的)自轉；自行轉動

ち きゅう　じ てん　しょうめい
例 地球の自転を証明した。

證明地球是自轉的。

05 | せいざ【星座】

㊔ 星座

せい ざ うらな　まな
例 星座占いを学ぶ。

學占星術。

06 | てんたい【天体】

㊔ (天)天象，天體

てんたいかんそくかい　ひら
例 天体観測会が開かれた。

舉辦觀察天象大會。

07 | てん【天】

(名·漢造) 天，天空；天國；天理；太空；上天；天然

てん　あお
例 天を仰ぐ。

仰望天空。

08 | ともる

(自五) (燈火)亮，點著

あ
例 明かりがともる。

燈亮了。

09 | にしび【西日】

㊔ 夕陽；西照的陽光，午後的陽光

にし び
例 西日がまぶしい。

夕陽炫目。

10 | ひなた【日向】

㊔ 向陽處，陽光照到的地方；處於順境的人

ひ な た
例 日向ぼっこをする。

曬太陽；做日光浴。

11 | まんげつ【満月】

名 滿月，圓月

例 満月(まんげつ)の夜(よる)が好(す)きだ。

我喜歡望月之夜。

12 | わくせい【惑星】

名 (天)行星；前途不可限量的人

例 惑星(わくせい)に探査機(たんさき)を送(おく)り込(こ)んだ。

送上行星探測器。

12-2

12-2 氣象、天気、気候 /

氣象、天氣、氣候

01 | あつくるしい【暑苦しい】

形 悶熱的

例 暑苦(あつくる)しい部屋(へや)が涼(すず)しくなった。

悶熱的房間變得涼爽了。

02 | あまぐ【雨具】

名 防雨的用具(雨衣、雨傘、雨鞋等)

例 雨具(あまぐ)の用意(ようい)がない 。

沒有準備雨具。

03 | あられ【霰】

名 (較冰雹小的)霰；切成小碎塊的年糕

例 あられが降(ふ)る。

下冰霰。

04 | いなびかり【稲光】

名 閃電，閃光

例 稲光(いなびかり)がする。

出現閃電。

05 | うてん【雨天】

名 雨天

例 雨天(うてん)でも決行(けっこう)する。

風雨無阻。

06 | かいじょ【解除】

名·他サ 解除；廢除

例 警報(けいほう)を解除(かいじょ)する。

解除警報。

07 | かすむ【霞む】

自五 有霞，有薄霧，雲霧朦朧

例 霞(かす)んだ空(そら)が幻想的(げんそうてき)だった。

雲霧朦朧的天空如同幻夢世界一般。

08 | かんき【寒気】

名 寒冷，寒氣

例 寒気(かんき)がきびしい。

酷冷。

09 | きざし【兆し】

名 預兆，徵兆，跡象；萌芽，頭緒，端倪

例 兆(きざ)しが見(み)える。

看得到徵兆。

10 | きしょう【気象】

名 氣象；天性，秉性，脾氣

例 気象情報(きしょうじょうほう)を放送(ほうそう)する。

播放氣象資訊。

12

天體、氣象

11 | きょうれつ【強烈】

(形動) 強烈

例 強烈(きょうれつ)な光(ひかり)を放(はな)つ。

放出刺眼的光線。

12 | きりゅう【気流】

(名) 氣流

例 気流(きりゅう)に乗(の)る。

乘著氣流。

13 | こうすい【降水】

(名) (氣)降水(指雪雨等的)

例 降水量(こうすいりょう)が多(おお)い。

降雨量很高。

14 | ざあざあ

(副) (大雨)嘩啦嘩啦聲；(電視等)雜音

例 雨(あめ)がざあざあ降(ふ)っている。

雨嘩啦嘩啦地下。

15 | じょうしょう【上昇】

(名·自サ) 上升，上漲，提高

例 気温(きおん)が上昇(じょうしょう)する。

氣溫上昇。

16 | ずぶぬれ【ずぶ濡れ】

(名) 全身濕透

例 ずぶぬれの着物(きもの)が張(は)り付(つ)いてしまった。

濕透了的衣服緊貼在身上。

17 | せいてん【晴天】

(名) 晴天

例 晴天(せいてん)に恵(めぐ)まれる。

遇上晴天。

18 | つゆ【露】

(名·副) 露水；淚；短暫，無常；(下接否定)一點也不…

例 露(つゆ)にぬれる。

被露水打濕。

19 | てりかえす【照り返す】

(他五) 反射

例 西日(にしび)が照(て)り返(かえ)す。

夕陽反射。

20 | とつじょ【突如】

(副·形動) 突如其來，突然

例 突如爆発(とつじょばくはつ)する。

突然爆發。

21 | ふじゅん【不順】

(名·形動) 不順，不調，異常

例 天候不順(てんこうふじゅん)が続(つづ)く。

氣候異常持續不斷。

22 | もる【漏る】

(自五) (液體、氣體、光等)漏，漏出

例 雨(あめ)が漏(も)る。

漏雨。

23 | よける

(他下一) 躲避；防備

例 雨をよける。

避雨。

● 12-3

12-3 さまざまな自然現象 / 各種自然現象

01 | あいつぐ【相次ぐ・相継ぐ】

(自五)（文）接二連三，連續不斷

例 相次ぐ災難に見舞われる。

遭受接二連三的天災人禍。

02 | おおみず【大水】

(名) 大水，洪水

例 大水が出る。

發生大洪水。

03 | おさまる【治まる】

(自五) 安定，平息

例 嵐が治まる。

暴風雨平息。

04 | おしよせる【押し寄せる】

(自下一) 湧進來；蜂擁而來(他下一) 挪到一旁

例 津波が押し寄せる。

海嘯席捲而來。

05 | おそう【襲う】

(他五) 襲擊，侵襲；繼承，沿襲；衝到，闖到

例 人を襲う。

襲擊他人。

06 | きょくげん【局限】

(名・他サ) 侷限，限定

例 一部に局限される。

侷限於其中一部份。

07 | けいかい【警戒】

(名・他サ) 警戒，預防，防範；警惕，小心

例 警戒態勢をとる。

採取警戒狀態。

08 | こうずい【洪水】

(名) 洪水，淹大水；洪流

例 洪水が起こる。

引發洪水。

09 | さいがい【災害】

(名) 災害，災難，天災

例 災害を予防する。

防災。

10 | しずめる【沈める】

(他下一) 把…沉入水中，使沉沒

例 ソファに身を沈める。

癱坐在沙發上。

11 | しんどう【振動】

(名・自他サ) 搖動，振動；擺動

例 窓ガラスが振動する。

窗戶玻璃震動。

12 | じょうりく【上陸】

(名·自サ) 登陸，上岸

例 無事に上陸する。

平安登陸。

13 | せいりょく【勢力】

(名) 勢力，權勢，威力，實力；(理)力，能

例 勢力を伸ばす。

擴大勢力。

14 | そうなん【遭難】

(名·自サ) 罹難，遇險

例 遭難現場に駆けつけた。

急忙趕到遇難地點。

15 | ただよう【漂う】

(自五) 漂流，飄蕩；洋溢，充滿；露出

例 水面に花びらが漂う。

花瓣漂在水面上。

16 | たつまき【竜巻】

(名) 龍捲風

例 竜巻が起きる。

發生龍捲風。

17 | つなみ【津波】

(名) 海嘯

例 津波が発生する。

發生海嘯。

18 | てんさい【天災】

(名) 天災，自然災害

例 天災に見舞われる。

遭受天災。

19 | どしゃ【土砂】

(名) 土和沙，沙土

例 土砂災害が多発した。

經常發生山崩災難。

20 | なだれ【雪崩】

(名) 雪崩；傾斜，斜坡；雪崩一般，蜂擁

例 雪崩を打って敗走する。

一群人落荒而逃。

21 | はっせい【発生】

(名·自サ) 發生；(生物等)出現，蔓延

例 問題が発生する。

發生問題。

22 | はんらん【氾濫】

(名·自サ) 氾濫；充斥，過多

例 川が氾濫する。

河川氾濫。

23 | ひなん【避難】

(名·自サ) 避難

例 避難訓練をする。

執行避難訓練。

24 | ふんしゅつ【噴出】

(名·自他サ) 噴出，射出

例 マグマが噴出(ふんしゅつ)する。

炎漿噴出。

25 | ぼうふう【暴風】

(名) 暴風

例 暴風雨(ぼうふうう)になる。

變成暴風雨。

26 | もうれつ【猛烈】

(形動) 氣勢或程度非常大的樣子，猛烈；特別；厲害

例 猛烈(もうれつ)に後悔(こうかい)する。

非常後悔。

27 | よしん【余震】

(名) 餘震

例 余震(よしん)が続(つづ)く。

餘震不斷。

28 | らっか【落下】

(名·自サ) 下降，落下；從高處落下

例 落下物(らっかぶつ)に注意(ちゅうい)する。

小心掉落物。

パート
13
第十三章

地理、場所

- 地理、地方 -

13-1

13-1 地理 / 地理

01 | あ【亜】

接頭 亞，次；(化)亞(表示無機酸中氧原子較少)；用在外語的音譯；亞細亞，亞洲

例 台湾の北は亜熱帯気候だ。

台灣的北邊是亞熱帶氣候。

02 | えんがん【沿岸】

名 沿岸

例 地中海沿岸は風が強い。

地中海沿岸風勢很強。

03 | おおぞら【大空】

名 太空，天空

例 晴れ渡る大空。

萬里晴空。

04 | かいがら【貝殻】

名 貝殼

例 貝殻を拾う。

撿拾貝殼。

05 | かいきょう【海峡】

名 海峽

例 海峡を越える。

越過海峽。

06 | かいぞく【海賊】

名 海盜

例 海賊に襲われる。

被海盜襲擊。

07 | かいりゅう【海流】

名 海流

例 海流に乗る。

乘著海流。

08 | かい【海】

漢造 海；廣大

例 日本海を眺める。

眺望日本海。

09 | がけ【崖】

名 斷崖，懸崖

例 崖から落ちる。

從懸崖上落下。

10 | かせん【河川】

名 河川

例 河川が氾濫する。

河川氾濫。

11 | ききょう【帰京】

名·自サ 回首都，回東京

例 来月帰京する。

下個月回東京。

12 | きふく【起伏】

(名·自サ) 起伏，凹凸；榮枯，盛衰，波瀾，起落

例 起伏（きふく）が激（はげ）しい。

起伏劇烈。

13 | きょうそん・きょうぞん【共存】

(名·自サ) 共處，共存

例 自然（しぜん）と共存（きょうぞん）する。

與自然共存。

14 | けいしゃ【傾斜】

(名·自サ) 傾斜，傾斜度；傾向

例 後方（こうほう）へ傾斜（けいしゃ）する。

向後傾斜。

15 | こうげん【高原】

(名) (地)高原

例 チベット高原（こうげん）。

西藏高原。

16 | こくさん【国産】

(名) 國產

例 国産（こくさん）自動車（じどうしゃ）。

國產汽車。

17 | さんがく【山岳】

(名) 山岳

例 山岳（さんがく）地帯（ちたい）に住（す）む。

住在山區。

18 | さんみゃく【山脈】

(名) 山脈

例 山脈（さんみゃく）を越（こ）える。

越過山脈。

19 | しお【潮】

(名) 海潮；海水，海流；時機，機會

例 潮（しお）の満（み）ち引（ひ）き。

潮氣潮落。

20 | ジャングル【jungle】

(名) 叢林

例 ジャングルを探検（たんけん）する。

進到叢林探險。

21 | じょうくう【上空】

(名) 高空，天空；(某地點的)上空

例 上空（じょうくう）を横切（よこぎ）る。

橫越上空。

22 | すいげん【水源】

(名) 水源

例 水源（すいげん）を探（さが）す。

尋找水源。

23 | そびえる【聳える】

(自下一) 聳立，峙立

例 雲（くも）に聳（そび）える塔（とう）。

高聳入雲的高塔。

24 | たどる【辿る】

㊀他五 沿路前進，邊走邊找；走難行的路，走艱難的路；追尋，追溯，探索；(事物向某方向)發展，走向

例 記憶をたどる。

追尋記憶。

25 | ちけい【地形】

㊔名 地形，地勢，地貌

例 地形が盆地だから夏は暑い。

盆地地形所以夏天很熱。

26 | つらなる【連なる】

自五 連，連接；列，參加

例 山が連なる。

山脈連綿。

27 | てんぼう【展望】

名・他サ 展望；眺望，瞭望

例 展望が開ける。

視野開闊。

28 | とおまわり【遠回り】

名・自サ・形動 使其繞道，繞遠路

例 遠回りして帰る。

繞遠路回家。

29 | ないりく【内陸】

名 內陸，內地

例 内陸性気候に属する。

屬於大陸性氣候。

30 | なぎさ【渚】

名 水濱，岸邊，海濱

例 渚を駆ける。

在海邊奔跑。

31 | ぬま【沼】

名 池塘，池沼，沼澤

例 底無し沼につく。

探到無底深淵的底部。

32 | はま【浜】

名 海濱，河岸

例 浜に打ち上げられる。

被海水打上岸邊。

33 | はらっぱ【原っぱ】

名 雜草叢生的曠野；空地

例 原っぱを駆ける。

在曠野奔跑。

34 | みかい【未開】

名 不開化，未開化；未開墾；野蠻

例 未開の地に踏み入る。

進入未開墾的土地。

35 | ゆるやか【緩やか】

形動 坡度或彎度平緩；緩慢

例 緩やかな坂に注意しよう。

走慢坡要多加小心。

13-2 場所、空間 / 地方、空間

01 | あらす【荒らす】

他五 破壞，毀掉；損傷，糟蹋；擾亂；偷竊，行搶

例 トラックが道（みち）を荒（あ）らす。

卡車毀壞道路。

02 | いただき【頂】

名 (物體的)頂部；頂峰，樹尖

例 山（やま）の頂（いただき）に立（た）つ。

站在山頂上。

03 | いち【市】

名 市場，集市；市街

例 蚤（のみ）の市（いち）を開（ひら）く。

舉辦跳蚤市場。

04 | かいどう【街道】

名 大道，大街

例 裏街道（うらかいどう）を歩（あゆ）む。

走上邪道。

05 | がいとう【街頭】

名 街頭，大街上

例 街頭演説（がいとうえんぜつ）が開（ひら）かれる。

開始街頭演講。

06 | きゅうくつ【窮屈】

名·形動 (房屋等)窄小，狹窄，(衣服等)緊；感覺拘束，不自由；死板

例 窮屈（きゅうくつ）な部屋（へや）に住（す）む。

住在狹窄的房間。

07 | きょう【橋】

名·漢造 (解)腦橋；橋

例 歩道橋（ほどうきょう）を渡（わた）る。

走過天橋。

08 | くうかん【空間】

名 空間，空隙

例 快適（かいてき）な空間（くうかん）を提案（ていあん）する。

就舒適的空間提出議案。

09 | げんち【現地】

名 現場，發生事故的地點；當地

例 現地（げんち）に向（む）かう。

前往現場。

10 | コーナー【corner】

名 小賣店，專櫃；角，拐角；(棒、足球)角球

例 特産品（とくさんひん）コーナーを設（もう）ける。

設置特產品專櫃。

11 | こてい【固定】

名·自他サ 固定

例 足場（あしば）を固定（こてい）する。

站穩腳步。

12 | さんばし【桟橋】

名 碼頭；跳板

例 桟橋（さんばし）を渡（わた）る。

走過碼頭。

13｜さんぷく【山腹】

㊔ 山腰，山腹

例 山腹(さんぷく)を歩(ある)く。

行走山腰。

14｜しがい【市街】

㊔ 城鎮，市街，繁華街道

例 市街地(しがいち)に住(す)む。

住在繁華地段。

15｜しょざい【所在】

㊔（人的）住處，所在；（建築物的）地址；（物品的）下落

例 所在(しょざい)がわかる。

知道所在處。

16｜スペース【space】

㊔ 空間，空地；（特指）宇宙空間；紙面的空白，行間寬度

例 スペースを取(と)る。

留出空白。

17｜たちよる【立ち寄る】

自五 靠近，走進；順便到，中途落腳

例 本屋(ほんや)に立(た)ち寄(よ)る。

順便去書店。

18｜たどりつく【辿り着く】

自五 好不容易走到，摸索找到，掙扎走到；到達（目的地）

例 頂上(ちょうじょう)にたどり着(つ)く。

終於到達山頂。

19｜たまり【溜まり】

㊔ 積存，積存處；休息室；聚集的地方

例 溜(た)まり場(ば)ができた。

有一個聚會地。

20｜ちゅうふく【中腹】

㊔ 半山腰

例 山(やま)の中腹(ちゅうふく)。

半山腰。

21｜でんえん【田園】

㊔ 田園；田地

例 のどかな田園風景(でんえんふうけい)。

悠閒恬靜的田園風光。

22｜どて【土手】

㊔（防風、浪的）堤防

例 土手(どて)を築(きず)く。

築提防。

23｜どぶ

㊔ 水溝，深坑，下水道，陰溝

例 金(かね)を溝(どぶ)に捨(す)てる。

把錢丟到水溝裡。

24｜ぼち【墓地】

㊔ 墓地，墳地

例 墓地(ぼち)にお参(まい)りする。

去墓地上香祭拜。

25 | よち【余地】

㊔ 空地；容地，餘地

例 考(かんが)える余地(よち)を与(あた)える。

給人思考的空間。

13-3 (1)

13-3 地域、範囲 (1) /
地域、範圍 (1)

01 | アラブ【Arab】

㊔ 阿拉伯，阿拉伯人

例 ドバイのアラブ人(じん)と結婚(けっこん)した。

跟杜拜的阿拉伯人結婚。

02 | いちぶぶん【一部分】

㊔ 一冊，一份，一套；一部份

例 一部分(いちぶぶん)だけ切(き)り取(と)る。

只切除一部分。

03 | いったい【一帯】

㊔ 一帶；一片；一條

例 付近一帯(ふきんいったい)がお花畑(はなばたけ)になる。

這附近將會變成一片花海。

04 | おいだす【追い出す】

他五 趕出，驅逐；解雇

例 家(うち)を追(お)い出(だ)す。

趕出家門。

05 | および【及び】

接續 和，與，以及

例 生徒(せいと)及(およ)び保護者(ほごしゃ)。

學生與家長。

06 | およぶ【及ぶ】

自五 到，到達；趕上，及

例 被害(ひがい)が及(およ)ぶ。

遭受災害。

07 | かい【界】

漢造 界限；各界；(地層的)界

例 芸能界(げいのうかい)に入(はい)る。

進入演藝圈。

08 | がい【街】

漢造 街道，大街

例 商店街(しょうてんがい)で買(か)い物(もの)をする。

在商店街購物。

09 | きぼ【規模】

㊔ 規模；範圍；榜樣，典型

例 規模(きぼ)が大(おお)きい。

規模龐大。

10 | きょうど【郷土】

㊔ 故鄉，鄉土；鄉間，地方

例 郷土料理(きょうどりょうり)を食(た)べる。

吃有鄉土風味的料理。

11 | きょうり【郷里】

㊔ 故鄉，鄉里

例 郷里(きょうり)を離(はな)れる。

離鄉背井。

12 | ぎょそん【漁村】

㊔ 漁村

ぎょそん　りょうし
例 漁村の漁師。

漁村的漁夫。

13 | きんこう【近郊】

㊔ 郊區，近郊

とうきょうきんこう　す
例 東京近郊に住む。

住在東京近郊。

14 | くかく【区画】

㊔ 區劃，劃區；(劃分的)區域，地區

と ち　くかく
例 土地を区画する。

劃分土地。

15 | くかん【区間】

㊔ 區間，段

くかんかいそく　の
例 区間快速に乗る。

搭乘區間快速列車。

16 | く【区】

㊔ 地區，區域；區

とうきょう　く　ひかく
例 東京 23 区を比較してみた。

嘗試比較了東京 23 區。

17 | けん【圏】

漢造 圓圈；區域，範圍

しゅとけん　ゆき　ま
例 首都圏で雪が舞う。

整個首都雪花飛舞。

18 | こうはい【荒廃】

名·自サ 荒廢，荒蕪；(房屋)失修；(精神)頹廢，散漫

こうはい　だいち
例 荒廃した大地。

荒廢了的土地。

19 | こゆう【固有】

㊔ 固有，特有，天生

こゆう　ぶんか　はんえい
例 固有の文化を繁栄させる。

使特有文化興盛繁榮。

20 | さしかかる【差し掛かる】

自五 來到，路過(某處)，靠近；(日期等)臨近，逼近，緊迫；垂掛，籠罩在…之上

ぶんきてん　さ　か
例 分岐点に差し掛かる。

來到分歧點。

21 | じもと【地元】

㊔ 當地，本地；自己居住的地方，故鄉

じもと　かえ
例 地元に帰る。

回到家鄉。

22 | じょうか【城下】

㊔ 城下；(以諸侯的居城為中心發展起來的)城市，城邑

じょうか　ちかい
例 城下の盟をする。

訂城下之盟。

23 | ずらっと

副 (俗)一大排，成排地

なら
例 ずらっと並べる。

排成一列。

24 | そうだい【壮大】

形動 雄壯，宏大

例 壮大な建築物に圧倒された。

對雄偉的建築物讚嘆不已。

25 | そこら【其処ら】

代 那一代，那裡；普通，一般；那樣，那種程度，大約

例 そこら中にある。

到處都有。

26 | その【園】

名 園，花園

例 エデンの園を追い出される。

被逐出伊甸園。

27 | たい【帯】

漢造 帶，帶子；佩帶；具有；地區；地層

例 火山帯を形成する。

形成火山帶。

13-3 (2)

13-3 地域、範囲 (2) / 地域、範圍 (2)

28 | とおざかる【遠ざかる】

自五 遠離；疏遠；不碰，節制，克制

例 危機が遠ざかる。

遠離危機。

29 | とくゆう【特有】

形動 特有

例 日本人特有の性質。

日本人特有性格。

30 | ないぶ【内部】

名 內部，裡面；內情，內幕

例 内部を窺う。

詢問內情。

31 | はてしない【果てしない】

形 無止境的，無邊無際的

例 果てしない大宇宙。

無邊無際的大宇宙。

32 | はて【果て】

名 邊際，盡頭；最後，結局，下場；結果

例 果てのない道が広がる。

無邊無際的道路展現在眼前。

33 | はまべ【浜辺】

名 海濱，湖濱

例 浜辺を歩く。

步行在海邊。

34 | はみだす【はみ出す】

自五 溢出；超出範圍

例 引き出しからはみ出す。

滿出抽屜外。

35 | ふうしゅう【風習】

名 風俗，習慣，風尚

例 風習に従う。

遵從風俗習慣。

36 | ふうど【風土】

㊔ 風土，水土

例 風土(ふうど)になれる。

服水土。

37 | ベッドタウン【(和)bed + town】

㊔ 衛星都市，郊區都市

例 ベッドタウン計画(けいかく)を実現(じつげん)する。

實現衛星都市計畫。

38 | ぼこく【母国】

㊔ 祖國

例 母国(ぼこく)に帰(かえ)りたい。

想回到祖國。

39 | ほとり【辺】

㊔ 邊，畔，旁邊

例 池(いけ)のほとりに佇(たたず)む。

在池畔駐足。

40 | ほんごく【本国】

㊔ 本國，祖國；老家，故鄉

例 本国(ほんごく)に戻(もど)る。

回到祖國。

41 | ほんば【本場】

㊔ 原產地，正宗產地；發源地，本地

例 本場(ほんば)の料理(りょうり)を食(た)べる。

食用道地的菜餚。

42 | みぢか【身近】

(名·形動) 切身；身邊，身旁

例 危険(きけん)が身近(みぢか)に迫(せま)る。

危險臨到眼前。

43 | みね【峰】

㊔ 山峰；刀背；東西突起部分

例 峰打(みねう)ちする。

用刀背砍。

44 | みのまわり【身の回り】

㊔ 身邊衣物(指衣履、攜帶品等)；日常生活；(工作或交際上)應由自己處裡的事情

例 身(み)の回(まわ)りを整頓(せいとん)する。

整頓日常生活。

45 | めいさん【名産】

㊔ 名產

例 台湾(タイワン)の名産(めいさん)を買(か)う。

購買台灣名產。

46 | もう【網】

(漢造) 網；網狀物；聯絡網

例 連絡網(れんらくもう)を作成(さくせい)する。

制作聯絡網。

47 | やがい【野外】

㊔ 野外，郊外，原野；戶外，室外

例 野外活動(やがいかつどう)をする。

從事郊外活動。

48 | やみ【闇】

㊔（夜間的）黑暗；（心中）辨別不清，不知所措；黑暗；黑市

例 闇(やみ)をさまよう。

在黑暗中迷失方向。

49 | よう【洋】

名·漢造 東洋和西洋；西方，西式；海洋；大而寬廣

例 洋画(ようが)を見(み)る。

欣賞西畫。

50 | りょういき【領域】

㊔ 領域，範圍

例 領域(りょういき)が狭(せば)まる。

範圍狹窄。

51 | りょうかい【領海】

㊔（法）領海

例 領海侵犯(りょうかいしんぱん)に反発(はんぱつ)する。

反抗侵犯領海。

52 | りょうち【領地】

㊔ 領土；（封建主的）領土，領地

例 領地(りょうち)を保有(ほゆう)する。

保有領土。

53 | りょうど【領土】

㊔ 領土

例 北方領土問題(ほっぽうりょうどもんだい)に関心(かんしん)をもつ。

對北方領土問題感興趣。

54 | わく【枠】

㊔ 框；（書的）邊線；範圍，界線，框線

例 枠(わく)にはまった表現(ひょうげん)。

拘泥於框框的表現。

13-4 (1)

13-4 方向、位置 (1) /

方向、位置 (1)

01 | いちめん【一面】

㊔ 一面；另一面；全體，滿；（報紙的）頭版

例 一面(いちめん)の記事(きじ)が掲載(けいさい)された。

被刊登在頭版新聞上。

02 | うらがえし【裏返し】

㊔ 表裡相反，翻裡作面

例 裏返(うらがえ)しにして使(つか)う。

裡外顛倒使用。

03 | えんぽう【遠方】

㊔ 遠方，遠處

例 遠方(えんぽう)へ赴(おもむ)く。

遠行。

04 | おもてむき【表向き】

名·副 表面（上），外表（上）

例 表向(おもてむ)きは知(し)らんぷりをする。

表面上裝作不知情。

05 | おもむく【赴く】

自五 赴，往，前往；趨向，趨於

例 現場(げんば)に赴(おもむ)く。

前往現場。

06 | おりかえす【折り返す】

(他五·自五) 折回；翻回；反覆；折回去

例 折(お)り返(かえ)し連絡(れんらく)する。

再跟你聯絡。

07 | かく【核】

(名·漢造) (生)(細胞)核；(植)核，果核；要害；核(武器)

例 戦争(せんそう)に核兵器(かくへいき)が使(つか)われた。

戰爭中使用核武器。

08 | かたわら【傍ら】

(名) 旁邊；在…同時還…，一邊…一邊…

例 家事(かじ)の傍(かたわ)ら小説(しょうせつ)を書(か)く。

打理家務的同時還邊寫小說。

09 | かた【片】

(漢造) (表示一對中的)一個，一方；表示遠離中心而偏向一方；表示不完全；表示極少

例 片足(かたあし)で立(た)つ。

單腳站立。

10 | きてん【起点】

(名) 起點，出發點

例 A点(エイてん)を起点(きてん)とする。

以A點為起點。

11 | げんてん【原点】

(名) (丈量土地等的)基準點，原點；出發點

例 原点(げんてん)に戻(もど)る。

回到原點。

12 | こみあげる【込み上げる】

(自下一) 往上湧，油然而生

例 涙(なみだ)がこみあげる。

淚水盈眶。

13 | さき【先】

(名) 尖端，末稍；前面，前方；事先，先；優先，首先；將來，未來；後來(的情況)；以前，過去；目的地；對方

例 目(め)と鼻(はな)の先(さき)に岸壁(がんぺき)がある。

碼頭近在眼前。

14 | さなか【最中】

(名) 最盛期，正當中，最高

例 忙(いそが)しい最中(さなか)に友達(ともだち)が訪(たず)ねて来(き)た。

正忙著的時候朋友來了。

15 | ざひょう【座標】

(名) (數)座標；標準，基準

例 座標(ざひょう)で示(しめ)す。

用座標表示。

16 | すすみ【進み】

(名) 進，進展，進度；前進，進步；嚮往，心願

例 進(すす)みが遅(おそ)い。

進展速度緩慢。

17 | ぜんと【前途】

(名) 前途，將來；(旅途的)前程，去路

例 前途(ぜんと)が開(ひら)ける。

前程似錦。

18 | そう【沿う】

自五 沿著，順著；按照

例 方針（ほうしん）に沿（そ）う。

按照方針的指示。

19 | そくめん【側面】

名 側面，旁邊；（具有複雜內容事物的）一面，另一面

例 側面（そくめん）から援助（えんじょ）する。

從側面協助。

20 | そっぽ【外方】

名 一邊，外邊，別處

例 そっぽを向（む）く。

把頭轉向一邊；恍若未聞。

21 | そる【反る】

自五 （向後或向外）彎曲，捲曲，翹；身子向後彎，挺起胸膛

例 本（ほん）の表紙（ひょうし）が反（そ）る。

書的封面翹起。

22 | たほう【他方】

名·副 另一方面；其他方面

例 他方（たほう）から見（み）ると、～。

從另一方面來看…。

23 | だんめん【断面】

名 斷面，剖面；側面

例 社会（しゃかい）の断面（だんめん）が見事（みごと）に描（えが）かれた。

精彩地描繪出社會的一個縮影。

24 | ちゅうすう【中枢】

名 中樞，中心；樞組，關鍵

例 神経中枢（しんけいちゅうすう）を刺激（しげき）する。

刺激神經中樞。

25 | ちゅうりつ【中立】

名·自サ 中立

例 中立（ちゅうりつ）を守（まも）る。

保持中立。

26 | ちょくれつ【直列】

名 （電）串聯

例 直列（ちょくれつ）に接続（せつぞく）する。

串聯。

27 | てぢか【手近】

形動 手邊，身旁，左近；近人皆知，常見

例 手近（てぢか）な問題（もんだい）を無視（むし）された。

眼前的問題遭到忽視。

28 | てっぺん

名 頂，頂峰；頭頂上；（事物的）最高峰，頂點

例 幸福（こうふく）のてっぺんにある。

在幸福的頂點。

29 | でむく【出向く】

自五 前往，前去

例 こちらから出向（でむ）きます。

由我到您那裡去。

30 | てんかい【転回】

(名·自他サ) 回轉，轉變

例 180 度(ど)転回(てんかい)する。

180 度迴轉。

13-4 (2)

13-4 方向、位置 (2) /

方向、位置 (2)

31 | てんじる【転じる】

(自他上一) 轉變，轉換，改變；遷居，搬家

(自他サ) 轉變

例 攻勢(こうせい)に転(てん)じる。

轉為攻勢。

32 | てんずる【転ずる】

(自五・他下一) 改變(方向、狀態)；遷居；調職

例 話題(わだい)を転(てん)ずる。

轉移話題。

33 | てんち【天地】

(名) 天和地；天地，世界；宇宙，上下

例 天地(てんち)ほどの差(さ)がある。

天壤之別。

34 | とうたつ【到達】

(名·自サ) 到達，達到

例 山頂(さんちょう)に到達(とうたつ)する。

到達山頂。

35 | とりまく【取り巻く】

(他五) 圍住，圍繞；奉承，奉迎

例 群集(ぐんしゅう)に取(と)り巻(ま)かれる。

被群眾包圍。

36 | なかほど【中程】

(名) (場所、距離的)中間；(程度)中等；(時間、事物進行的)途中，半途

例 来月(らいげつ)の中程(なかほど)までに。

到下個月中旬為止。

37 | はいご【背後】

(名) 背後；暗地，背地，幕後

例 背後(はいご)に立(た)つ。

站在背後。

38 | はるか【遥か】

(副·形動) (時間、空間、程度上)遠，遙遠

例 遥(はる)かに富士山(ふじさん)を望(のぞ)む。

遙望富士山。

39 | ふち【縁】

(名) 邊；緣；框

例 ハンカチの縁取(ふちど)りがピンク色(いろ)だった。

手帕的鑲邊是粉紅色的。

40 | ふりかえる【振り返る】

(他五) 回頭看，向後看；回顧

例 過去(かこ)を振(ふ)り返(かえ)る。

回顧過去。

41 | ふりだし【振り出し】

(名) 出發點；開始，開端；(經)開出(支票、匯票等)

例 振(ふ)り出(だ)しに戻(もど)る。

回到出發點。

42 | へいこう【並行】

名·自サ 並行；並進，同時舉行

例 線路に並行して歩く。

與鐵路並行走路。

43 | へり【縁】

名（河岸、懸崖、桌子等）邊緣；帽簷；鑲邊

例 縁を取る。

鑲邊。

44 | まうえ【真上】

名 正上方，正當頭

例 真上を仰ぐ。

仰望頭頂上方。

45 | ました【真下】

名 正下方，正下面

例 机の真下に潜る。

躲在書桌正下方。

46 | まじわる【交わる】

自五（線狀物）交，交叉；（與人）交往，交際

例 線が交わる。

線條交叉。

47 | まと【的】

名 標的，靶子；目標；要害，要點

例 的を外す。

沒中目標；沒中要害。

48 | みぎて【右手】

名 右手，右邊，右面

例 右手に見えるのが公園です。

右邊可看到的是公園。

49 | みちばた【道端】

名 道旁，路邊

例 道端で喧嘩をする。

在路邊吵架。

50 | めさき【目先】

名 目前，眼前；當前，現在；遇見；外觀，外貌，當場的風趣

例 目先の利益にとらわれる。

只著重眼前利益。

51 | めんする【面する】

自サ（某物）面向，面對著，對著；（事件等）面對

例 道路に面する。

面對著道路。

52 | もろに

副 全面，迎面，沒有不…

例 もろにぶつかる。

直接撞上。

53 | ユーターン【U-turn】

名·自サ（汽車的）U 字形轉彎，180 度迴轉

例 この道路では U ターン禁止だ。

這條路禁止迴轉。

54 | より【寄り】

㊔ 偏，靠；聚會，集會

例 最寄り(もよ)の駅(えき)を選(えら)ぶ。

選擇最近的車站。

55 | りょうきょく【兩極】

㊔ 兩極，南北極，陰陽極；兩端，兩個極端

例 磁石(じしゃく)の両極(りょうきょく)に擬(なぞら)えられる。

比喻為磁鐵的兩極。

パート
14
第十四章

施設、機関

- 設施、機關單位 -

14-1

14-1 施設、機関 / 設施、機關單位

01 | うんえい【運営】

名·他サ 領導(組織或機構使其發揮作用)，經營，管理

例 運営資金を借りた。

借營運資金。

02 | きこう【機構】

名 機構，組織；(人體、機械等)結構，構造

例 機構を改革する。

機構改革。

03 | しせつ【施設】

名·他サ 設施，設備；(兒童，老人的)福利設施

例 施設に入る。

進入孤兒院。

04 | しゅうよう【収容】

名·他サ 收容，容納；拘留

例 被災者を収容する。

收容災民。

05 | すたれる【廃れる】

自下一 成為廢物，變成無用，廢除；過時，不再流行；衰微，衰弱，被淘汰

例 廃れた風習が田舎に残されている。

已廢棄的風俗在鄉下被流傳了下來。

06 | せっち【設置】

名·他サ 設置，安裝；設立

例 クーラーを設置する。

安裝冷氣。

07 | せつりつ【設立】

名·他サ 設立，成立

例 学校を設立する。

設立學校。

08 | そうりつ【創立】

名·他サ 創立，創建，創辦

例 専門学校を創立する。

創辦職業學校。

09 | どだい【土台】

名·副 (建)地基，底座；基礎；本來，根本，壓根兒

例 土台を固める。

穩固基礎。

10 | とりあつかう【取り扱う】

(他五) 對待，接待；(用手)操縱，使用；處理；管理，經辦

例 高級品を取り扱う。

經辦高級商品。

11 | ふくごう【複合】

(名·自他サ) 複合，合成

例 複合施設を建設する。

建設複合設施。

14-2

14-2 いろいろな施設 / 各種設施

01 | いせき【遺跡】

(名) 故址，遺跡，古蹟

例 遺跡を発見する。

發現遺跡。

02 | きゅうでん【宮殿】

(名) 宮殿；祭神殿

例 バッキンガム宮殿。

白金漢宮。

03 | しきじょう【式場】

(名) 舉行儀式的場所，會場，禮堂

例 式場を予約する。

預約禮堂。

04 | スタジオ【studio】

(名) 藝術家工作室；攝影棚，照相館；播音室，錄音室

例 スタジオで撮影する。

在攝影棚錄影。

05 | タワー【tower】

(名) 塔

例 コントロールタワー。

塔台。

06 | ひ【碑】

(漢造) 碑

例 記念碑を建てる。

建立紀念碑。

07 | ふうしゃ【風車】

(名) 風車

例 風車を回す。

風車運轉。

08 | ほんかん【本館】

(名) (對別館、新館而言)原本的建築物，主要的樓房；此樓，本樓，本館

例 本館と別館に分かれる。

分為本館與分館。

09 | みんしゅく【民宿】

(名·自サ) (觀光地的)民宿，家庭旅店；(旅客)在民家投宿

例 民宿に泊まる。

住在民宿。

10 | モーテル【motel】

(名) 汽車旅館，附車庫的簡易旅館

例 モーテルに泊まる。

留宿在汽車旅館。

14-3 病院 / 醫院

01 | いいん【医院】

名 醫院，診療所

例 医院（いいん）の院長（いんちょう）を務（つと）める。

就任醫院的院長。

02 | うけいれる【受け入れる】

他下一 收，收下；收容，接納；採納，接受

例 要求（ようきゅう）を受（う）け入（い）れる。

接受要求。

03 | うけいれ【受け入れ】

名（新成員或移民等的）接受，收容；（物品或材料等的）收進，收入；答應，承認

例 受（う）け入（い）れ計画書（けいかくしょ）を作成（さくせい）する。

製作接收計畫書。

04 | おうきゅう【応急】

名 應急，救急

例 応急処置（おうきゅうしょち）をする。

進行緊急處置。

05 | おうしん【往診】

名・自サ（醫生的）出診

例 週一回（しゅういっかい）の往診（おうしん）を頼（たの）む。

請大夫一週一次出診。

06 | ガーゼ【（德）Gaze】

名 紗布，藥布

例 ガーゼを傷口（きずぐち）に当（あ）てる。

把紗布蓋在傷口上。

07 | かいぼう【解剖】

名・他サ（醫）解剖；（事物、語法等）分析

例 カエルを解剖（かいぼう）する。

解剖青蛙。

08 | がいらい【外来】

名 外來，舶來；（醫院的）門診

例 外来種（がいらいしゅ）が繁殖（はんしょく）する。

繁殖外來品種。

09 | カルテ【（德）Karte】

名 病歷

例 カルテに記載（きさい）する。

記載在病歷裡。

10 | がんか【眼科】

名（醫）眼科

例 眼科（がんか）を受診（じゅしん）する。

看眼科。

11 | きょうせい【矯正】

名・他サ 矯正，糾正

例 悪癖（あくへき）を矯正（きょうせい）する。

糾正惡習。

12 | さんふじんか【産婦人科】

名（醫）婦產科

例 産婦人科（さんふじんか）を受診（じゅしん）する。

到婦產科就診。

13 | しか【歯科】

㊔（醫）牙科，齒科

例 歯科検診を受ける。

去牙醫檢查。

14 | じびか【耳鼻科】

㊔ 耳鼻科

例 耳鼻科医にかかる。

去看耳鼻喉科醫生。

15 | しょうにか【小児科】

㊔ 小兒科，兒科

例 小児科病院に支援物資を送った。

送支援物資到小兒科醫院。

16 | しょほうせん【処方箋】

㊔ 處方籤

例 処方箋をもらう。

領取處方籤。

17 | しんりょう【診療】

名·他サ 診療，診察治療

例 診療を受ける。

接受治療。

18 | ばいきん【ばい菌】

㊔ 細菌，微生物

例 ばい菌を退治する。

去除霉菌。

14-4

14-4 店 / 商店

01 | あつかい【扱い】

㊔ 使用，操作；接待，待遇；（當作…）對待；處理，調停

例 客の扱いが丁寧だ。

待客周到。

02 | アフターサービス【（和）after + service】

㊔ 售後服務

例 アフターサービスがいい。

售後服務良好。

03 | ざいこ【在庫】

㊔ 庫存，存貨；儲存

例 在庫が切れる。

沒有庫存。

04 | セール【sale】

㊔ 拍賣，大減價

例 閉店セールを開催する。

舉辦歇業大拍賣。

05 | ちめいど【知名度】

㊔ 知名度，名望

例 知名度が高い。

知名度很高。

06 | ちんれつ【陳列】

名·他サ 陳列

例 棚に陳列する。

陳列在架子上。

07 | てがける【手掛ける】

他下一 親自動手，親手

例 工事を手掛ける。

親自施工。

08 | ドライブイン【drive-in】

名 免下車餐廳（銀行、郵局、加油站）；快餐車道

例 ドライブインに入る。

開進快餐車道。

09 | とりかえ【取り替え】

名 調換，交換；退換，更換

例 取り替え時期が来る。

換季的時期到來。

10 | にぎわう【賑わう】

自五 熱鬧，擁擠；繁榮，興盛

例 商店街が賑わう。

商店街很繁榮。

11 | バー【bar】

名（鐵、木的）條，桿，棒；小酒吧，酒館

例 バーで飲む。

在酒吧喝酒。

12 | まねき【招き】

名 招待，邀請，聘請；（招攬顧客的）招牌，裝飾物

例 招き猫を飾る。

用招財貓裝飾。

14-5 団体、会社 / 團體、公司行號

01 | がっぺい【合併】

名·自他サ 合併

例 二社が合併する。

兩家公司合併。

02 | かんゆう【勧誘】

名·他サ 勸誘，勸說；邀請

例 入会を勧誘する。

勸人加入會員。

03 | きょうかい【協会】

名 協會

例 協会を設立する。

成立協會。

04 | じちたい【自治体】

名 自治團體

例 自治体の権限を強化する。

強化自治團體的權限。

05 | しょうちょう【象徴】

名·他サ 象徵

例 平和の象徴をモチーフにした。

以和平的象徵為創作靈感。

06 | しょうれい【奨励】

名·他サ 獎勵，鼓勵

例 貯蓄を奨励する。

獎勵儲蓄。

07 | つぐ【継ぐ】

(他五) 繼承，承接，承襲；添，加，續

例 家業(かぎょう)を継(つ)ぐ。

繼承家業。

08 | ていけい【提携】

(名·自サ) 提攜，攜手；協力，合作

例 業務提携(ぎょうむていけい)を結(むす)ぶ。

締結業務合作協議。

09 | ぬけだす【抜け出す】

(自五) 溜走，逃脱，擺脱；(髮、牙)開始脱落，掉落

例 迷路(めいろ)から抜(ぬ)け出(だ)す。

從迷宮中找到出路(找到對的路)。

10 | ふどうさんや【不動産屋】

(名) 房地產公司

例 不動産屋(ふどうさんや)でアパートを探(さが)す。

透過房地產公司找公寓。

11 | へいしゃ【弊社】

(名) 敝公司

例 弊社(へいしゃ)の商品(しょうひん)が紹介(しょうかい)される。

介紹敝公司的產品。

パート 15 第十五章 交通

- 交通 -

15-1

15-1 交通、運輸 / 交通、運輸

01 | うんそう【運送】

名・他サ 運送，運輸，搬運

例 救援物資（きゅうえんぶっし）を運送（うんそう）する。

運送救援物資。

02 | うんゆ【運輸】

名 運輸，運送，搬運

例 海上運輸（かいじょううんゆ）を担（にな）った。

負責海上運輸。

03 | かいそう【回送】

名・他サ （接人、裝貨等）空車調回；轉送，轉遞；運送

例 回送車（かいそうしゃ）。

空車返回總站。

04 | きりかえる【切り替える】

他下一 轉換，改換，掉換；兑換

例 レバーを切（き）り替（か）える。

切換變速裝置。

05 | きりかえ【切り替え】

名 轉換，切換；兑換；（農）開闢森林成田地（過幾年後再種樹）

例 運転免許（うんてんめんきょ）の切替（きりかえ）。

更換駕照。

06 | けいろ【経路】

名 路徑，路線

例 経路（けいろ）を変（か）える。

改變路線。

07 | さえぎる【遮る】

他五 遮擋，遮住，遮蔽；遮斷，遮攔，阻擋

例 日差（ひざ）しを遮（さえぎ）る。

遮住陽光。

08 | せっしょく【接触】

名・自サ 接觸；交往，交際

例 接触（せっしょく）を断（た）つ。

斷絕來往。

09 | せんよう【専用】

名・他サ 專用，獨佔，壟斷，專門使用

例 婦人専用車両（ふじんせんようしゃりょう）に乗（の）る。

搭乘女性專用車輛。

10 | ふうさ【封鎖】

名・他サ 封鎖；凍結

例 国境（こっきょう）を封鎖（ふうさ）する。

封鎖國界。

11 | ゆうせん【優先】

名·自サ 優先

例 優先席(ゆうせんせき)に座(すわ)る。

坐博愛座。

15-2

15-2 鉄道、船、飛行機 / 鐵路、船隻、飛機

01 | えんせん【沿線】

名 沿線

例 鉄道沿線(てつどうえんせん)の住民(じゅうみん)。

鐵路沿線的居民。

02 | かいろ【海路】

名 海路

例 帰(かえ)りは海路(かいろ)をとる。

回程走海路。

03 | きせん【汽船】

名 輪船，蒸汽船

例 汽船(きせん)で行(い)く。

坐輪船前去。

04 | ぎょせん【漁船】

名 漁船

例 マグロ漁船(ぎょせん)。

捕鮪船。

05 | ぐんかん【軍艦】

名 軍艦

例 軍艦(ぐんかん)を派遣(はけん)する。

派遣軍艦。

06 | こうかい【航海】

名·自サ 航海

例 航海(こうかい)に出(で)る。

出海航行。

07 | シート【seat】

名 座位，議席；防水布

例 シートベルトを着用(ちゃくよう)しよう。

請繫上安全帶吧！

08 | しはつ【始発】

名 （最先）出發；始發（車，站）；第一班車

例 始発電車(しはつでんしゃ)に乗(の)る。

搭乘首班車。

09 | じゅんきゅう【準急】

名 （鐵）平快車，快速列車

例 準急(じゅんきゅう)に乗(の)る。

搭乘快速列車。

10 | せんぱく【船舶】

名 船舶，船隻

例 船舶無線局(せんぱくむせんきょく)が閉鎖(へいさ)する。

關閉船隻無線電台。

11 | そうじゅう【操縦】

名·他サ 駕駛；操縱，駕馭，支配

例 飛行機(ひこうき)を操縦(そうじゅう)する。

駕駛飛機。

12 | ちゃくりく【着陸】

(名·自サ) (空)降落，著陸

例 飛行機(ひこうき)が着陸(ちゃくりく)する。

飛機降落。

13 | ちんぼつ【沈没】

(名·自サ) 沈沒；醉得不省人事；(東西)進了當鋪

例 船(ふね)が沈没(ちんぼつ)する。

船沈沒。

14 | ついらく【墜落】

(名·自サ) 墜落，掉下

例 飛行機(ひこうき)が墜落(ついらく)する。

飛機墜落。

15 | つりかわ【つり革】

(名) (電車等的)吊環，吊帶

例 つり革(かわ)につかまる。

抓住吊環。

16 | のりこむ【乗り込む】

(自五) 坐進，乘上(車)；開進，進入；(和大家)一起搭乘；(軍隊)開入；(劇團、體育團體等)到達

例 船(ふね)に乗(の)り込(こ)む。

上船。

17 | フェリー【ferry】

(名) 渡口，渡船(フェリーボート之略)

例 フェリーが出航(しゅっこう)する。

渡船出航。

18 | ふっきゅう【復旧】

(名·自他サ) 恢復原狀；修復

例 電力(でんりょく)が復旧(ふっきゅう)する。

恢復電力。

19 | みうごき【身動き】

(名) (下多接否定形)轉動(活動)身體；自由行動

例 満員(まんいん)で身動(みうご)きもできない。

人滿為患，擠得動彈不得。

20 | ロープウェー【ropeway】

(名) 空中纜車，登山纜車

例 ロープウェーで山(やま)を登(のぼ)る。

搭乘空中纜車上山。

15-3

15-3 自動車、道路 /
汽車、道路

01 | アクセル【accelerator 之略】

(名) (汽車的)加速器

例 アクセルを踏(ふ)む。

踩油門。

02 | いかれる

(自下一) 破舊，(機能)衰退

例 エンジンがいかれる。

引擎破舊。

03 | インターチェンジ【interchange】

(名) 高速公路的出入口；交流道

例 インターチェンジが閉鎖(へいさ)される。

交流道被封鎖。

15
交通

04 | オートマチック【automatic】
名·形動·造 自動裝置，自動機械；自動裝置的，自動式的

例 オートマチックな仕掛け。

自動化設備。

05 | かんせん【幹線】
名 主要線路，幹線

例 幹線道路を走る。

走主要幹線。

06 | じゅうじろ【十字路】
名 十字路，岐路

例 十字路に立つ。

站在十字路口；不知所向。

07 | じょこう【徐行】
名·自サ (電車，汽車等)慢行，徐行

例 自動車が徐行する。

汽車慢慢行駛。

08 | スポーツカー【sports car】
名 跑車

例 スポーツカーを買う。

買跑車。

09 | そうこう【走行】
名·自サ (汽車等)行車，行駛

例 走行距離が短い。

行車距離過短。

10 | たまつき【玉突き】
名 撞球；連環(車禍)

例 玉突き事故が起きた。

引起連環車禍。

11 | ダンプ【dump】
名 傾卸卡車、翻斗車的簡稱(ダンプカー之略)

例 ダンプを運転する。

駕駛傾卸卡車。

12 | みち【道】
名 道路；道義，道德；方法，手段；路程；專門，領域

例 道を譲る。

讓路。

13 | レンタカー【rent-a-car】
名 出租汽車

例 レンタカーを運転する。

開租來的車。

パート
16
第十六章

通信、報道

- 通訊、報導 -

16-1

16-1 通信、電話、郵便 /
通訊、電話、郵件

01 | あてる【宛てる】

他下一 寄給

例 兄(あに)にあてたはがきを出(だ)す。

寄明信片給哥哥。

02 | あて【宛】

造語 (寄、送)給…；每(平分、平均)

例 社長(しゃちょう)あての手紙(てがみ)。

寄給社長的信。

03 | エアメール【airmail】

名 航空郵件，航空信

例 エアメールを送(おく)る。

寄送航空郵件。

04 | オンライン【on-line】

名 (球)落在線上，壓線；(電・計)在線上

例 オンラインで検索(けんさく)する。

在線上搜尋。

05 | さしだす【差し出す】

他五 (向前)伸出，探出；(把信件等)寄出，發出；提出，交出，獻出；派出，派遣，打發

例 ハンカチを差(さ)し出(だ)す。

拿出手帕。

06 | しゅうはすう【周波数】

名 頻率

例 ラジオの周波数(しゅうはすう)が合(あ)う。

調準無線電廣播的頻率。

07 | つうわ【通話】

名・自サ (電話)通話

例 通話時間(つうわじかん)が長(なが)い。

通話時間很長。

08 | といあわせる【問い合わせる】

他下一 打聽，詢問

例 発売元(はつばいもと)に問(と)い合(あ)わせる。

洽詢經銷商。

09 | どうふう【同封】

名・他サ 隨信附寄，附在信中

例 同封(どうふう)のはがきで返事(へんじ)をする。

用附在信中的明信片回覆。

10 | とぎれる【途切れる】

自下一 中斷，間斷

例 連絡(れんらく)が途切(とぎ)れる。

聯絡中斷。

11 | とりつぐ【取り次ぐ】

(他五) 傳達；(在門口)通報，傳遞；經銷，代購，代辦；轉交

例 電話(でんわ)を取(と)り次(つ)ぐ。

轉接電話。

12 | ふう【封】

(名·漢造) 封口，封上；封條；封疆；封閉

例 手紙(てがみ)に封(ふう)をする。

封上信封。

13 | ぼうがい【妨害】

(名·他サ) 妨礙，干擾

例 妨害電波(ぼうがいでんぱ)を出(だ)す。

發出干擾電波。

14 | むせん【無線】

(名) 無線，不用電線；無線電

例 無線機(むせんき)で話(はな)す。

用無線電説話。

16-2

16-2 伝達、通知、情報 / 傳達、告知、信息

01 | インフォメーション【information】

(名) 通知，情報，消息；傳達室，服務台；見聞

例 インフォメーションセンターに問(と)い合(あ)わせる。

詢問服務中心。

02 | かいらん【回覧】

(名·他サ) 傳閱；巡視，巡覽

例 回覧板(かいらんばん)を回(まわ)す。

傳閱通知。

03 | かくさん【拡散】

(名·自サ) 擴散；(理)漫射

例 核拡散防止条約(かくかくさんぼうしじょうやく)。

禁止擴張核武條約。

04 | かんこく【勧告】

(名·他サ) 勸告，説服

例 社員(しゃいん)に辞職(じしょく)を勧告(かんこく)する。

勸員工辭職。

05 | こうかい【公開】

(名·他サ) 公開，開放

例 一般(いっぱん)に公開(こうかい)する。

全面公開。

06 | こくち【告知】

(名·他サ) 通知，告訴

例 患者(かんじゃ)に病名(びょうめい)を告知(こくち)する。

告知患者疾病名稱。

07 | ことづける【言付ける】

(他下一) 託付，帶口信(自下一) 假託，藉口

例 月曜日(げつようび)来(き)てもらうように言(こと)づける。

捎個口信説請星期一來一趟。

08 | ことづて【言伝】

㊔ 傳聞；帶口信

例 言伝(ことづて)に聞(き)く。

傳聞。

09 | コマーシャル【commercial】

㊔ 商業(的)，商務(的)；商業廣告

例 コマーシャルに出(で)る。

在廣告中出現。

10 | しょうそく【消息】

㊔ 消息，信息；動靜，情況

例 消息(しょうそく)をつかむ。

掌握消息。

11 | つげる【告げる】

他下一 通知，告訴，宣布，宣告

例 別(わか)れを告(つ)げる。

告別。

12 | テレックス【telex】

㊔ 電報，電傳

例 テレックスを使用(しよう)する。

使用電報。

13 | てんそう【転送】

名·他サ 轉寄

例 E メールを転送(てんそう)する。

轉寄 e-mail。

14 | はりがみ【張り紙】

㊔ 貼紙；廣告，標語

例 張(は)り紙(がみ)をする。

張貼廣告紙。

16-3

16-3 報道、放送 /
報導、廣播

01 | えいぞう【映像】

㊔ 映像，影像；(留在腦海中的)形象，印象

例 映像(えいぞう)を映(うつ)し出(だ)す。

放映出影像。

02 | おおやけ【公】

㊔ 政府機關，公家，集體組織；公共，公有；公開

例 公(おおやけ)の場(ば)で披露(ひろう)した。

在公開的場合宣布。

03 | かいけん【会見】

名·自サ 會見，會面，接見

例 会見(かいけん)を開(ひら)く。

召開會面。

04 | さんじょう【参上】

名·自サ 拜訪，造訪

例 参上(さんじょう)いたします。

登門拜訪。

05 | しゅざい【取材】

(名·自他サ) (藝術作品等)取材；(記者)採訪

例 現場で取材する。

在現場採訪。

06 | たんぱ【短波】

(名) 短波

例 短波放送が受信できない。

無法收聽短波廣播。

07 | チャンネル【channel】

(名) (電視，廣播的)頻道

例 チャンネルを合わせる。

調整頻道。

08 | ちゅうけい【中継】

(名·他サ) 中繼站，轉播站；轉播

例 生中継。

現場轉播。

09 | とくしゅう【特集】

(名·他サ) 特輯，專輯

例 核問題を特集する。

專題介紹核能問題。

10 | はんきょう【反響】

(名·自サ) 迴響，回音；反應，反響

例 反響を呼ぶ。

引起迴響。

11 | ほうじる【報じる】

(他上一) 通知，告訴，告知，報導；報答，報復

例 ニュースの報じるところによると。

根據電視新聞報導。

12 | ほうずる【報ずる】

(自他サ) 通知，告訴，告知，報導；報答，報復

例 新聞が報ずる内容。

報紙報導的內容。

13 | ほうどう【報道】

(名·他サ) 報導

例 報道機関向けに提供する。

提供給新聞媒體。

14 | メディア【media】

(名) 手段，媒體，媒介

例 マスメディアが発する。

宣傳媒體發出訊息。

パート 17 第十七章 スポーツ

- 體育運動 -

17-1

17-1 スポーツ / 體育運動

01 | あがく

自五 掙扎；手腳亂動

例 水中（すいちゅう）であがく。

在水裡掙扎。

02 | きわめる【極める】

他下一 查究；到達極限

例 山頂（さんちょう）を極（きわ）める。

攻頂。

03 | けっそく【結束】

名・自他サ 捆綁，捆束；團結；準備行裝，穿戴（衣服或盔甲）

例 結束（けっそく）して戦（たたか）う。

團結抗戰。

04 | さかだち【逆立ち】

名・自サ （體操等）倒立，倒豎；顛倒

例 逆立（さかだ）ちで歩（ある）く。

倒立行走。

05 | さらなる【更なる】

連體 更

例 更（さら）なるご活躍（かつやく）をお祈（いの）りします。

預祝您有更好的發展。

06 | しゅぎょう【修行】

名・自サ 修（學），練（武），學習（技藝）

例 剣道（けんどう）を修行（しゅぎょう）する。

修行劍道。

07 | じっとり

副 濕漉漉，濕淋淋

例 じっとりと汗（あせ）をかく。

汗流夾背。

08 | すばしっこい

形 動作精確迅速，敏捷，靈敏

例 すばしっこく動（うご）き回（まわ）る。

靈活地四處活動。

09 | ちゅうがえり【宙返り】

名・自サ （在空中）旋轉，翻筋斗

例 宙返（ちゅうがえ）り飛行（ひこう）を楽（たの）しむ。

享受飛機的花式飛行。

10 | ついほう【追放】

名・他サ 流逐，驅逐（出境）；肅清，流放；洗清，開除

例 国外（こくがい）に追放（ついほう）する。

驅逐出境。

11 | てつぼう【鉄棒】

㊔ 鐵棒，鐵棍；（體）單槓

例 鉄棒運動(てつぼううんどう)を始(はじ)めた。

開始做單槓運動。

12 | どうじょう【道場】

㊔ 道場，修行的地方；教授武藝的場所，練武場

例 柔道(じゅうどう)の道場(どうじょう)が建設(けんせつ)された。

修建柔道的道場。

13 | どひょう【土俵】

㊔（相撲）比賽場，摔角場；緊要關頭

例 土俵(どひょう)に上(あ)がる。

（相撲選手）上場。

14 | ひきずる【引きずる】

自·他五 拖，拉；硬拉著走；拖延

例 過去(かこ)を引(ひ)きずる。

耽溺於過去。

15 | びっしょり

副 溼透

例 汗(あせ)びっしょりになる。

汗濕。

16 | フォーム【form】

㊔ 形式，樣式；（體育運動的）姿勢；月台，站台

例 フォームが崩(くず)れる。

動作姿勢不對。

17 | ふっかつ【復活】

名·自他サ 復活，再生；恢復，復興，復辟

例 敗者復活戦(はいしゃふっかつせん)が開催(かいさい)される。

進行敗部復活戰。

18 | まかす【負かす】

他五 打敗，戰勝

例 議論(ぎろん)で相手(あいて)を負(ま)かす。

憑辯論駁倒對方。

19 | またがる【跨がる】

自五（分開兩腿）騎，跨；跨越，橫跨

例 馬(うま)にまたがる。

騎馬。

20 | みうしなう【見失う】

他五 迷失，看不見，看丟

例 目標(もくひょう)を見失(みうしな)う。

迷失目標。

21 | みちびく【導く】

他五 引路，導遊；指導，引導；導致，導向

例 勝利(しょうり)に導(みちび)く。

引向勝利。

22 | めいちゅう【命中】

名·自サ 命中

例 彼女(かのじょ)のハートに命中(めいちゅう)する。

命中她的心，得到她的心。

23 | よこづな【横綱】

名（相撲）冠軍選手繫在腰間標示身份的粗繩；（相撲冠軍選手稱號）橫綱；手屈一指

例 横綱に昇進する。

晉級為橫綱。

17-2 (1)

17-2 試合 (1) / 比賽 (1)

01 | あっけない【呆気ない】

形 因為太簡單而不過癮；沒意思；簡單；草草

例 あっけなく終わる。

草草結束。

02 | かんせい【歓声】

名 歡呼聲

例 歓声を上げる。

發出歡呼聲。

03 | きけん【棄権】

名・他サ 棄權

例 試合を棄権する。

比賽棄權。

04 | ぎゃくてん【逆転】

名・自他サ 倒轉，逆轉；反過來；惡化，倒退

例 逆転勝利で初戦を飾る。

以逆轉勝讓初賽增添光彩。

05 | きゅうせん【休戦】

名・自サ 休戰，停戰

例 一時休戦する。

暫時休兵。

06 | けいせい【形勢】

名 形勢，局勢，趨勢

例 形勢が逆転する。

形勢逆轉。

07 | けっしょう【決勝】

名（比賽等）決賽，決勝負

例 決勝戦に出る。

參加決賽。

08 | ゴールイン【(和) goal + in】

名・自サ 抵達終點，跑到終點；（足球）射門；結婚

例 ゴールインして夫婦になる。

抵達愛情的終點，而結婚了。

09 | さくせん【作戦】

名 作戰，作戰策略，戰術；軍事行動，戰役

例 作戦を練る。

反覆思考作戰策略。

10 | しかける【仕掛ける】

他下一 開始做，著手；做到途中；主動地作；挑釁，尋釁；裝置，設置，布置；準備，預備

例 わなを仕掛ける。

裝設陷阱。

11 | じたい【辞退】

名·他サ 辭退，謝絕

例 彼(かれ)はその賞(しょう)を辞退(じたい)した。

他謝絕了那個獎。

12 | しっかく【失格】

名·自サ 失去資格

例 失格(しっかく)して退場(たいじょう)する。

失去參賽資格而退場。

13 | じょうい【上位】

名 上位，上座

例 上位(じょうい)を占(し)める。

居於上位。

14 | しょうり【勝利】

名·自サ 勝利

例 勝利(しょうり)をあげる。

獲勝。

15 | しんてい【進呈】

名·他サ 贈送，奉送

例 見本(みほん)を進呈(しんてい)する。

奉送樣本。

16 | せいし【静止】

名·自サ 靜止

例 静止状態(せいしじょうたい)に保(たも)つ。

保持靜止狀態。

17 | せんじゅつ【戦術】

名 (戰爭或鬥爭的)戰術；策略；方法

例 戦術(せんじゅつ)を練(ね)る。

在戰術上下功夫。

18 | ぜんせい【全盛】

名 全盛，極盛

例 全盛(ぜんせい)を極(きわ)める。

盛極一時。

19 | せんて【先手】

名 (圍棋)先下；先下手

例 先手(せんて)を取(と)る。

先發制人。

20 | せんりょく【戦力】

名 軍事力量，戰鬥力，戰爭潛力；工作能力強的人

例 戦力(せんりょく)を増強(ぞうきょう)する。

加強戰鬥力。

21 | そうごう【総合】

名·他サ 綜合，總合，集合

例 総合(そうごう)ビタミンを摂(と)る。

攝取綜合維他命。

22 | たいこう【対抗】

名·自サ 對抗，抵抗，相爭，對立

例 侵略(しんりゃく)に対抗(たいこう)する。

抵抗侵略。

23 | たっせい【達成】

(名·他サ) 達成，成就，完成

例 目標を達成する。

達成目標。

17-2 (2)

17-2 試合 (2) / 比賽 (2)

24 | だんけつ【団結】

(名·自サ) 團結

例 団結を図る。

謀求團結。

25 | ちゅうせん【抽選】

(名·自サ) 抽籤

例 抽選に当たる。

(抽籤)被抽中。

26 | ちゅうだん【中断】

(名·自他サ) 中斷，中輟

例 会議を中断する。

使會議暫停。

27 | てんさ【点差】

(名) (比賽時)分數之差

例 点差が縮まる。

縮小比數的差距。

28 | どうてき【動的】

(形動) 動的，變動的，動態的；生動的，活潑的，積極的

例 動的な描写が見事だ。

生動的描繪真是精彩。

29 | とくてん【得点】

(名) (學藝、競賽等的)得分

例 得点を稼ぐ。

爭取得分。

30 | トロフィー【trophy】

(名) 獎盃

例 栄光のトロフィーを守る。

守住無限殊榮的獎盃。

31 | ナイター【(和) night + er】

(名) 棒球夜場賽

例 ナイター中継を観る。

觀看棒球夜場賽轉播。

32 | にゅうしょう【入賞】

(名·自サ) 得獎，受賞

例 入賞を果たす。

完成得獎心願。

33 | のぞむ【臨む】

(自五) 面臨，面對；瀕臨；遭逢；蒞臨；君臨，統治

例 本番に臨む。

正式上場。

34 | はいせん【敗戦】

(名·自サ) 戰敗

例 日本が敗戦する。

日本戰敗。

35 | はい・ぱい【敗】

名·漢造 輸；失敗；腐敗；戰敗

例 1勝1敗（しょう・ぱい）になった。

最後一勝一敗。

36 | はいぼく【敗北】

名·自サ （戰爭或比賽）敗北，戰敗；被擊敗；敗逃

例 敗北（はいぼく）を喫（きっ）する。

吃敗仗。

37 | はんげき【反擊】

名·自サ 反擊，反攻，還擊

例 反撃（はんげき）をくらう。

遭受反擊。

38 | ハンディ【handicap 之略】

名 讓步（給實力強者的不利條件，以使勝負機會均等的一種競賽）；障礙

例 ハンディがもらえる。

取得讓步。

39 | ふんとう【奮鬪】

名·自サ 奮鬥；奮戰

例 君（きみ）の孤軍奮闘（こぐんふんとう）に声援（せいえん）を送（おく）る。

給孤軍奮鬥的你熱烈的聲援。

40 | まさる【勝る】

自五 勝於，優於，強於

例 勝（まさ）るとも劣（おと）らない。

有過之而無不及。

41 | まとまり【纏まり】

名 解決，結束，歸結；一貫，連貫；統一， 一致

例 このクラスはまとまりがある。

這個班級很團結。

42 | もてる【持てる】

自下一 受歡迎；能維持；能有

例 持（も）てる力（ちから）を出（だ）し切（き）る。

發揮所有的力量。

43 | やっつける

他下一 （俗）幹完；（狠狠的）教訓一頓，整一頓；打敗，擊敗

例 相手（あいて）チームをやっつける。

擊敗對方隊伍。

44 | ゆうせい【優勢】

名·形動 優勢

例 優勢（ゆうせい）に立（た）つ。

處於優勢。

45 | よせあつめる【寄せ集める】

他下一 收集，匯集，聚集，拼湊

例 素人（しろうと）を寄（よ）せ集（あつ）めたチーム。

外行人組成的隊伍。

46 | レース【race】

名 速度比賽，競速（賽車、游泳、遊艇及車輛比賽等）；競賽；競選

例 F1のレースを見（み）る。

看F1賽車比賽。

47 | レギュラー【regular】

名·造語 正式成員；正規兵；正規的，正式的；有規律的

例 レギュラーで番組に出る。

以正式成員出席電視節目。

◉ 17-3

17-3 球技、陸上競技 / 球類、田徑賽

01 | うけとめる【受け止める】

他下一 接住，擋下；阻止，防止；理解，認識

例 忠告を受け止める。

接受忠告。

02 | キャッチ【catch】

名·他サ 捕捉，抓住；(棒球)接球

例 ボールをキャッチする。

接住球。

03 | けいかい【軽快】

形動 輕快；輕鬆愉快；輕便；(病情)好轉

例 軽快な身のこなし。

一身輕裝。

04 | けとばす【蹴飛ばす】

他五 踢；踢開，踢散，踢倒；拒絕

例 布団を蹴飛ばす。

踢被子。

05 | コントロール【control】

名·他サ 支配，控制，節制，調節

例 感情をコントロールする。

控制情感。

06 | しゅび【守備】

名·他サ 守備，守衛；(棒球)防守

例 守備に就く。

擔任防守。

07 | せめ【攻め】

名 進攻，圍攻

例 攻めのチームを作っていく。

組成一個善於進攻的隊伍。

08 | だげき【打撃】

名 打擊，衝擊

例 打撃を与える。

給予打擊。

09 | チームワーク【teamwork】

名 (隊員間的)團隊精神，合作，配合，默契

例 チームワークがいい。

團隊合作良好。

10 | てもと【手元】

名 手邊，手頭；膝下，身邊；生計；手法，技巧

例 手元に置く。

放在手邊。

11 | にぶる【鈍る】

(自五) 不利，變鈍；變遲鈍，減弱

例 腕(うで)が鈍(にぶ)る。

技巧生疏。

12 | ぬかす【抜かす】

(他五) 遺漏，跳過，省略

例 腰(こし)を抜(ぬ)かす。

閃了腰；嚇呆了。

13 | バット【bat】

(名) 球棒

例 バットを振(ふ)る。

揮球棒。

14 | バトンタッチ【(和) baton + touch】

(名・他サ) (接力賽跑中)交接接力棒;(工作、職位)交接

例 次(つぎ)の選手(せんしゅ)にバトンタッチする。

交給下一個選手。

15 | びり

(名) 最後，末尾，倒數第一名

例 びりになる。

拿到最後一名。

17 體育運動

パート 18 第十八章

趣味、娯楽

- 愛好、嗜好、娛樂 -

01 | あいこ ⊙18

㊔ 不分勝負，不相上下

例 あいこになる。

不分勝負。

02 | アダルトサイト【adult site】

㊔ 成人網站

例 アダルトサイトを抜く。

去除成人網站。

03 | いじる【弄る】

(他五) (俗)(毫無目的地)玩弄，擺弄；(做為娛樂消遣)玩弄，玩賞；隨便調動，改動(機構)

例 髪をいじる。

玩弄頭髮。

04 | おとずれる【訪れる】

(自下一) 拜訪，訪問；來臨；通信問候

例 チャンスが訪れる。

機會降臨。

05 | ガイドブック【guidebook】

㊔ 指南，入門書；旅遊指南手冊

例 ガイドブックを見る。

閱讀導覽書。

06 | かけっこ【駆けっこ】

(名・自サ) 賽跑

例 かけっこで勝つ。

賽跑跑贏。

07 | かける【賭ける】

(他下一) 打賭，賭輸贏

例 お金を賭ける。

賭錢。

08 | かけ【賭け】

㊔ 打賭；賭(財物)

例 賭けに勝つ。

賭贏。

09 | かざぐるま【風車】

㊔ (動力、玩具)風車

例 風車を回す。

轉動風車。

10 | かんらん【観覧】

(名・他サ) 觀覽，參觀

例 観覧車に乗る。

坐摩天輪。

11 | くうぜん【空前】

名 空前

例 空前の大ブーム。

空前盛況。

12 | くじびき【籤引き】

名·自サ 抽籤

例 くじ引きで当たる。

抽籤抽中。

13 | ごばん【碁盤】

名 圍棋盤

例 道が碁盤の目のように走っている。

道路如棋盤般延伸。

14 | にづくり【荷造り】

名·自他サ 準備行李，捆行李，包裝

例 引っ越しの荷造り。

搬家的行李。

15 | パチンコ

名 柏青哥，小鋼珠

例 パチンコで負ける。

玩小鋼珠輸了。

16 | ひきとる【引き取る】

自五 退出，退下；離開，回去 他五 取回，領取；收購；領來照顧

例 荷物を引き取る。

領回行李。

17 | マッサージ【massage】

名·他サ 按摩，指壓，推拿

例 マッサージをする。

按摩。

18 | まり【鞠】

名 (用橡膠、皮革、布等做的)球

例 蹴鞠に熱中していた。

熱中於(平安末期以後貴族的)踢球遊戲。

19 | よきょう【余興】

名 餘興

例 宴会の余興に大ウケした。

宴會的餘興節目大受歡迎。

20 | りょけん【旅券】

名 護照

例 旅券を申請する。

申請護照。

パート
19
第十九章

芸術

- 藝術 -

19-1

19-1 芸術、絵画、彫刻 / 藝術、繪畫、雕刻

01 | あぶらえ【油絵】

名 油畫

例 油絵(あぶらえ)を描(か)く。

畫油畫。

02 | いける【生ける】

他下一 把鮮花，樹枝等插到容器裡；種植物

例 花(はな)を生(い)ける。

插花。

03 | がくげい【学芸】

名 學術和藝術；文藝

例 学芸会(がくげいかい)を開(ひら)く。

舉辦發表會。

04 | カット【cut】

名·他サ 切，削掉，刪除；剪頭髮；插圖

例 給料(きゅうりょう)をカットする。

減薪。

05 | が【画】

漢造 畫；電影，影片；（讀做「かく」）策劃，筆畫

例 洋画(ようが)を見(み)る。

看西部片。

06 | げい【芸】

名 武藝，技能；演技；曲藝，雜技；藝術，遊藝

例 芸(げい)を磨(みが)く。

磨練技能。

07 | こっとうひん【骨董品】

名 古董

例 骨董品(こっとうひん)を集(あつ)める。

收集古董。

08 | コンテスト【contest】

名 比賽；比賽會

例 コンテストに参加(さんか)する。

參加競賽。

09 | さいく【細工】

名·自他サ 精細的手藝（品），工藝品；耍花招，玩弄技巧，搞鬼

例 細工(さいく)を施(ほどこ)す。

施展精巧的手藝。

10 | さく【作】

名 著作，作品；耕種，耕作；收成；振作；動作

例 ピカソ作(さく)の絵画(かいが)が保管(ほかん)されている。

保管著畢卡索的畫作。

11 | しあげる【仕上げる】

(他下一) 做完，完成，(最後)加工，潤飾，做出成就

例 作品(さくひん)を仕上(しあ)げる。

完成作品。

12 | しゅっぴん【出品】

(名·自サ) 展出作品，展出產品

例 展覧会(てんらんかい)に出品(しゅっぴん)する。

在展覽會上展出。

13 | しゅほう【手法】

(名) (藝術或文學表現的)手法

例 新(あたら)しい手法(しゅほう)を取(と)り入(い)れる。

採取新的手法。

14 | ショー【show】

(名) 展覽，展覽會；(表演藝術)演出，表演；展覽品

例 ショールームを巡(めぐ)る。

巡游陳列室。

15 | すい【粋】

(名·漢造) 精粹，精華；通曉人情世故，圓通；瀟灑，風流；純粹

例 技術(ぎじゅつ)の粋(すい)を集(あつ)める。

集中技術的精華。

16 | せいこう【精巧】

(名·形動) 精巧，精密

例 精巧(せいこう)な細工(さいく)を施(ほどこ)した。

以精巧的手工製作而成。

17 | せいてき【静的】

(形動) 靜的，靜態的

例 静的(せいてき)に描写(びょうしゃ)する。

靜態描寫。

18 | せんこう【選考】

(名·他サ) 選拔，權衡

例 作品(さくひん)を選考(せんこう)する。

評選作品。

19 | ぞう【像】

(名·漢造) 相，像；形象，影像

例 像(ぞう)を建(た)てる。

立(銅)像。

20 | ちゃのゆ【茶の湯】

(名) 茶道，品茗會；沏茶用的開水

例 茶(ちゃ)の湯(ゆ)を習(なら)う。

學習茶道。

21 | デッサン【(法) dessin】

(名) (繪畫、雕刻的)草圖，素描

例 木炭(もくたん)でデッサンする。

用炭筆素描。

22 | てんじ【展示】

(名·他サ) 展示，展出，陳列

例 見本(みほん)を展示(てんじ)する。

展示樣品。

23 | どくそう【独創】
名·他サ 獨創

例 独創性にあふれる。

充滿獨創性。

24 | はいけい【背景】
名 背景；(舞台上的)布景；後盾，靠山

例 背景を描く。

描繪背景。

25 | はんが【版画】
名 版畫，木刻

例 版画を彫る。

雕刻版畫。

26 | びょうしゃ【描写】
名·他サ 描寫，描繪，描述

例 情景を描写する。

描寫情境。

27 | ひろう【披露】
名·他サ 披露；公布；發表

例 腕前を披露する。

大展身手。

28 | び【美】
漢造 美麗；美好；讚美

例 美を演出する。

詮釋美麗。

29 | ぶんかざい【文化財】
名 文物，文化遺產，文化財富

例 文化財に指定する。

指定為文化遺產。

30 | わざ【技】
名 技術，技能；本領，手藝；(柔道、劍術、拳擊、摔角等)招數

例 技を磨く。

磨練技能。

19-2

19-2 音楽 / 音樂

01 | アンコール【encore】
名·自サ (要求)重演，再來(演，唱)一次；呼聲

例 アンコールを求める。

安可。

02 | がくふ【楽譜】
名 (樂)譜，樂譜

例 楽譜を読む。

看樂譜。

03 | しき【指揮】
名·他サ 指揮

例 指揮をとる。

指揮。

04 | しゃみせん【三味線】
名 三弦

例 三味線を弾く。

彈三弦琴；說廢話來掩飾真心。

19
藝術

05 | ジャンル【(法) genre】

㊔ 種類，部類；(文藝作品的)風格，體裁，流派

例 ジャンル別に探す。

以類別來搜尋。

06 | すいそう【吹奏】

名·他サ 吹奏

例 行進曲を吹奏する。

吹奏進行曲。

07 | たんか【短歌】

㊔ 短歌(日本傳統和歌，由五七五七七形式組成，共三十一音)

例 短歌を嗜む。

喜愛短歌。

08 | トーン【tone】

㊔ 調子，音調；色調

例 トーンを変える。

變調。

09 | ねいろ【音色】

㊔ 音色

例 きれいな音色を出す。

發出優美的音色。

10 | ね【音】

㊔ 聲音，音響，音色；哭聲

例 音を上げる。

叫苦，發出哀鳴。

11 | ミュージック【music】

㊔ 音樂，樂曲

例 ポップミュージックを聴く。

聽流行音樂。

12 | メロディー【melody】

㊔ (樂)旋律，曲調；美麗的音樂

例 メロディーを奏でる。

演奏音樂。

13 | もれる【漏れる】

自下一 (液體、氣體、光等)漏，漏出；(秘密等)洩漏；落選，被淘汰

例 声が漏れる。

聲音傳出。

19-3

19-3 演劇、舞踊、映画 / 戲劇、舞蹈、電影

01 | えいしゃ【映写】

名·他サ 放映(影片、幻燈片等)

例 アニメを映写する。

播放卡通片。

02 | えんしゅつ【演出】

名·他サ (劇)演出，上演；導演

例 演出家が指導する。

舞台劇導演給予指導。

03 | えんじる【演じる】

他上一 扮演，演；做出

例 ヒロインを演じる。

扮演主角。

04｜ぎきょく【戯曲】

㊔ 劇本，腳本；戲劇

例 シェイクスピアの戯曲(ぎきょく)。

莎士比亞的劇本。

05｜きげき【喜劇】

㊔ 喜劇，滑稽劇；滑稽的事情

例 吉本新喜劇(よしもとしんきげき)。

吉本新喜劇。

06｜きゃくほん【脚本】

㊔（戲劇、電影、廣播等）劇本；腳本

例 脚本(きゃくほん)を書(か)く。

寫劇本。

07｜げんさく【原作】

㊔ 原作，原著，原文

例 原作者(げんさくしゃ)が語(かた)る。

原作者進行談話。

08｜こうえん【公演】

名·自他サ 公演，演出

例 初公演(はつこうえん)を行(おこな)う。

舉辦首演。

09｜シナリオ【scenario】

㊔ 電影劇本，腳本；劇情說明書；走向

例 シナリオを書(か)く。

寫電影劇本。

10｜しゅえん【主演】

名·自サ 主演，主角

例 映画(えいが)に主演(しゅえん)する。

電影的主角。

11｜しゅじんこう【主人公】

㊔（小説等的）主人公，主角

例 物語(ものがたり)の主人公(しゅじんこう)が立(た)ち上(あ)がる。

故事的主人翁發奮圖強。

12｜しゅつえん【出演】

名·自サ 演出，登台

例 芝居(しばい)に出演(しゅつえん)する。

登台演戲。

13｜じょうえん【上演】

名·他サ 上演

例 桃太郎(ももたろう)を上演(じょうえん)する。

上演《桃太郎》。

14｜ソロ【solo】

㊔（樂）獨唱；獨奏；單獨表演

例 ソロで踊(おど)る。

單獨跳舞。

15｜だいほん【台本】

㊔（電影，戲劇，廣播等）腳本，劇本

例 台本(だいほん)どおりに物事(ものごと)が運(はこ)ぶ。

事情如劇本般的進展。

パート
20
第二十章

數量、図形、色彩

- 數量、圖形、色彩 -

20-1

20-1 数 / 數目

01 | ここ【個々】
㊔ 每個，各個，各自
例 個々に相談する。
個別談話。

02 | こべつ【個別】
㊔ 個別
例 個別に指導する。
個別指導。

03 | こ【戸】
漢造 戶
例 この地区は約 100 戸ある。
這地區約有一百戶。

04 | じゃっかん【若干】
㊔ 若干；少許，一些
例 若干不審な点がある。
多少有些可疑的地方。

05 | ダース【dozen】
名·接尾 (一)打，十二個
例 えんぴつ 1 ダースを買う。
購買一打鉛筆。

06 | だいたすう【大多数】
㊔ 大多數，大部分
例 大多数の意見が反映される。
反應出多數人的意見。

07 | たすうけつ【多数決】
㊔ 多數決定，多數表決
例 多数決で決める。
以少數服從多數來決定。

08 | たんいつ【単一】
㊔ 單一，單獨；單純；(構造)簡單
例 単一の行動を取る。
採取統一的行動。

09 | たん【単】
漢造 單一；單調；單位；單薄；(網球、乒乓球的)單打比賽
例 単位が取れる。
得到學分。

10 | ちょう【超】
漢造 超過；超脱；(俗)最，極
例 超大型の巨人が現れる。
出現了超大型巨人。

11 | つい【対】

(名·接尾) 成雙，成對；對句；(作助數詞用) 一對，一雙

例 対の着物。

成對的和服。

12 | とう【棟】

(漢造) 棟梁；(建築物等) 棟，一座房子

例 子ども病棟を訪れる。

探訪兒童醫院大樓。

13 | とっぱ【突破】

(名·他サ) 突破；超過

例 難関を突破する。

突破難關。

14 | ないし【乃至】

(接) 至，乃至；或是，或者

例 5 名ないし 8 名。

5 人至 8 人。

15 | のべ【延べ】

(名) (金銀等) 金屬壓延 (的東西)；延長；共計

例 延べ人数が 1000 名を突破した。

合計人數突破 1000 名。

16 | まっぷたつ【真っ二つ】

(名) 兩半

例 真っ二つに裂ける。

分裂成兩半。

17 | ワット【watt】

(名) 瓦特，瓦 (電力單位)

例 100 ワットの電球に交換したい。

想換一百瓦的燈泡。

20-2

20-2 計算 /

計算

01 | あわす【合わす】

(他五) 合在一起，合併；總加起來；混合，配在一起；配合，使適應；對照，核對

例 力を合わす。

合力。

02 | あんざん【暗算】

(名·他サ) 心算

例 暗算が苦手だ。

不善於心算。

03 | かく【欠く】

(他五) 缺，缺乏，缺少；弄壞，少(一部分)；欠，欠缺，怠慢

例 転んで前歯を欠く。

跌倒弄壞了門牙。

04 | かんさん【換算】

(名·他サ) 換算，折合

例 日本円に換算する。

折合成日圓。

05 | きっちり

(副·自サ) 正好，恰好

例 期限にきっちりと借金を返す。

期限到來前還清借款，一分也不少。

06 | きんこう【均衡】

(名·自サ) 均衡，平衡，平均

例 均衡を保つ。

保持平衡。

07 | げんしょう【減少】

(名·自他サ) 減少

例 減少傾向にある。

有減少的傾向。

08 | さくげん【削減】

(名·自他サ) 削減，縮減；削弱，使減色

例 給料5パーセント削減。

薪水縮減百分之五。

09 | しゅうけい【集計】

(名·他サ) 合計，總計

例 売上げを集計する。

合計營業額。

10 | ダウン【down】

(名·自他サ) 下，倒下，向下，落下；下降，減退；(棒)出局；(拳擊)擊倒

例 コストダウンが進まない。

降低成本無法推展。

11 | ばいりつ【倍率】

(名) 倍率，放大率；(入學考試的)競爭率

例 倍率が高い。

放大倍率。

12 | ぴたり(と)

(副) 突然停止貌；緊貼的樣子；恰合，正對

例 計算がぴたりと合う。

計算恰好符合。

13 | ひりつ【比率】

(名) 比率，比

例 比率を変える。

改變比率。

14 | ひれい【比例】

(名·自サ) (數)比例；均衡，相稱，成比例關係

例 比例して大きくなる。

依照比例放大。

15 | ぶんぼ【分母】

(名) (數)分母

例 分子を分母で割る。

分子除以分母。

16 | マイナス【minus】

(名) (數)減，減號；(數)負號；(電)負，陰極；(溫度)零下；虧損，不足；不利

例 彼の将来にとってマイナスだ。

對他的將來不利。

20-3 量、長さ、広さ、重さなど／
量、容量、長度、面積、重量等

01｜いくた【幾多】
副 許多，多數
例 幾多の困難を乗り越える。
克服無數困難。

02｜いっさい【一切】
名·副 一切，全部；(下接否定)完全，都
例 家財の一切を失う。
失去所有財產。

03｜おおかた【大方】
名·副 大部分，多半，大體；一般人，大家，諸位
例 大方の読者が望んでいる。
大部分的讀者都期待著。

04｜おおはば【大幅】
名·形動 寬幅(的布)；大幅度，廣泛
例 支出を大幅に削減する。
大幅減少支出。

05｜おおむね【概ね】
名·副 大概，大致，大部分
例 おおむね分かった。
大致上明白了。

06｜おびただしい【夥しい】
形 數量很多，極多，眾多；程度很大，厲害的，激烈的
例 おびただしい量の水が噴き出した。
噴出極大量的水。

07｜おもい【重い】
形 重;(心情)沈重，(腳步，行動等)遲鈍；(情況，程度等)嚴重
例 何だか気が重い。
不知為何心情沈重。

08｜かいばつ【海抜】
名 海拔
例 海抜 3 メートル以上ある。
有海拔三公尺以上。

09｜かくしゅ【各種】
名 各種，各樣，每一種
例 各種取り揃える。
各樣齊備。

10｜かさばる【かさ張る】
自五 (體積、數量等)增大，體積大，增多
例 荷物がかさばる。
行李龐大。

11｜かさむ
自五 (體積、數量等)增多
例 経費がかさむ。
經費增加。

12 | かすか【微か】

形動 微弱，些許；微暗，朦朧；貧窮，可憐

例 かすかなにおい。

些微氣味。

13 | かそ【過疎】

名 (人口)過稀，過少

例 過疎現象が起きている。

發生人口過稀現象。

14 | げんてい【限定】

名・他サ 限定，限制(數量，範圍等)

例 100名限定で招待する。

限定招待一百人。

15 | ことごとく

副 所有，一切，全部

例 ことごとく否定する。

全部否定。

16 | しゃめん【斜面】

名 斜面，傾斜面，斜坡

例 丘の斜面に畑を作る。

在山坡的斜面種田。

17 | ジャンボ【jumbo】

名・造 巨大的

例 ジャンボサイズを販売する(jumbo size)。

銷售超大尺寸。

18 | しゅじゅ【種々】

名・副 種種，各種，多種，多方

例 種々様々ずらっと並ぶ。

各種各樣排成一排。

19 | そこそこ

副・接尾 草草了事，慌慌張張；大約，左右

例 二十歳そこそこの青年。

二十歲上下的青年。

20 | たかが【高が】

副 (程度、數量等)不成問題，僅僅，不過是…罷了

例 たかが5,000円くらいにくよくよするな。

不過是五千日幣而已不要放在心上啦。

21 | だけ

副助 (只限於某範圍)只，僅僅；(可能的程度或限度)盡量，儘可能；(以「…ば…だけ」等的形式，表示相應關係)越…越…；(以「…だけに」的形式)正因為…更加…；(以「…(のこと)あって」的形式)不愧，值得

例 できるだけ。

盡力而為…。

22 | ダブル【double】

名 雙重，雙人用；二倍，加倍；雙人床；夫婦，一對

例 ダブルパンチを食らう。

遭到雙重的打擊。

23 | たよう【多様】

名·形動 各式各樣，多種多樣

例 多様な問題が含まれている。

隱含各式各樣的問題。

24 | ちょうだい【長大】

名·形動 長大；高大；寬大

例 長大なアマゾン川。

壯闊的亞馬遜河。

25 | はんぱ【半端】

名·形動 零頭，零星；不徹底；零數，尾數；無用的人

例 半端な意見に左右される。

被模稜兩可的意見所影響。

26 | ひじゅう【比重】

名 比重，(所占的)比例

例 比重が増大する。

增加比重。

27 | ひってき【匹敵】

名·自サ 匹敵，比得上

例 彼に匹敵する者はない。

沒有人比得上他。

28 | ふんだん

形動 很多，大量

例 ふんだんに使う。

大量使用。

29 | へいほう【平方】

名 (數)平方，自乘；(面積單位)平方

例 平方メートル。

平方公尺。

30 | ほどほど【程程】

副 適當的，恰如其分的；過得去

例 酒はほどほどに飲むのがよい。

喝酒要適度。

31 | まみれ【塗れ】

接尾 沾污，沾滿

例 泥まみれで遊ぶ。

玩得滿身是泥。

32 | まるごと【丸ごと】

副 完整，完全，全部地，整個(不切開)

例 丸ごと食べる。

整個直接吃。

33 | みじん【微塵】

名 微塵；微小(物)，極小(物)；一點，少許；切碎，碎末

例 反省の色が微塵もない。

完全沒有反省的樣子。

34 | みたす【満たす】

他五 裝滿，填滿，倒滿；滿足

例 需要を満たす。

滿足需要。

35 | みっしゅう【密集】

名·自サ 密集，雲集

例 保育園は住宅密集地帯にある。

育幼院住宅密集地區。

36 | みつど【密度】

名 密度

例 人口密度が高い。

人口密度高。

37 | めかた【目方】

名 重量，分量

例 目方を量る。

秤重。

38 | やたら（と）

副（俗）胡亂，隨便，不分好歹，沒有差別；過份，非常，大量

例 やたらと長い映画。

冗長的電影。

39 | りっぽう【立方】

名（數）立方

例 立方体の箱に入れる。

放進立體的箱子裡。

20-4

20-4 回数、順番 / 次數、順序

01 | あべこべ

名·形動（順序、位置、關係等）顛倒，相反

例 あべこべに着る。

穿反。

02 | うわまわる【上回る】

自五 超過，超出；（能力）優越

例 記録を上回る。

打破記錄。

03 | おつ【乙】

名·形動（天干第二位）乙；第二（位），乙

例 甲乙つけがたい。

難分軒輊。

04 | かい【下位】

名 低的地位；次級的地位

例 下位分類。

下層分類。

05 | こう【甲】

名 甲冑，鎧甲；甲殼；手腳的表面；（天干的第一位）甲；第一名

例 契約書の甲と乙。

契約書上的甲乙雙方。

06 | したまわる【下回る】

自五 低於，達不到

例 平年を下回る気温。

低於常年的溫度。

07 | せんちゃく【先着】

名·自サ 先到達，先來到

例 先着順でご利用いただけます。

請按到達的先後順序取用。

08 | ちょうふく・じゅうふく【重複】

(名·自サ) 重複

例 内容(ないよう)が重複(ちょうふく)している。

內容是重複的。

09 | ちょくちょく

(副) (俗)往往，時常

例 ちょくちょく遊(あそ)びにいく。

時常去玩耍。

10 | つらねる【連ねる】

(他下一) 排列，連接；聯，列

例 名(な)を連(つら)ねる。

聯名。

11 | てじゅん【手順】

(名) (工作的)次序，步驟，程序

例 手順(てじゅん)に従(したが)う。

按照順序。

12 | はいれつ【配列】

(名·他サ) 排列

例 五十音順(ごじゅうおんじゅん)に配列(はいれつ)する。

依照五十音順排列。

13 | はつ【初】

(名) 最初；首次

例 初(はつ)の海外旅行(かいがいりょこう)にわくわくする。

第一次出國旅行真叫人欣喜雀躍。

14 | ひんぱん【頻繁】

(名·形動) 頻繁，屢次

例 頻繁(ひんぱん)に出入(でい)りする。

出入頻繁。

15 | へいれつ【並列】

(名·自他サ) 並列，並排

例 同(おな)じレベルの単語(たんご)を並列(へいれつ)する。

把同一程度的單字並列在一起。

16 | ゆうい【優位】

(名) 優勢；優越地位

例 優位(ゆうい)に立(た)つ。

處於優勢。

20-5

20-5 図形、模様、色彩 /

圖形、花紋、色彩

01 | あざやか【鮮やか】

(形動) 顏色或形象鮮明美麗，鮮豔；技術或動作精彩的樣子，出色

例 鮮(あざ)やかな対照(たいしょう)をなす。

形成鮮明的對比。

02 | あせる【褪せる】

(自下一) 褪色，掉色

例 色(いろ)が褪(あ)せる。

褪色。

03 | あわい【淡い】

(形) 顏色或味道等清淡；感覺不這麼強烈，淡薄，微小；物體或光線隱約可見

例 淡(あわ)いピンクのバラが好(す)きだ。

我喜歡淺粉紅色的玫瑰。

04 | いろちがい【色違い】

名 一款多色

例 色違いのブラウスを買う。

購買一款多色的襯衫。

05 | かく【角】

名·漢造 角；隅角；四方形，四角形；稜角，四方；競賽

例 大根を 5cm 角に切る。

把白蘿蔔切成五公分左右的四方形。

06 | くみあわせる【組み合わせる】

他下一 編在一起，交叉在一起，搭在一起；配合，編組

例 色を組み合わせる。

搭配顏色。

07 | グレー【gray】

名 灰色；銀髮

例 グレーゾーンになる。

成為灰色地帶。

08 | こうたく【光沢】

名 光澤

例 光沢がある。

有光澤。

09 | こげちゃ【焦げ茶】

名 濃茶色，深棕色，古銅色

例 焦げ茶色が絶妙でした。

深棕色真是精彩絕妙。

10 | コントラスト【contrast】

名 對比，對照；(光)反差，對比度

例 画像のコントラストを上げる。

提高影像的對比度。

11 | しきさい【色彩】

名 彩色，色彩；性質，傾向，特色

例 色彩感覚に優れる。

色彩的敏感度非常好。

12 | ずあん【図案】

名 圖案，設計，設計圖

例 図案を募集する。

徵求設計圖。

13 | そまる【染まる】

自五 染上；受(壞)影響

例 血に染まる。

被血染紅。

14 | そめる【染める】

他下一 染顏色；塗上(映上)顏色；(轉)沾染，著手

例 黒に染める。

染成黑色。

15 | ちゃくしょく【着色】

名·自サ 著色，塗顏色

例 人工着色料を使用する。

使用人工染料。

16 | てんせん【点線】

㊔ 點線，虛線

例 点線のところから切り取る。

從虛線處剪下。

17 | ブルー【blue】

㊔ 青，藍色；情緒低落

例 ブルーの瞳に目を奪われる。

深深被藍色眼睛吸引住。

18 | りったい【立体】

㊔（數）立體

例 立体的な画像を作成できる。

製作立體畫面。

パート
21
第二十一章

教育

- 教育 -

21-1

21-1 教育、学習 / 教育、學習

01 | いくせい【育成】

名·他サ 培養，培育，扶植，扶育

例 エンジニアを育成（いくせい）する。

培育工程師。

02 | がくせつ【学説】

名 學說

例 学説（がくせつ）を立（た）てる。

建立學說。

03 | きょうざい【教材】

名 教材

例 教材（きょうざい）を作（つく）る。

編寫教材。

04 | きょうしゅう【教習】

名·他サ 訓練，教習

例 教習（きょうしゅう）を受（う）ける。

接受訓練。

05 | こうがく【工学】

名 工學，工程學

例 工学製図（こうがくせいず）を履修（りしゅう）する。

學工程繪圖課程。

06 | こうこがく【考古学】

名 考古學

例 考古学博士（こうこがくはかせ）。

考古學博士。

07 | こうさく【工作】

名·他サ （機器等）製作；（土木工程等）修理工程；（小學生的）手工；（暗中計畫性的）活動

例 工作（こうさく）の時間（じかん）。

製作時間。

08 | ざだんかい【座談会】

名 座談會

例 座談会（ざだんかい）を開（ひら）く。

召開座談會。

09 | しつける【躾ける】

他下一 教育，培養，管教，教養（子女）

例 子供（こども）をしつける。

管教小孩。

10 | しつけ【躾】

名 （對孩子在禮貌上的）教養，管教，訓練；習慣

例 しつけに厳（きび）しい母（はは）だったが、優（やさ）しい人（ひと）だった。

母親雖管教嚴格，但非常慈愛。

11 | しゅうとく【習得】

(名·他サ) 學習，學會

例 日本語(にほんご)を習得(しゅうとく)する。

學會日語。

12 | じゅく【塾】

(名·漢造) 補習班；私塾

例 塾(じゅく)を開(ひら)く。

開私塾；開補習班。

13 | しんど【進度】

(名) 進度

例 進度(しんど)が速(はや)い。

進度快。

14 | せっきょう【説教】

(名·自サ) 説教；教誨

例 先生(せんせい)に説教(せっきょう)される。

被老師説教。

15 | てびき【手引き】

(名·他サ) (輔導)初學者，啟蒙；入門，初級；推薦，介紹；引路，導向

例 独学(どくがく)の手引(てび)き。

自學輔導。

16 | てほん【手本】

(名) 字帖，畫帖；模範，榜樣；標準，示範

例 手本(てほん)を示(しめ)す。

做出榜樣。

17 | ドリル【drill】

(名) 鑽頭；訓練，練習

例 算数(さんすう)のドリルをやる。

做算數的練習題。

18 | ひこう【非行】

(名) 不正當行為，違背道德規範的行為

例 非行(ひこう)に走(はし)る。

鋌而走險。

19 | ほいく【保育】

(名·他サ) 保育

例 保育園(ほいくえん)に通(かよ)う。

上幼稚園。

20 | ほうがく【法学】

(名) 法學，法律學

例 法学(ほうがく)を学(まな)ぶ。

學法學。

21 | ゆうぼう【有望】

(形動) 有希望，有前途

例 将来有望(しょうらいゆうぼう)な学生(がくせい)たちを支援(しえん)する。

對前途有望的學生加以支援。

22 | ようせい【養成】

(名·他サ) 培養，培訓；造就

例 技術者(ぎじゅつしゃ)を養成(ようせい)する。

培訓技師。

23 | レッスン【lesson】

㊔ 一課；課程，課業；學習

例 レッスンを受(う)ける。

上課。

◉ 21-2

21-2 学校 / 學校

01 | うけもち【受け持ち】

㊔ 擔任，主管；主管人，主管的事情

例 受(う)け持(も)ちの先生(せんせい)。

負責的老師。

02 | かがい【課外】

㊔ 課外

例 課外活動(かがいかつどう)に参加(さんか)する。

參加課外活動。

03 | がんしょ【願書】

㊔ 申請書

例 願書(がんしょ)を出(だ)す。

提出申請書。

04 | きぞう【寄贈】

名·他サ 捐贈，贈送

例 本(ほん)を図書館(としょかん)に寄贈(きぞう)する。

把書捐贈給圖書館。

05 | きょうがく【共学】

㊔ (男女或黑白人種)同校，同班(學習)

例 男女共学(だんじょきょうがく)を推奨(すいしょう)する。

獎勵男女共學。

06 | こうりつ【公立】

㊔ 公立(不包含國立)

例 公立(こうりつ)の学校(がっこう)に通(かよ)う。

上公立學校。

07 | さずける【授ける】

他下一 授予，賦予，賜給；教授，傳授

例 学位(がくい)を授(さず)ける。

授予學位。

08 | しぼう【志望】

名·他サ 志願，希望

例 進学(しんがく)を志望(しぼう)する。

志願要升學。

09 | しゅうがく【就学】

名·自サ 學習，求學，修學

例 就学年齢(しゅうがくねんれい)に達(たっ)する。

達到就學年齡。

10 | とうこう【登校】

名·自サ (學生)上學校，到校

例 8時前(じまえ)に登校(とうこう)する。

八點前上學。

11 | へいさ【閉鎖】

名·自他サ 封閉，關閉，封鎖

例 学級閉鎖(がっきゅうへいさ)になった。

將年級加以隔離(防止疾病蔓延，該年級學生自行在家隔離)。

12 | ぼこう【母校】

㊔ 母校

例 母校(ぼこう)を訪(たず)ねる。

拜訪母校。

13 | めんじょ【免除】

(名·他サ) 免除(義務、責任等)

例 学費(がくひ)を免除(めんじょ)する。

免除學費。

21-3

21-3 学生生活 / 學生生活

01 | いいんかい【委員会】

㊔ 委員會

例 学級委員会(がっきゅういいんかい)に出(で)る。

出席班聯會。

02 | うかる【受かる】

(自五) 考上，及格，上榜

例 入学試験(にゅうがくしけん)に受(う)かる。

入學考試及格。

03 | オリエンテーション【orientation】

㊔ 定向，定位，確定方針；新人教育，事前説明會

例 オリエンテーションに参加(さんか)する。

參加新人教育。

04 | カンニング【cunning】

(名·自サ) (考試時的)作弊

例 カンニングペーパーを隠(かく)し持(も)つ。

暗藏小抄。

05 | ききとり【聞き取り】

㊔ 聽見，聽懂，聽後記住；(外語的)聽力

例 聞(き)き取(と)りのテスト。

聽力考試。

06 | きじゅつ【記述】

(名·他サ) 描述，記述；闡明

例 記述式(きじゅつしき)のテスト。

申論題考試。

07 | きまつ【期末】

㊔ 期末

例 期末(きまつ)テストが始(はじ)まります。

開始期末考。

08 | きゅうがく【休学】

(名·自サ) 休學

例 大学(だいがく)を休学(きゅうがく)する。

大學休學。

09 | きゅうしょく【給食】

(名·自サ) (學校、工廠等)供餐，供給飲食

例 給食(きゅうしょく)が出(で)る。

有供餐。

10 | きょうか【教科】

㊔ 教科，學科，課程

例 教科書(きょうかしょ)が見(み)つからない。

找不到教科書。

11 | げんてん【減点】
(名·他サ) 扣分；減少的分數

例 減点の対象となる。
成為扣分的依據。

12 | こうしゅう【講習】
(名·他サ) 講習，學習

例 講習を受ける。
聽講。

13 | サボる【sabotage 之略】
(他五) (俗)怠工；偷懶，逃(學)，曠(課)

例 授業をサボる。
蹺課。

14 | しゅうりょう【修了】
(名·他サ) 學完(一定的課程)

例 課程を修了する。
學完課程。

15 | しゅつだい【出題】
(名·自サ) (考試、詩歌)出題

例 試験を出題する。
出試題。

16 | しょう【証】
(名·漢造) 證明；證據；證明書；證件

例 学生証を紛失した。
遺失學生證了。

17 | しょぞく【所属】
(名·自サ) 所屬；附屬

例 サッカー部に所属する。
隸屬於足球部。

18 | しんにゅうせい【新入生】
(名) 新生

例 小学校の新入生を迎える。
迎接小學新生。

19 | せいれつ【整列】
(名·自他サ) 整隊，排隊，排列

例 一列に整列する。
排成一列。

20 | せんしゅう【専修】
(名·他サ) 主修，專攻

例 芸術を専修する。
主修藝術。

21 | そうかい【総会】
(名) 總會，全體大會

例 生徒総会の準備をする。
進行學生大會的籌備工作。

22 | たいがく【退学】
(名·自サ) 退學

例 退学を決意した。
決定休學。

23 | ちょうこう【聴講】

(名·他サ) 聴講，聽課；旁聽

例 聴講生(ちょうこうせい)に限(かぎ)る。

只限旁聽生。

24 | てんこう【転校】

(名·自サ) 轉校，轉學

例 町(まち)の学校(がっこう)に転校(てんこう)する。

轉學到鄉鎮的學校。

25 | どうきゅう【同級】

(名) 同等級，等級相同；同班，同年級

例 同級生(どうきゅうせい)が結婚(けっこん)した。

同學結婚了。

26 | はん【班】

(名·漢造) 班，組；集團，行列；分配；席位，班次

例 班(はん)に分(わ)かれる。

分班。

27 | ひっしゅう【必修】

(名) 必修

例 必修(ひっしゅう)科目(かもく)になる。

變成必修科目。

28 | ヒント【hint】

(名) 啟示，暗示，提示

例 ヒントを与(あた)える。

給予提示。

29 | ほそく【補足】

(名·他サ) 補足，補充

例 資料(しりょう)を補足(ほそく)する。

補足資料。

30 | ぼっしゅう【没収】

(名·他サ) (法)(司法處分的)沒收，查抄，充公

例 タバコを没収(ぼっしゅう)された。

香菸被沒收了。

31 | ゆう【優】

(名·漢造) (成績五分四級制的)優秀；優美，雅致；優異，優厚；演員；悠然自得

例 優(ゆう)の成績(せいせき)を残(のこ)す。

留下優異的成績。

32 | よこく【予告】

(名·他サ) 預告，事先通知

例 テストを予告(よこく)する。

預告考期。

パート
22
第二十二章

行事、一生の出来事

- 儀式活動、一輩子會遇到的事情 -

01 | いんきょ【隱居】 ◎22

(名·自サ) 隱居，退休，閒居；(閒居的)老人

例 郊外(こうがい)に隠居(いんきょ)する。

隱居郊外。

02 | うちあげる【打ち上げる】

(他下一) (往高處)打上去，發射

例 花火(はなび)を打(う)ち上(あ)げる。

放煙火。

03 | えんだん【縁談】

(名) 親事，提親，說媒

例 縁談(えんだん)がまとまる。

親事談成了。

04 | かいさい【開催】

(名·他サ) 開會，召開；舉辦

例 オリンピックを開催(かいさい)する。

舉辦奧林匹克運動會。

05 | かんれき【還暦】

(名) 花甲，滿 60 周歲的別稱

例 還暦(かんれき)を迎(むか)える。

迎接花甲之年。

06 | きこん【既婚】

(名) 已婚

例 既婚者(きこんしゃ)を見分(みわ)ける。

如何分辨已婚者。

07 | きたる【来る】

(自五·連體) 來，到來；引起，發生；下次的

例 来(きた)る 1 日(ついたち)に開(ひら)く。

下次的一號召開。

08 | さいこん【再婚】

(名·自サ) 再婚，改嫁

例 父(ちち)は再婚(さいこん)した。

父親再婚了。

09 | さんご【産後】

(名) (婦女)分娩之後

例 産後(さんご)の肥立(ひだ)ちが悪(わる)い。

產後發福恢復狀況不佳。

10 | しゅくが【祝賀】

(名·他サ) 祝賀，慶祝

例 祝賀(しゅくが)を受(う)ける。

接受祝賀。

11 | しゅさい【主催】

名·他サ 主辦，舉辦

例 新聞社(しんぶんしゃ)が主催(しゅさい)する座談会(ざだんかい)。

由報社舉辦的座談會。

12 | しんこん【新婚】

名 新婚(的人)

例 新婚生活(しんこんせいかつ)が羨(うらや)ましい。

欣羨新婚生活。

13 | せいだい【盛大】

形動 盛大，規模宏大；隆重

例 盛大(せいだい)に祝(いわ)う。

盛大慶祝。

14 | セレモニー【ceremony】

名 典禮，儀式

例 セレモニーに参加(さんか)する。

參加典禮。

15 | ていねん【定年】

名 退休年齡

例 定年(ていねん)になる。

到了退休年齡。

16 | ねんが【年賀】

名 賀年，拜年

例 年賀(ねんが)はがきを買(か)う。

買賀年明信片。

17 | はき【破棄】

名·他サ (文件、契約、合同等)廢棄，廢除，撕毀

例 婚約(こんやく)を破棄(はき)する。

解除婚約。

18 | バツイチ

名 (俗)離過一次婚

例 バツイチになった。

離了一次婚。

19 | ひなまつり【雛祭り】

名 女兒節，桃花節，偶人節

例 ひな祭(まつ)りパーティーをする。

開女兒節慶祝派對。

20 | みあい【見合い】

名 (結婚前的)相親；相抵，平衡，相稱

例 見合(みあ)い結婚(けっこん)する。

相親結婚。

21 | みこん【未婚】

名 未婚

例 未婚(みこん)の母(はは)になる。

成為未婚媽媽。

22 | もよおす【催す】

他五 舉行，舉辦；產生，引起

例 イベントを催(もよお)す。

舉辦活動。

23 | も【喪】

㊔ 服喪；喪事，葬禮

例 喪(も)に服(ふく)す。

服喪。

24 | らいじょう【来場】

(名·自サ) 到場，出席

例 お車(くるま)でのご来場(らいじょう)はご遠慮下(えんりょくだ)さい。

請勿開車前來會場。

パート
23
第二十三章

道具
- 工具 -

23-1

23-1 道具 / 工具

01 | あみ【網】
名 (用繩、線、鐵絲等編的)網；法網
例 網(あみ)にかかった魚(さかな)を引(ひ)き上(あ)げた。
打撈起落網之魚。

02 | あやつる【操る】
他五 操控，操縱；駕駛，駕馭；掌握，精通(語言)
例 機械(きかい)を操(あやつ)る。
操作機器。

03 | うちわ【団扇】
名 團扇；(相撲)裁判扇
例 うちわで扇(あお)ぐ。
用團扇搧風。

04 | え【柄】
名 柄，把
例 傘(かさ)の柄(え)を持(も)つ。
拿著傘把。

05 | がんぐ【玩具】
名 玩具
例 玩具(がんぐ)メーカーが集結(しゅうけつ)している。
集合了玩具製造商。

06 | クレーン【crane】
名 吊車，起重機
例 クレーンで引(ひ)き上(あ)げる。
用起重機吊起。

07 | げんけい【原型】
名 原型，模型
例 原型(げんけい)を作(つく)る。
製作模型。

08 | けんよう【兼用】
名·他サ 兼用，兩用
例 晴雨兼用(せいうけんよう)の傘(かさ)。
晴雨兩用傘。

09 | さお【竿】
名 竿子，竹竿；釣竿；船篙；(助數詞用法)杆，根
例 物干(ものほ)し竿(ざお)を替(か)える。
換了曬衣杆。

10 | ざっか【雑貨】
名 生活雜貨
例 アジアン雑貨(ざっか)の店(みせ)が沢山(たくさん)ある。
有許多亞洲風的雜貨店。

11 | じく【軸】

名·接尾·漢造 車軸；畫軸；(助數詞用法)書，畫的軸；(理)運動的中心線

例 チームの軸となって活躍する。

成為隊上的中心人物而大顯身手。

12 | じぞく【持続】

名·自他サ 持續，繼續，堅持

例 効果を持続させる。

讓效果持續。

13 | じゅうばこ【重箱】

名 多層方木盒，套盒

例 お節料理を重箱に詰める。

將年菜裝入多層木盒中。

14 | スチーム【steam】

名 蒸汽，水蒸氣；暖氣(設備)

例 部屋にスチームヒーターを設置する。

房間裡裝設暖氣。

15 | ストロー【straw】

名 吸管

例 ストローで飲む。

用吸管喝。

16 | そなえつける【備え付ける】

他下一 設置，備置，裝置，安置，配置

例 消火器を備え付ける。

設置滅火器。

17 | そり【橇】

名 雪橇

例 そりを引く。

拉雪橇。

18 | たて【盾】

名 盾，擋箭牌；後盾

例 盾に取る。

當擋箭牌。

19 | たんか【担架】

名 擔架

例 担架で運ぶ。

用擔架搬運。

20 | ちょうしんき【聴診器】

名 (醫)聽診器

例 聴診器を胸に当てる。

把聽診器貼在胸口上。

21 | ちょうほう【重宝】

名·形動·他サ 珍寶，至寶；便利，方便；珍視，愛惜

例 重宝な道具を手にする。

將珍愛的工具歸為己有。

22 | ちりとり【塵取り】

名 畚箕

例 ほうきとちり取りセット。

掃把與畚斗組。

23 | つえ【杖】
㊔ 枴杖，手杖；依靠，靠山

例 杖を突く。

拄拐杖。

24 | つかいみち【使い道】
㊔ 用法；用途，用處

例 使い道を考える。

思考如何使用。

25 | つつ【筒】
㊔ 筒，管；炮筒，槍管

例 竹の筒を手で揺らす。

用手搖動竹筒。

26 | つぼ【壺】
㊔ 罐，壺，甕；要點，關鍵所在

例 茶壺を取り出した。

取出茶葉罐。

27 | ティッシュペーパー【tissue paper】
㊔ 衛生紙

例 ティッシュペーパーで拭き取る。

用衛生紙擦拭。

28 | でんげん【電源】
㊔ 電力資源；(供電的)電源

例 電源を切る。

切斷電源。

29 | とうき【陶器】
㊔ 陶器

例 陶器の花瓶が可愛らしい。

陶瓷器花瓶小巧玲瓏。

30 | とって【取っ手】
㊔ 把手

例 取っ手を握る。

握把手。

31 | とりあつかい【取り扱い】
㊔ 對待，待遇；(物品的)處理，使用，(機器的)操作；(事務、工作的)處理，辦理

例 取り扱いに注意する。

請小心處理。

32 | とりつける【取り付ける】
(他下一) 安裝(機器等)；經常光顧；(商)擠兑；取得

例 アンテナを取り付ける。

安裝天線。

33 | に【荷】
㊔ (攜帶、運輸的)行李，貨物；負擔，累贅

例 肩の荷が下りる。

如釋重負。

34 | はた【機】
㊔ 織布機

例 機を織る。

織布。

35 | バッジ【badge】

㊔ 徽章

例 弁護士（べんごし）バッジをつける。

戴上律師徽章。

36 | バッテリー【battery】

㊔ 電池，蓄電池

例 バッテリーがあがる。

電池耗盡。

37 | フィルター【filter】

㊔ 過濾網，濾紙；濾波器，濾光器

例 フィルターを取（と）り替（か）える。

換濾紙。

38 | ホース【(荷)hoos】

㊔ （灑水用的）塑膠管，水管

例 ホースを巻（ま）く。

捲起塑膠水管。

39 | ポンプ【(荷)pomp】

㊔ 抽水機，汲筒

例 ポンプで水（みず）を汲（く）む。

用抽水機汲水。

40 | もけい【模型】

㊔ （用於展覽、實驗、研究的實物或抽象的）模型

例 模型（もけい）を組（く）み立（た）てる。

組裝模型。

41 | もの【物】

名·接頭·造語 （有形或無形的）物品，事情；所有物；加強語氣用；表回憶或希望；不由得…；值得…的東西

例 忘（わす）れ物（もの）をする。

遺失物品。

42 | や【矢】

㊔ 箭；楔子；指針

例 白羽（しらは）の矢（や）が立（た）つ。

雀屏中選。

43 | ゆみ【弓】

㊔ 弓；弓形物

例 弓（ゆみ）を引（ひ）く。

拉弓。

44 | ようひん【用品】

㊔ 用品，用具

例 スポーツ用品（ようひん）を買（か）う。

購買運動用品。

45 | ロープ【rope】

㊔ 繩索，纜繩

例 洗濯（せんたく）ロープをかける。

掛起洗衣繩。

23-2 家具、工具、文房具 / 傢俱、工作器具、文具

01 | いんかん【印鑑】

名 印，圖章；印鑑

例 印鑑(いんかん)が必要(ひつよう)だ。

需要印章。

02 | こたつ【炬燵】

名 （架上蓋著被，用以取暖的）被爐，暖爐

例 こたつに入(はい)る。

坐進被爐。

03 | コンパス【（荷）kompas】

名 圓規；羅盤，指南針；腿（的長度），腳步（的幅度）

例 コンパスで円(えん)を描(か)く。

用圓規畫圓。

04 | ちゃくせき【着席】

名·自サ 就坐，入座，入席

例 順番(じゅんばん)に着席(ちゃくせき)する。

依序入座。

05 | とぐ【研ぐ・磨ぐ】

他五 磨；擦亮，磨光；淘（米等）

例 包丁(ほうちょう)を研(と)ぐ。

研磨菜刀。

06 | ドライバー【driver】

名 （「screwdriver」之略稱）螺絲起子

例 ドライバー1本(ぽん)で組(く)み立(た)てられる。

用一支螺絲起子組裝完成。

07 | にじむ【滲む】

自五 （顏色等）滲出，滲入；（汗水、眼淚、血等）慢慢滲出來

例 インクがにじむ。

墨水滲出。

08 | ねじまわし【ねじ回し】

名 螺絲起子

例 ねじ回(まわ)しでねじを締(し)める。

用螺絲起子拴螺絲。

09 | ばらす

名 （把完整的東西）弄得七零八落；（俗）殺死，殺掉；賣掉，推銷出去；揭穿，洩漏（秘密等）

例 機械(きかい)をばらして修理(しゅうり)する。

把機器拆得七零八落來修理。

10 | ばんのう【万能】

名 萬能，全能，全才

例 万能包丁(ばんのうほうちょう)が一番好(いちばんこの)まれる。

（一般家庭使用的）萬用菜刀最愛不釋手。

11 | はん【判】

名·漢造 圖章，印鑑；判斷，判定；判讀，判明；審判

例 判(はん)をつく。

蓋圖章。

12 | は【刃】

名 刀刃

例 刃(は)を研(と)ぐ。

磨刀。

13 | ボルト【bolt】
㊔ 螺栓，螺絲

例 ボルトで締める。

拴上螺絲。

14 | やぐ【夜具】
㊔ 寢具，臥具，被褥

例 夜具を揃える。

寢具齊備。

15 | ようし【用紙】
㊔ (特定用途的)紙張，規定用紙

例 コピー用紙を補充する。

補充影印紙。

16 | レンジ【range】
㊔ 微波爐(「電子レンジ」之略稱)；範圍；射程；有效距離

例 おかずをレンジで温める。

菜餚用微波爐加熱。

23-3

23-3 計器、容器、入れ物、衛生器具 /
測量儀器、容器、器皿、衛生用具

01 | うつわ【器】
㊔ 容器，器具；才能，人才；器量

例 器が大きい。

器量大。

02 | おさまる【収まる・納まる】
自五 容納；(被)繳納；解決，結束；滿意，泰然自若；復原

例 事態が収まる。

事情平息。

03 | おむつ
㊔ 尿布

例 おむつを変える。

換尿布。

04 | けいき【計器】
㊔ 測量儀器，測量儀表

例 計器を取り付ける。

裝設測量儀器。

05 | ナプキン【napkin】
㊔ 餐巾；擦嘴布；衛生綿

例 ナプキンを置く。

擺放餐巾。

06 | さかずき【杯】
㊔ 酒杯；推杯換盞，酒宴；飲酒為盟

例 杯を交わす。

觥籌交錯。

07 | はじく【弾く】
他五 彈；打算盤；防抗，排斥

例 そろばんを弾く。

打算盤。

08 | ふきん【布巾】

㊔ 抹布

例 布巾を除菌する。

將抹布做殺菌處理。

09 | ヘルスメーター【(和) health + meter】

㊔ (家庭用的)體重計，磅秤

例 様々な機能のヘルスメーターが並ぶ。

整排都是多功能的體重計。

10 | ほじゅう【補充】

名·他サ 補充

例 調味料を補充する。

補充調味料。

11 | ポット【pot】

㊔ 壺；熱水瓶

例 電動ポットでお湯を沸かす。

用電熱水瓶燒開水。

12 | めもり【目盛・目盛り】

㊔ (量表上的)度數，刻度

例 目盛りを読む。

看(計器的)刻度。

23-4 照明、光学機器、音響、情報機器／燈光照明、光學儀器、音響、信息器具

01 | かいぞうど【解像度】

㊔ 解析度

例 解像度が高い。

解析度很高。

02 | かいろ【回路】

㊔ (電)回路，線路

例 電気回路を学ぶ。

學習電路。

03 | こうこう(と)【煌々(と)】

副 (文)光亮，通亮

例 煌々と輝く。

光輝閃耀。

04 | ストロボ【strobe】

㊔ 閃光燈

例 ストロボがまぶしい。

閃光燈很刺目。

05 | トランジスタ【transistor】

㊔ 電晶體；(俗)小型

例 コンピューターのトランジスタ。

電腦的電晶體。

06 | ぶれる

自下一 (攝)按快門時(照相機)彈動

例 カメラがぶれて撮れない。

相機晃動無法拍照。

07 | モニター【monitor】

㊔ 監聽器，監視器；監聽員；評論員

例 モニターで監視（かんし）する。

以監視器監控著。

08 | ランプ【(荷・英) lamp】

㊔ 燈，煤油燈；電燈

例 ランプに火（ひ）を灯（とも）す。

點煤油燈。

09 | げんぞう【現像】

(名·他サ) 顯影，顯像，沖洗

例 フィルムを現像（げんぞう）する。

洗照片。

10 | さいせい【再生】

(名·自他サ) 重生，再生，死而復生；新生，(得到)改造；(利用廢物加工，成為新產品)再生；(已錄下的聲音影像)重新播放

例 再生（さいせい）ボタンを押（お）す。

按下播放鍵。

11 | ないぞう【内蔵】

(名·他サ) 裡面包藏，內部裝有；內庫，宮中的府庫

例 カメラが内蔵（ないぞう）されている。

內部裝有攝影機。

12 | バージョンアップ【version up】

㊔ 版本升級

例 バージョン アップができる。

版本可以升級。

パート
24
第二十四章

職業、仕事

- 職業、工作 -

24-1 (1)

24-1 仕事、職場 (1) / 工作、職場 (1)

01 | あっせん【斡旋】

名·他サ 幫助；關照；居中調解，斡旋；介紹

例 就職(しゅうしょく)の斡旋(あっせん)を頼(たの)む。

請求幫助找工作。

02 | いっきょに【一挙に】

副 一下子；一次

例 問題(もんだい)を一挙(いっきょ)に解決(かいけつ)する。

一口氣解決問題。

03 | いどう【異動】

名·自他サ 異動，變動，調動

例 人事異動(じんじいどう)を行(おこな)う。

進行人事調動。

04 | おう【負う】

他五 負責；背負，遭受；多虧，借重；背

例 責任(せきにん)を負(お)う。

負起責任。

05 | おびる【帯びる】

他上一 帶，佩帶；承擔，負擔；帶有，帶著

例 重(おも)い任務(にんむ)を帯(お)びる。

身負重任。

06 | カムバック【comeback】

名·自サ （名聲、地位等）重新恢復，重回政壇；東山再起

例 芸能界(げいのうかい)にカムバックする。

重回演藝圈。

07 | かんご【看護】

名·他サ 護理（病人），看護，看病

例 病人(びょうにん)を看護(かんご)する。

看護病人。

08 | きどう【軌道】

名 （鐵路、機械、人造衛星、天體等的）軌道；正軌

例 軌道(きどう)に乗(の)る。

步上正軌。

09 | キャリア【career】

名 履歷，經歷；生涯，職業；（高級公務員考試及格的）公務員

例 キャリアを積(つ)む。

累積經歷。

10 | ぎょうむ【業務】

名 業務，工作

例 業務用(ぎょうむよう)スーパーへ行(い)く。

前往業務超市。

11 | きんむ【勤務】

名·自サ 工作，勤務，職務

例 勤務形態が変わる。

職務型態有了變化。

12 | きんろう【勤労】

名·自サ 勤勞，勞動（狹意指體力勞動）

例 勤労学生が対象になる。

以勤勞的學生為對象。

13 | くぎり【区切り】

名 句讀；文章的段落；工作的階段

例 区切りをつける。

使（工作）告一段落。

14 | くみこむ【組み込む】

他五 編入；入伙；（印）排入

例 予定に組み込む。

排入預定行程中。

15 | こうぼ【公募】

名·他サ 公開招聘，公開募集

例 作品を公募する。

公開徵求作品。

16 | ごえい【護衛】

名·他サ 護衛，保衛，警衛（員）

例 首相を護衛する。

護衛首相。

17 | こよう【雇用】

名·他サ 雇用；就業

例 終身雇用制度が揺らぎはじめる。

終身雇用制開始動搖。

18 | さいよう【採用】

名·他サ 採用（意見），採取；錄用（人員）

例 採用試験を受ける。

參加錄用考試。

19 | さしず【指図】

名·自サ 指示，吩咐，派遣，發號施令；指定，指明；圖面，設計圖

例 指図を受けない。

不接受命令。

20 | さしつかえる【差し支える】

自下一（對工作等）妨礙，妨害，有壞影響；感到不方便，發生故障，出問題

例 仕事に差し支える。

妨礙工作。

21 | さんきゅう【産休】

名 產假

例 産休に入る。

休產假。

22 | じしょく【辞職】

名·自他サ 辭職

例 辞職を余儀なくされる。

不得不辭職。

23 | システム【system】

㊔ 組織；體系，系統；制度

例 システムを変(か)える。

改變體系。

24 | しめい【使命】

㊔ 使命，任務

例 使命(しめい)を果(は)たす。

完成使命。

25 | しゅうぎょう【就業】

名·自サ 開始工作，上班；就業（有一定職業），有工作

例 農業就業人口(のうぎょうしゅうぎょうじんこう)が減少(げんしょう)する。

農業就業人口減少。

⊙ 24-1 (2)

24-1 仕事、職場 (2) / 工作、職場 (2)

26 | じゅうじ【従事】

名·自サ 作，從事

例 研究(けんきゅう)に従事(じゅうじ)する人(ひと)が多(おお)い。

從事研究的人增多。

27 | しゅえい【守衛】

㊔（機關等的）警衛，守衛；（國會的）警備員

例 守衛(しゅえい)を置(お)く。

設置守衛。

28 | しゅっしゃ【出社】

名·自サ 到公司上班

例 8時(じ)に出社(しゅっしゃ)する。

八點到公司上班。

29 | しゅつどう【出動】

名·自サ（消防隊、警察等）出動

例 警官(けいかん)が出動(しゅつどう)する。

警察出動。

30 | しょうしん【昇進】

名·自サ 升遷，晉升，高昇

例 昇進(しょうしん)が早(はや)い。

晉升快速。

31 | しよう【私用】

名·他サ 私事；私用，個人使用；私自使用，盜用

例 私用(しよう)に供(きょう)する。

提供給私人使用。

32 | しょくむ【職務】

㊔ 職務，任務

例 職務(しょくむ)に就(つ)く。

就任…職務。

33 | しょむ【庶務】

㊔ 總務，庶務，雜物

例 庶務課(しょむか)が所管(しょかん)する。

總務課所管轄。

34 | じんざい【人材】

㊔ 人才

例 人材(じんざい)がそろう。

人才濟濟。

35 | しんにゅう【新入】
㊔ 新加入，新來（的人）

例 新入社員が入社する。

新進員工正式上班。

36 | スト【strike 之略】
㊔ 罷工

例 電車がストで参った。

電車罷工，真受不了。

37 | ストライキ【strike】
名·自サ 罷工；（學生）罷課

例 ストライキを打つ。

斷然舉行罷工。

38 | せきむ【責務】
㊔ 職責，任務

例 国家に対する責務。

對國家的責任。

39 | セクション【section】
㊔ 部分，區劃，段，區域；節，項，科；（報紙的）欄

例 セクション別に分ける。

依據部門來劃分。

40 | たぼう【多忙】
名·形動 百忙，繁忙，忙碌

例 多忙を極める。

繁忙至極。

41 | つとまる【務まる】
自五 勝任

例 議長の役が務まる。

勝任議長的職務。

42 | つとまる【勤まる】
自五 勝任，能擔任

例 私には勤まりません。

我無法勝任。

43 | つとめさき【勤め先】
㊔ 工作地點，工作單位

例 勤め先を訪ねる。

到工作地點拜訪。

44 | デモンストレーション・デモ【demonstration】
㊔ 示威活動；（運動會上正式比賽項目以外的）公開表演

例 デモンストレーションを見せる。

示範表演。

45 | てわけ【手分け】
名·自サ 分頭做，分工

例 手分けして作業する。

分工作業。

46 | てんきん【転勤】
名·自サ 調職，調動工作

例 北京へ転勤する。

調職到北京。

47 | てんにん【転任】

名·自サ 轉任，調職，調動工作

例 地方支店に転任する。

調職到地方的分店。

48 | とくは【特派】

名·他サ 特派，特別派遣

例 パリ駐在の特派員に申し込んだ。

提出駐巴黎特派記者的申請。

49 | ともかせぎ【共稼ぎ】

名·自サ 夫妻都上班

例 共稼ぎで頑張る。

夫妻共同努力工作。

50 | ともなう【伴う】

自他五 隨同，伴隨；隨著；相符

例 リスクを伴う。

伴隨著危險。

24-1 (3)

24-1 仕事、職場 (3) /

工作、職場 (3)

51 | ともばたらき【共働き】

名·自サ 夫妻都工作

例 夫婦共働きの方が多い。

雙薪家庭佔較多數。

52 | トラブル【trouble】

名 糾紛，糾葛，麻煩；故障

例 トラブルを解決する。

解決麻煩。

53 | とりこむ【取り込む】

自他五 (因喪事或意外而)忙碌；拿進來；騙取，侵吞；拉攏，籠絡

例 突然の不幸で取り込んでいる。

因突如其來的不幸而忙碌著。

54 | になう【担う】

他五 擔，挑；承擔，肩負

例 責任を担う。

負責。

55 | にんむ【任務】

名 任務，職責

例 任務を果たす。

達成任務。

56 | ねまわし【根回し】

名 (為移栽或使果樹增產的)修根，砍掉一部份樹根；事先協調，打下基礎，醞釀

例 根回しが上手い。

擅長事先協調。

57 | はいふ【配布】

名·他サ 散發

例 資料を配布する。

分發資料。

58 | はかどる

自五 (工作、工程等)有進展

例 仕事がはかどる。

工作進展。

59 | はけん【派遣】

名·他サ 派遣；派出

例 派遣社員として働く。

以派遣員工的身份工作。

60 | はっくつ【発掘】

名·他サ 發掘，挖掘；發現

例 遺跡を発掘する。

發掘了遺跡。

61 | ひとまかせ【人任せ】

名 委託別人，託付他人

例 人任せにできない性分。

事必躬親的個性。

62 | ふくぎょう【副業】

名 副業

例 民芸品作りを副業としている。

以做手工藝品為副業。

63 | ふくし【福祉】

名 福利，福祉

例 福祉が遅れている。

福祉政策落後。

64 | ぶしょ【部署】

名 工作崗位，職守

例 部署に付く。

各就各位。

65 | ふにん【赴任】

名·自サ 赴任，上任

例 単身赴任する。

隻身上任。

66 | ぶもん【部門】

名 部門，部類，方面

例 部門別に分ける。

依部門分別。

67 | ぶらぶら

副·自サ （懸空的東西）晃動，搖晃；蹓躂；沒工作；（病）拖長，纏綿

例 街をぶらぶらする。

在街上溜達。

68 | ブレイク【break】

名·サ変 （拳擊）抱持後分開；休息；突破，爆紅

例 ティーブレイクにしましょう。

稍事休息吧。

69 | フロント【front】

名 正面，前面；（軍）前線，戰線；櫃臺

例 フロントに電話する。

打電話給服務台。

70 | ぶんぎょう【分業】

名·他サ 分工；專業分工

例 仕事を分業する。

分工作業。

71 | ほうし【奉仕】

(名·自サ) （不計報酬而）效勞，服務；廉價賣貨

例 奉仕活動(ほうしかつどう)に専念(せんねん)する。

專心於服務活動。

72 | まかす【任す】

(他五) 委託，託付

例 仕事(しごと)を任(まか)す。

託付工作。

73 | むすびつく【結び付く】

(自五) 連接，結合，繫；密切相關，有聯繫，有關連

例 成功(せいこう)に結(むす)び付(つ)く。

成功結合。

74 | むすび【結び】

(名) 繫，連結，打結；結束，結尾；飯糰

例 話(はなし)の結(むす)びを変(か)える。

改變故事的結局。

75 | ようご【養護】

(名·他サ) 護養；扶養；保育

例 特別養護老人(とくべつようごろうじん)ホームに入(はい)る。

進入特殊老人照護中心。

76 | ラフ【rough】

(形動) 粗略，大致；粗糙，毛躁；輕毛紙；簡樸的大花案

例 仕事(しごと)ぶりがラフだ。

工作做得很粗糙。

77 | リストラ【restructuring 之略】

(名) 重建，改組，調整；裁員

例 リストラで首(くび)になった。

在重建之中遭到裁員了。

78 | りょうりつ【両立】

(名·自サ) 兩立，並存

例 家事(かじ)と仕事(しごと)を両立(りょうりつ)させる。

家事與工作相調和。

79 | れんたい【連帯】

(名·自サ) 團結，協同合作；（法）連帶，共同負責

例 連帯責任(れんたいせきにん)を負(お)う。

負連帶責任。

80 | ろうりょく【労力】

(名) （經）勞動力，勞力；費力，出力

例 労力(ろうりょく)を費(つい)やす。

耗費勞力。

24-2

24-2 職業、事業 /
職業、事業

01 | あとつぎ【跡継ぎ】

(名) 後繼者，接班人；後代，後嗣

例 家業(かぎょう)の跡継(あとつ)ぎになる。

繼承家業。

02 | うけつぐ【受け継ぐ】

(他五) 繼承，後繼

例 事業(じぎょう)を受(う)け継(つ)ぐ。

繼承事業。

03 | かぎょう【家業】

㊔ 家業；祖業；(謀生的)職業，行業

例 家業(かぎょう)を継(つ)ぐ。

繼承家業。

04 | ガイド【guide】

(名·他サ) 導遊；指南，入門書；引導，導航

例 ガイドを務(つと)める。

擔任導遊。

05 | ぎせい【犧牲】

㊔ 犧牲；(為某事業付出的)代價

例 犠牲(ぎせい)を出(だ)す。

付出代價。

06 | きゅうじ【給仕】

(名·自サ) 伺候(吃飯)；服務生

例 ホテルの給仕(きゅうじ)。

旅館的服務生。

07 | きょうしょく【教職】

㊔ 教師的職務；(宗)教導信徒的職務

例 教職(きょうしょく)に就(つ)く。

擔任教師一職。

08 | けいぶ【警部】

㊔ 警部(日本警察職稱之一)

例 警視庁警部(けいしちょうけいぶ)を任命(にんめい)される。

被任命為警視廳警部。

09 | けらい【家来】

㊔ (效忠於君主或主人的)家臣，臣下；僕人

例 家来(けらい)になる。

成為家臣。

10 | サイドビジネス【(和) side+business】

㊔ 副業，兼職

例 サイドビジネスを始(はじ)める。

開始兼職副業。

11 | じぎょう【事業】

㊔ 事業；(經)企業；功業，業績

例 事業(じぎょう)を始(はじ)める。

開創事業。

12 | じつぎょう【実業】

㊔ 產業，實業

例 実業(じつぎょう)に従事(じゅうじ)する。

從事買賣。

13 | じにん【辞任】

(名·自サ) 辭職

例 大臣(だいじん)を辞任(じにん)する。

請辭大臣職務。

14 | しんこう【振興】

(名·自他サ) 振興(使事物更為興盛)

例 産業(さんぎょう)を振興(しんこう)する。

振興產業。

15｜しんしゅつ【進出】

名·自サ 進入，打入，擠進，參加；向…發展

例 映画界(えいがかい)に進出(しんしゅつ)する。

向電影界發展。

16｜しんてん【進展】

名·自サ 發展，進展

例 事業(じぎょう)を進展(しんてん)させる。

發展事業。

17｜そう【僧】

漢造 僧侶，出家人

例 僧侶(そうりょ)を目指(めざ)す。

以成為僧侶為目標。

18｜たずさわる【携わる】

自五 參與，參加，從事，有關係

例 農業(のうぎょう)に携(たずさ)わる。

從事農業。

19｜だったい【脱退】

名·自サ 退出，脫離

例 グループを脱退(だったい)する。

退出團體。

20｜タレント【talent】

名（藝術，學術上的）才能；演出者，播音員；藝人

例 タレントが人気(にんき)を博(はく)す。

藝人廣受歡迎。

21｜たんてい【探偵】

名·他サ 偵探；偵查

例 探偵(たんてい)を雇(やと)う。

雇用偵探。

22｜とうごう【統合】

名·他サ 統一，綜合，合併，集中

例 力(ちから)を統合(とうごう)する。

匯集力量。

23｜とっきょ【特許】

名·他サ（法）（政府的）特別許可；專利特許，專利權

例 特許(とっきょ)を申請(しんせい)する。

申請專利。

24｜ひしょ【秘書】

名 秘書；祕藏的書籍

例 秘書(ひしょ)を目指(めざ)す。

以秘書為終生職志。

25｜ほうさく【方策】

名 方策

例 方策(ほうさく)を立(た)てる。

制訂對策。

26｜ほっそく【発足】

名·自サ 出發，動身；（團體、會議等）開始活動

例 新(しん)プロジェクトが発足(ほっそく)する。

新企畫開始進行。

27 | ゆうびんやさん【郵便屋さん】

名 (口語)郵差

例 郵便屋さんが配達に来る。

郵差來送信。

24-3

24-3 地位 / 地位職稱

01 | かいきゅう【階級】

名 (軍隊)級別；階級；(身份的)等級；階層

例 階級制度を廃止する。

廢除階級制度。

02 | かく【格】

名·漢造 格調，資格，等級；規則，格式，規格

例 格が違う。

等級不同。

03 | かんぶ【幹部】

名 主要部分；幹部(特指領導幹部)

例 幹部候補に選抜される。

被選為候補幹部。

04 | けんい【権威】

名 權勢，權威，勢力；(具說服力的)權威，專家

例 親の権威。

父母的權威。

05 | けんげん【権限】

名 權限，職權範圍

例 権限がない。

沒有權限。

06 | しゅっせ【出世】

名·自サ 下凡；出家，入佛門；出生；出息，成功，發跡

例 出世を願う。

祈求出人頭地。

07 | しゅにん【主任】

名 主任

例 会計主任が押印する。

會計主任蓋上印章。

08 | しりぞく【退く】

自五 後退；離開；退位

例 第一線から退く。

從第一線退下。

09 | とうきゅう【等級】

名 等級，等位

例 等級をつける。

訂出等級。

10 | どうとう【同等】

名 同等(級)；同樣資格，相等

例 男女を同等に扱う。

男女平等對待。

11 | ひく【引く】

自五 後退；辭退；(潮)退，平息

例 身(み)を引(ひ)く。

引退。

12 | ぶか【部下】

名 部下，屬下

例 部下(ぶか)を褒(ほ)める。

稱讚屬下。

13 | ポジション【position】

名 地位，職位；(棒)守備位置

例 ポジションに就(つ)く。

就任…位置。

14 | やくしょく【役職】

名 官職，職務；要職

例 役職(やくしょく)に就(つ)く。

就任要職。

15 | らんよう【濫用】

名・他サ 濫用，亂用

例 職権(しょっけん)を濫用(らんよう)する。

濫用職權。

24-4

24-4 家事 / 家務

01 | あつらえる

他下一 點，訂做

例 スーツをあつらえる。

訂作西裝。

02 | オーダーメイド【(和) order ＋made】

名 訂做的貨，訂做的西服

例 この服(ふく)はオーダーメイドだ。

這件西服是訂做的。

03 | おる【織る】

他五 織；編

例 機(はた)を織(お)る。

織布。

04 | からむ【絡む】

自五 纏在…上；糾纏，無理取鬧，找碴；密切相關，緊密糾纏

例 糸(いと)が絡(から)む。

線纏繞在一起。

05 | きちっと

副 整潔，乾乾淨淨；恰當；準時；好好地

例 きちっと入(い)れる。

整齊放入。

06 | ごしごし

副 使力的，使勁的

例 床(ゆか)をごしごし拭(ふ)く。

使勁地擦洗地板。

07 | しあがり【仕上がり】

名 做完，完成；(迎接比賽)做好準備

例 仕上(しあ)がりがいい。

做得很好。

08 | ししゅう【刺繡】

名·他サ 刺繡

例 刺繡を施す。

刺繡加工。

09 | したてる【仕立てる】

他下一 縫紉，製作(衣服)；培養，訓練；準備，預備；喬裝，裝扮

例 洋服を仕立てる。

縫製洋裝。

10 | しゅげい【手芸】

名 手工藝(刺繡、編織等)

例 手芸を習う。

學習手工藝。

11 | すすぐ

他五 (用水)刷，洗滌；漱口

例 口をすすぐ。

漱口。

12 | たがいちがい【互い違い】

形動 交互，交錯，交替

例 白黒互い違いに編む。

黑白交錯編織。

13 | ちり【塵】

名 灰塵，垃圾；微小，微不足道；少許，絲毫；世俗，塵世；污點，骯髒

例 ちりも積もれば山となる。

積少成多。

14 | つぎめ【継ぎ目】

名 接頭，接繼；家業的繼承人；骨頭的關節

例 糸の継ぎ目。

線的接頭。

15 | つくろう【繕う】

他五 修補，修繕；修飾，裝飾，擺；掩飾，遮掩

例 屋根を繕う。

修補屋頂。

16 | ドライクリーニング【dry cleaning】

名 乾洗

例 ドライクリーニングする。

乾洗。

17 | はそん【破損】

名·自他サ 破損，損壞

例 破損箇所を修復する。

修補破損處。

18 | ゆすぐ【濯ぐ】

他五 洗滌，刷洗，洗濯；漱

例 口をゆすぐ。

漱口。

19 | よごれ【汚れ】

名 污穢，污物，骯髒之處

例 汚れが目立つ。

污漬顯眼。

パート
25 第二十五章 生産、産業

- 生產、產業 -

◎ 25-1

25-1 生産、産業 / 生產、產業

01 | あたいする【値する】
(自サ) 值，相當於；值得，有…的價值

例 議論に値しない。

不值得討論下去。

02 | かくしん【革新】
(名·他サ) 革新

例 技術革新を支える。

支持技術革新。

03 | かこう【加工】
(名·他サ) 加工

例 食品を加工する。

加工食品。

04 | きかく【規格】
(名) 規格，標準，規範

例 規格に合う。

符合規定。

05 | グレードアップ【grade-up】
(名) 提高水準

例 商品のグレードアップを図る。

訴求提高商品的水準。

06 | こうぎょう【興業】
(名) 振興工業，發展事業

例 殖産興業。

振興產業。

07 | さんしゅつ【産出】
(名·他サ) 生產；出產

例 石油を産出する。

產出石油。

08 | さんぶつ【産物】
(名) (某地方的)產品，產物，物產；(某種行為的結果所產生的)產物

例 時代の産物を主題にした。

以時代下的產物為主題。

09 | ていたい【停滞】
(名·自サ) 停滯，停頓；(貨物的)滯銷

例 生産が停滞する。

生產停滯。

10 | どうにゅう【導入】
(名·他サ) 引進，引入，輸入；(為了解決懸案)引用(材料、證據)

例 新技術の導入が必要だ。

引進新科技是必須的。

11 | とくさん【特産】

㊔ 特產，土產

例 地方(ちほう)の特産品(とくさんひん)を買(か)う。

購買地方特產。

12 | バイオ【biotechnology 之略】

㊔ 生物技術，生物工程學

例 バイオテクノロジーを用(もち)いる。

運用生命科學。

13 | ハイテク【high-tech】

㊔（ハイテクノロジー之略）高科技

例 ハイテク産業(さんぎょう)が集中(しゅうちゅう)している。

匯集著高科技產業。

14 | へんかく【変革】

名·自他サ 變革，改革

例 技術上(ぎじゅつじょう)の新(あたら)しい変革(へんかく)は何(なに)もなかった。

沒有任何技術上的改革。

15 | メーカー【maker】

㊔ 製造商，製造廠，廠商

例 一流(いちりゅう)のメーカー。

一流廠商。

16 | むら【斑】

㊔（顏色）不均勻，有斑點；（事物）不齊，不定；忽三忽四，（性情）易變

例 製品(せいひん)の出来(でき)に斑(むら)がある。

成品參差不齊。

25-2 農業、漁業、林業 / 農業、漁業、林業

01 | かいりょう【改良】

名·他サ 改良，改善

例 品種改良(ひんしゅかいりょう)が試(こころ)みられる。

嘗試進行品種改良。

02 | かちく【家畜】

㊔ 家畜

例 家畜(かちく)を飼育(しいく)する。

飼養家畜。

03 | かんがい【灌漑】

名·他サ 灌溉

例 灌漑水(かんがいすい)が供給(きょうきゅう)される。

供應灌溉用水。

04 | きょうさく【凶作】

㊔ 災荒，欠收

例 作物(さくもつ)が凶作(きょうさく)だ。

農作物欠收。

05 | けんぎょう【兼業】

名·他サ 兼營，兼業

例 兼業農家(けんぎょうのうか)の生活(せいかつ)をスタートした。

開始兼做務農的生活。

06 | こうさく【耕作】

名·他サ 耕種

例 田畑(たはた)を耕作(こうさく)する。

下田耕種。

07 | さいばい【栽培】

名·他サ 栽培，種植

例 野菜(やさい)を栽培(さいばい)する。

種植蔬菜。

08 | しいく【飼育】

名·他サ 飼養（家畜）

例 家畜(かちく)を飼育(しいく)する。

飼養家畜。

09 | すいでん【水田】

名 水田，稻田

例 畑(はたけ)を水田(すいでん)にする。

旱田改為水田。

10 | ちくさん【畜産】

名（農）家畜；畜產

例 畜産業(ちくさんぎょう)に携(たずさ)わる。

從事畜產業。

11 | のうこう【農耕】

名 農耕，耕作，種田

例 農耕生活(のうこうせいかつ)を送(おく)る。

過著農耕生活。

12 | のうじょう【農場】

名 農場

例 農場(のうじょう)を経営(けいえい)する。

經營農場。

13 | のうち【農地】

名 農地，耕地

例 農地(のうち)を開拓(かいたく)する。

開發農耕地。

14 | ほげい【捕鯨】

名 掠捕鯨魚

例 捕鯨(ほげい)を非難(ひなん)する。

批評掠捕鯨魚。

15 | ゆうき【有機】

名（化）有機；有生命力

例 有機栽培(ゆうきさいばい)の野菜(やさい)。

有機蔬菜。

16 | ゆうぼく【遊牧】

名·自サ 游牧

例 遊牧民(ゆうぼくみん)の生活(せいかつ)を体験(たいけん)している。

體驗游牧民族的生活。

17 | らくのう【酪農】

名（農）（飼養奶牛、奶羊生產乳製品的）酪農業

例 酪農(らくのう)を経営(けいえい)する。

經營酪農業。

18 | りんぎょう【林業】

名 林業

例 林業(りんぎょう)が盛(さか)んである。

林業興盛。

25-3 工業、鉱業、商業 /
工業、礦業、商業

01 | うめたてる【埋め立てる】
(他下一) 填拓(海，河)，填海(河)造地

例 海(うみ)を埋(う)め立(た)てる。

填海造地。

02 | かいうん【海運】
(名) 海運，航運

例 海運業界(かいうんぎょうかい)に興味(きょうみ)がある。

對航運業深感興趣。

03 | かいしゅう【改修】
(名·他サ) 修理，修復；修訂

例 改修工事(かいしゅうこうじ)を行(おこな)う。

進行修復工程。

04 | かいたく【開拓】
(名·他サ) 開墾，開荒；開闢

例 市場(しじょう)を開拓(かいたく)する。

開拓市場。

05 | かいはつ【開発】
(名·他サ) 開發，開墾；啟發；(經過研究而)實用化；開創，發展

例 新商品(しんしょうひん)の開発(かいはつ)に力(ちから)を注(そそ)ぐ。

傾力開發新商品。

06 | こうぎょう【鉱業】
(名) 礦業

例 鉱業権(こうぎょうけん)を得(え)る。

取得採礦權。

07 | こうざん【鉱山】
(名) 礦山

例 鉱山(こうざん)の採掘(さいくつ)。

採掘礦山。

08 | さいけん【再建】
(名·他サ) 重新建築，重新建造；重新建設

例 焼(や)けた校舎(こうしゃ)を再建(さいけん)する。

重建燒毀的校舍。

09 | しんちく【新築】
(名·他サ) 新建，新蓋；新建的房屋

例 事務所(じむしょ)を新築(しんちく)する。

新建辦公室。

10 | ゼネコン【general contractor 之略】
(名) 承包商

例 大手(おおて)ゼネコンから依頼(いらい)される。

來自大承包商的委託。

11 | ちゃっこう【着工】
(名·自サ) 開工，動工

例 工事(こうじ)は来月着工(らいげつちゃっこう)する。

下個月動工。

12 | ていぼう【堤防】
(名) 堤防

例 堤防(ていぼう)が決壊(けっかい)する。

提防決口。

13｜どぼく【土木】

㊔ 土木；土木工程

例 土木工事をする。

進行土木工程。

14｜とんや【問屋】

㊔ 批發商

例 そうは問屋が卸さない。

事情不會那麼稱心如意。

15｜ど【土】

(名·漢造) 土地，地方；(五行之一)土；土壤；地區；(國)土

例 土に帰す。

歸土；死亡。

16｜ぼうせき【紡績】

㊔ 紡織，紡紗

例 紡績工場で働く。

在紡織工廠工作。

17｜ほきょう【補強】

(名·他サ) 補強，增強，強化

例 補強工事を行う。

進行強化工程。

パート 26 第二十六章

経済

- 經濟 -

26-1

26-1 経済 / 經濟

01 | いとなむ【営む】

他五 舉辦，從事；經營；準備；建造

例 生活を営む。

營生。

02 | インフレ【inflation 之略】

名（經）通貨膨脹

例 インフレを引き起こす。

引發通貨膨脹。

03 | うわむく【上向く】

自五（臉）朝上，仰；（行市等）上漲

例 景気が上向く。

景氣回升。

04 | えい【営】

漢造 經營；軍營

例 私の父は自営業だ。

父親是獨資開業的。

05 | オーバー【over】

名·自他サ 超過，超越；外套

例 予算をオーバーする。

超過預算。

06 | オイルショック【(和)oil + shock】

名 石油危機

例 オイルショックの与えた影響。

石油危機帶來的影響。

07 | かけい【家計】

名 家計，家庭經濟狀況

例 家計を支える。

支援家庭經濟。

08 | けいき【契機】

名 契機；轉機，動機，起因

例 失敗を契機にする。

把危機化為轉機。

09 | こうきょう【好況】

名（經）繁榮，景氣，興旺

例 景気が好況に向かう。

景氣逐漸回升。

10 | こうたい【後退】

名·自サ 後退，倒退

例 景気が後退する。

景氣衰退。

11 | ざいせい【財政】

㊔ 財政；(個人)經濟情況

例 財政が破綻する。

財政出現困難。

12 | しじょう【市場】

㊔ 菜市場，集市；銷路，銷售範圍，市場；交易所

例 市場調査する。

進行市場調查。

13 | したび【下火】

㊔ 火勢漸弱，火將熄滅；(流行，勢力的)衰退；底火

例 人気が下火になる。

人氣減弱。

14 | せいけい【生計】

㊔ 謀生，生計，生活

例 生計に困る。

為生計所苦。

15 | そうば【相場】

㊔ 行情，市價；投機買賣，買空賣空；常例，老規矩；評價

例 外国為替相場に変動がない。

國外匯兑行情沒有變動。

16 | だっする【脱する】

(自他サ) 逃出，逃脱；脱離，離開；脱落，漏掉；脱稿；去掉，除掉

例 危機を脱する。

解除危機。

17 | どうこう【動向】

㊔ (社會、人心等)動向，趨勢

例 景気の動向がわかる。

得知景氣動向。

18 | とうにゅう【投入】

(名·他サ) 投入，扔進去；投入(資本、勞力等)

例 資金を投入する。

投入資金。

19 | はっそく・ほっそく【発足】

(名·自サ) 開始(活動)，成立

例 新プロジェクトが発足する。

開始進行新企畫。

20 | バブル【bubble】

㊔ 泡泡，泡沫；泡沫經濟的簡稱

例 バブルの崩壊が始まる。

泡沫經濟開始崩解了。

21 | はんじょう【繁盛】

(名·自サ) 繁榮昌茂，興隆，興旺

例 商売が繁盛する。

生意興隆。

22 | ビジネス【business】

㊔ 事務，工作；商業，生意，實務

例 ビジネスマンが集まる。

匯集了許多公司職員。

23 | ブーム【boom】

名 (經)突然出現的景氣，繁榮；高潮，熱潮

例 ブームが去(さ)る。

熱潮消退。

24 | ふきょう【不況】

名 (經)不景氣，蕭條

例 不況(ふきょう)に陥(おちい)る。

陷入景氣不佳的境地。

25 | ふけいき【不景気】

名·形動 不景氣，經濟停滯，蕭條；沒精神，憂鬱

例 不景気(ふけいき)な顔(かお)に写(うつ)っちゃった。

拍到灰溜溜的表情。

26 | ぼうちょう【膨張】

名·自サ (理)膨脹；增大，增加，擴大發展

例 予算(よさん)が膨張(ぼうちょう)する。

預算增大。

27 | ほけん【保険】

名 保險；(對於損害的)保證

例 生命保険(せいめいほけん)をかける。

投保人壽險。

28 | みつもり【見積もり】

名 估計，估量

例 見積(みつ)もりを出(だ)す。

提交估價單。

29 | みつもる【見積もる】

他五 估計

例 予算(よさん)を見積(みつ)もる。

估計預算。

30 | りゅうつう【流通】

名·自サ (貨幣、商品的)流通，物流

例 流通(りゅうつう)を促(うなが)す。

促進流通。

26-2

26-2 取り引き / 交易

01 | いたく【委託】

名·他サ 委託，託付；(法)委託，代理人

例 任務(にんむ)を代理人(だいりにん)に委託(いたく)する。

把任務委託給代理人。

02 | うちきる【打ち切る】

他五 (「切る」的強調說法)砍，切；停止，截止，中止；(圍棋)下完一局

例 交渉(こうしょう)を打(う)ち切(き)る。

停止談判。

03 | オファー【offer】

名·他サ 提出，提供；開價，報價

例 オファーが来(く)る。

報價單來了。

04 | こうえき【交易】

名·自サ 交易，貿易；交流

例 外国(がいこく)と交易(こうえき)する。

國際貿易。

05 | こうしょう【交渉】

(名·自サ) 交渉，談判；關係，聯繫

例 交渉が成立する。

交涉成立。

06 | こきゃく【顧客】

(名) 顧客

例 顧客名簿を管理する。

保管顧客名冊。

07 | じょうほ【譲歩】

(名·自サ) 讓步

例 一歩も譲歩しない。

寸步不讓。

08 | そうきん【送金】

(名·自他サ) 匯款，寄錢

例 大学生の息子に送金する。

寄錢給唸大學的兒子。

09 | とりひき【取引】

(名·自サ) 交易，貿易

例 取引が成立する。

交易成立。

10 | なりたつ【成り立つ】

(自五) 成立；談妥，達成協議；划得來，有利可圖；能維持；(古)成長

例 契約が成り立つ。

契約成立。

11 | はいぶん【配分】

(名·他サ) 分配，分割

例 利益を配分する。

分紅。

12 | ボイコット【boycott】

(名) 聯合抵制，拒絕交易(某貨物)，聯合排斥(某勢力)

例 ボイコットする。

聯合抵制。

26-3

26-3 売買 / 買賣

01 | うりだし【売り出し】

(名) 開始出售；減價出售，賤賣；出名，嶄露頭角

例 売り出し中の歌手を招く。

邀請開始嶄露頭角的歌手。

02 | うりだす【売り出す】

(他五) 上市，出售；出名，紅起來

例 新商品を売り出す。

新品上市。

03 | おまけ【お負け】

(名·他サ) (作為贈品)另外贈送；另外附加(的東西)；算便宜

例 100円おまけしてくれた。

算我便宜一百日圓。

04 | おろしうり【卸売・卸売り】

名 批發

例 卸売業者から卸値で買う。

向批發商以批發價購買。

05 | かいこむ【買い込む】

他五 (大量)買進，購買

例 食糧を買い込む。

大量購買食物。

06 | かにゅう【加入】

名·自サ 加上，參加

例 保険に加入する。

加入保險。

07 | こうにゅう【購入】

名·他サ 購入，買進，購置，採購

例 日用品を購入する。

採買日用品。

08 | こうばい【購買】

名·他サ 買，購買

例 購買意欲。

購買欲。

09 | こうり【小売り】

名·他サ 零售，小賣

例 小売り店に卸す。

供貨給零售店。

10 | しいれる【仕入れる】

他下一 購入，買進，採購(商品或原料)；(喻)由他處取得，獲得

例 商品を仕入れる。

採購商品。

11 | したどり【下取り】

名·他サ (把舊物)折價貼錢換取新物

例 車を下取りに出す。

車子舊換新。

12 | そくしん【促進】

名·他サ 促進

例 販売促進活動をサポートする。

支援特賣會。

13 | とうし【投資】

名·他サ 投資

例 新事業に投資する。

投資新事業。

14 | どくせん【独占】

名·他サ 獨占，獨斷；壟斷，專營

例 独占販売する。

獨家販賣。

15 | まえうり【前売り】

名·他サ 預售

例 前売り券を買う。

買預售券。

16 | りょうしゅうしょ【領収書】

㊔ 收據

例 領収書（りょうしゅうしょ）をもらう。

拿收據。

26-4

26-4 価格 / 價格

01 | あたい【値】

㊔ 價值；價錢；(數)值

例 値（あたい）がある。

值得(做)…。

02 | さがく【差額】

㊔ 差額

例 差額（さがく）を返金（へんきん）する。

退還差額。

03 | たんか【単価】

㊔ 單價

例 単価（たんか）は 100 円（えん）。

單價為一百日圓。

04 | ねうち【値打ち】

㊔ 估價，定價；價錢；價值；聲價，品格

例 値打（ねう）ちがある。

有價值。

05 | ひきあげる【引き上げる】

(他下一) 吊起；打撈；撤走；提拔；提高(物價)；收回 (自下一) 歸還，返回

例 税金（ぜいきん）を引（ひ）き上（あ）げる。

提高稅金。

06 | ひきさげる【引き下げる】

(他下一) 降低；使後退；撤回

例 コストを引（ひ）き下（さ）げる。

降低成本。

07 | へんどう【変動】

(名·自サ) 變動，改變，變化

例 物価（ぶっか）が変動（へんどう）する。

物價變動。

08 | やすっぽい【安っぽい】

㊒ 很像便宜貨，品質差的樣子，廉價，不值錢；沒有品味，低俗，俗氣；沒有價值，沒有內容，不足取

例 安（やす）っぽい服（ふく）を着（き）ている。

穿著廉價的衣服。

26-5

26-5 損得 / 損益

01 | あかじ【赤字】

㊔ 赤字，入不敷出；(校稿時寫的)紅字，校正的字

例 赤字（あかじ）を埋（う）める。

彌補虧空。

02 | かくとく【獲得】

(名·他サ) 獲得，取得，爭得

例 賞金（しょうきん）を獲得（かくとく）する。

獲得獎金。

03 | かんげん【還元】

(名·自他サ) (事物的)歸還，回復原樣；(化)還原

例 利益の一部を社会に還元する。

把一部份的利益還原給社會。

04 | きょうじゅ【享受】

(名·他サ) 享受；享有

例 恩恵を享受する。

享受恩惠。

05 | ぎょうせき【業績】

(名) (工作、事業等)成就，業績

例 業績を伸ばす。

提高業績。

06 | きんり【金利】

(名) 利息；利率

例 金利を引き下げる。

降低利息。

07 | くろじ【黒字】

(名) 黑色的字；(經)盈餘，賺錢

例 黒字に転じる。

轉虧為盈。

08 | ゲット【get】

(名·他サ) (籃球、兵上曲棍球等)得分；(俗)取得，獲得

例 欲しいものをゲットする。

取得想要的東西。

09 | けんしょう【懸賞】

(名) 懸賞；賞金，獎品

例 懸賞に当たる。

得獎。

10 | しゅうえき【収益】

(名) 收益

例 収益が上がる。

獲得利益。

11 | しょとく【所得】

(名) 所得，收入；(納稅時所報的)純收入；所有物

例 所得税を払う。

支付所得稅。

12 | そこなう【損なう】

(他五·接尾) 損壞，破損；傷害妨害(健康、感情等)；損傷，死傷；(接在其他動詞連用形下)沒成功，失敗，錯誤；失掉時機，耽誤；差一點，險些

例 健康を損なう。

有害健康。

13 | たまわる【賜る】

(他五) 蒙受賞賜；賜，賜予，賞賜

例 賞を賜る。

給我賞賜。

14 | つぐない【償い】

(名) 補償；賠償；贖罪

例 事故の償いをする。

事故賠償。

15 | てんらく【転落】

名·自サ 掉落，滾下；墜落，淪落；暴跌，突然下降

例 第五位に転落する。

突然降到第五名。

16 | とりぶん【取り分】

名 應得的份額

例 取り分のお金が入ってくる。

取得應得的份額。

17 | にゅうしゅ【入手】

名·他サ 得到，到手，取得

例 入手困難が予想された。

估計很難取得。

18 | ねびき【値引き】

名·他サ 打折，減價

例 在庫品を値引きする。

庫存品打折販售。

19 | ふんしつ【紛失】

名·自他サ 遺失，丟失，失落

例 カードを紛失する。

弄丟信用卡。

20 | べんしょう【弁償】

名·他サ 賠償

例 弁償させられる。

被要求賠償。

21 | ほうび【褒美】

名 褒獎，獎勵；獎品，獎賞

例 褒美をいただく。

領獎賞。

22 | ほしょう【補償】

名·他サ 補償，賠償

例 補償が受けられる。

接受賠償。

23 | ゆうえき【有益】

名·形動 有益，有意義，有好處

例 有益な情報を得る。

獲得有益的情報。

24 | りじゅん【利潤】

名 利潤，紅利

例 利潤を追求する。

追求利潤。

25 | りそく【利息】

名 利息

例 利息を支払う。

支付利息。

26-6

26-6 収支、賃金 / 收支、工資報酬

01 | かくほ【確保】

名·他サ 牢牢保住，確保

例 食料を確保する。

確保糧食。

02 | かせぎ【稼ぎ】

㊔ 做工；工資；職業

例 稼(かせ)ぎが少(すく)ない。

賺得很少。

03 | ギャラ【guarantee 之略】

㊔（預約的）演出費，契約費

例 ギャラを支払(しはら)う。

支付演出費。

04 | けっさん【決算】

名·自他サ 結帳；清算

例 決算(けっさん)セール。

清倉大拍賣。

05 | げっぷ【月賦】

㊔ 月賦，按月分配；按月分期付款

例 月賦(げっぷ)で支払(しはら)う。

按月支付。

06 | さいさん【採算】

㊔（收支的）核算，核算盈虧

例 採算(さいさん)が合(あ)う。

合算，有利潤。

07 | さしひき【差し引き】

名·自他サ 扣除，減去；（相抵的）餘額，結算（的結果）；（潮水的）漲落，（體溫的）升降

例 差(さ)し引(ひ)き 10000 円(えん)です。

餘額一萬日圓。

08 | しゅうし【収支】

㊔ 收支

例 収支(しゅうし)を合計(ごうけい)する。

統計收支。

09 | たいぐう【待遇】

名·他サ·接尾 接待，對待，服務；工資，報酬

例 待遇(たいぐう)を改善(かいぜん)する。

改善待遇，提高工資。

10 | ちょうしゅう【徴収】

名·他サ 徵收，收費

例 税金(ぜいきん)を徴収(ちょうしゅう)する。

徵稅。

11 | ちんぎん【賃金】

㊔ 租金；工資

例 賃金(ちんぎん)を支払(しはら)う。

付租金。

12 | てどり【手取り】

㊔（相撲）技巧巧妙（的人；）（除去稅金與其他費用的）實收款，淨收入

例 手取(てど)りが少(すく)ない。

實收款很少。

13 | にっとう【日当】

㊔ 日薪

例 日当(にっとう)をもらう。

領日薪。

14 | プラスアルファ【(和) plus ＋(希臘) alpha】

㊔ 加上若干，(工會與資方談判提高工資時)資方在協定外可自由支配的部分；工資附加部分，紅利

例 本給(ほんきゅう)にプラスアルファの手当(てあ)てがつく。

在本薪外加發紅利。

15 | ほうしゅう【報酬】

㊔ 報酬；收益

例 報酬(ほうしゅう)を支払(しはら)う。

支付報酬。

16 | みいり【実入り】

㊔ (五穀)節食；收入

例 実入(みい)りがいい。

收入好。

26-7

26-7 貸借 /
借貸

01 | かり【借り】

㊔ 借，借入；借的東西；欠人情；怨恨，仇恨

例 借(か)りを返(かえ)す。

報恩，報怨。

02 | せいさん【精算】

(名·他サ) 計算，精算；結算；清理財產；結束

例 料金(りょうきん)を精算(せいさん)する。

細算費用。

03 | たいのう【滞納】

(名·他サ) (税款，會費等)滯納，拖欠，逾期未繳

例 会費(かいひ)を滞納(たいのう)する。

拖欠會費。

04 | たてかえる【立て替える】

(他下一) 墊付，代付

例 電車賃(でんしゃちん)を立(た)て替(か)える。

代墊電車車資。

05 | とどこおる【滞る】

(自五) 拖延，耽擱，遲延；拖欠

例 支払(しはら)いが滞(とどこお)る。

拖延付款。

06 | とりたてる【取り立てる】

(他下一) 催繳，索取；提拔

例 借金(しゃっきん)を取(と)り立(た)てる。

討債。

07 | はいしゃく【拝借】

(名·他サ) (謙)拜借

例 お手(て)を拝借(はいしゃく)。

請求幫忙。

08 | ふさい【負債】

㊔ 負債，欠債；飢荒

例 負債(ふさい)を背負(せお)う。

背負債務。

09 | へんかん【返還】

(名·他サ) 退還，歸還(原主)

例 土地(とち)を返還(へんかん)する。

歸還土地。

10 | へんきゃく【返却】

(副·他サ) 還，歸還

例 本(ほん)を返却(へんきゃく)する。

還書。

11 | へんさい【返済】

(名·他サ) 償還，還債

例 返済(へんさい)を迫(せま)る。

催促償還。

12 | まえがり【前借り】

(名·他サ) 借，預支

例 給料(きゅうりょう)を前借(まえが)りする。

預支工錢。

13 | ゆうし【融資】

(名·自サ) (經)通融資金，貸款

例 融資(ゆうし)を受(う)ける。

接受貸款。

14 | りし【利子】

(名) (經)利息，利錢

例 利子(りし)が付(つ)く。

有利息。

26-8

26-8 消費、費用 /
消費、費用

01 | いっかつ【一括】

(名·他サ) 總括起來，全部

例 一括(いっかつ)して購入(こうにゅう)する。

全部買下。

02 | うちわけ【内訳】

(名) 細目，明細，詳細內容

例 内訳(うちわけ)を示(しめ)す。

出示明細。

03 | かんぜい【関税】

(名) 關税，海關税

例 関税(かんぜい)がかかる。

課徵關税。

04 | けいげん【軽減】

(名·自他サ) 減輕

例 負担(ふたん)を軽減(けいげん)する。

減輕負擔。

05 | けいひ【経費】

(名) 經費，開銷，費用

例 経費(けいひ)を削減(さくげん)する。

削減經費。

06 | げっしゃ【月謝】

(名) (每月的)學費，月酬

例 月謝(げっしゃ)を支払(しはら)う。

支付每月費用。

07 | けんやく【倹約】

名·他サ 節省，節約，儉省

例 倹約家の奥さんに支えられてきた。

我得到了克勤克儉的妻子的支持。

08 | こうじょ【控除】

名·他サ 扣除

例 扶養控除に入る。

加入扶養扣除。

09 | ざんきん【残金】

名 餘款，餘額；尾欠，差額

例 残金を支払う。

支付尾款。

10 | じっぴ【実費】

名 實際所需費用；成本

例 実費で売る。

按成本出售。

11 | しゅっぴ【出費】

名·自サ 費用，出支，開銷

例 出費を節約する。

節省開銷。

12 | てあて【手当て】

名·他サ 準備，預備；津貼；生活福利；醫療，治療；小費

例 手当てがつく。

有補助費。

13 | とりよせる【取り寄せる】

他下一 請(遠方)送來，寄來；訂貨；函購

例 品物を取り寄せる。

訂購商品。

14 | のうにゅう【納入】

名·他サ 繳納，交納

例 納入期限を守る。

遵守繳納期限。

15 | ばらまく【ばら撒く】

他五 撒播，撒；到處花錢，散財

例 お金をばら撒く。

散財。

16 | まえばらい【前払い】

名·他サ 預付

例 工事費の一部を前払いする。

預付一部份的施工費。

17 | むだづかい【無駄遣い】

名·自サ 浪費，亂花錢

例 税金の無駄遣いをしている。

浪費稅金。

18 | ろうひ【浪費】

名·他サ 浪費；糟蹋

例 時間の浪費を招く。

造成時間的浪費。

26-9

26-9 財產、金錢 / 財産、金銭

01 | がいか【外貨】

㊔ 外幣，外匯

例 外貨準備高。

外匯存底。

02 | かけ【掛け】

㊔ 賒帳；帳款，欠賬；重量

例 掛けにする。

記在帳上。

03 | かぶしき【株式】

㊔ (商)股份；股票；股權

例 株式会社を設立する。

設立股份公司。

04 | かへい【貨幣】

㊔ (經)貨幣

例 貨幣経済。

貨幣經濟。

05 | カンパ【(俄) kampanija】

名·他サ (「カンパニア」之略)勸募，募集的款項募集金；應募捐款

例 救援資金をカンパする。

募集救援資金。

06 | ききん【基金】

㊔ 基金

例 基金を募る。

募集基金。

07 | こぎって【小切手】

㊔ 支票

例 小切手を切る。

開支票。

08 | ざいげん【財源】

㊔ 財源

例 財源を求める。

尋求財源。

09 | ざい【財】

㊔ 財產，錢財；財寶，商品，物資

例 巨額の財を築く。

累積巨額的財富。

10 | ざんだか【残高】

㊔ 餘額

例 残高を確認する。

確認餘額。

11 | しきん【資金】

㊔ 資金，資本

例 資金が底をつく。

資金見底。

12 | しさん【資産】

㊔ 資產，財產；(法)資產

例 資産を運用する。

運用財產。

13 | しぶつ【私物】

㊔ 個人私有物件

例 会社(かいしゃ)の物品(ぶっぴん)を私物化(しぶつか)する。

把公司的物品佔為己有。

14 | じゅうほう【重宝】

㊔ 貴重寶物

例 重宝(じゅうほう)を保管(ほかん)する。

保管寶物。

15 | しゆう【私有】

(名·他サ) 私有

例 私有地(しゆうち)に入(はい)ってはいけない。

請勿進入私有地。

16 | しょゆう【所有】

(名·他サ) 所有

例 土地(とち)を所有(しょゆう)する。

擁有土地。

17 | ふどうさん【不動産】

㊔ 不動產

例 不動産(ふどうさん)を売買(ばいばい)する。

買賣不動產。

18 | ぶんぱい【分配】

(名·他サ) 分配，分給，配給

例 財産(ざいさん)の分配(ぶんぱい)が行(おこな)われる。

進行財產分配。

19 | ほかん【保管】

(名·他サ) 保管

例 金庫(きんこ)に保管(ほかん)する。

放在保險櫃裡保管。

20 | ぼきん【募金】

(名·自サ) 募捐

例 募金活動(ぼきんかつどう)を行(おこな)う。

進行募款活動。

21 | ほじょ【補助】

(名·他サ) 補助

例 生活費(せいかつひ)を補助(ほじょ)する。

補助生活費。

22 | まいぞう【埋蔵】

(名·他サ) 埋藏，蘊藏

例 埋蔵金(まいぞうきん)を探(さが)す。

尋找寶藏。

23 | ゆうする【有する】

(他サ) 有，擁有

例 広大(こうだい)な土地(とち)を有(ゆう)する。

擁有莫大的土地。

24 | よきん【預金】

(名·自他サ) 存款

例 預金(よきん)を下(お)ろす。

提領存款。

25 | わりあてる【割り当てる】

㊔ 分配，分擔，分配額；分派，分擔(的任務)

例 費用を等分に割り当てる。

費用均等分配。

26-10

26-10 貧富 /
貧富

01 | いやしい【卑しい】

㊒ 地位低下；非常貧窮，寒酸；下流，低級；貪婪

例 卑しい身なりをする。

寒酸的打扮。

02 | かいそう【階層】

㊔ (社會)階層；(建築物的)樓層

例 富裕な階層をますます豊かにする。

富裕階層越來越富裕。

03 | かくさ【格差】

㊔ (商品的)級別差別，差價，質量差別；資格差別

例 格差をつける。

劃定級別。

04 | かんそ【簡素】

(名·形動) 簡單樸素，簡樸

例 簡素な結婚式。

簡單的婚禮。

05 | きゅうさい【救済】

(名·他サ) 救濟

例 救済を受ける。

接受救濟。

06 | きゅうぼう【窮乏】

(名·自サ) 貧窮，貧困

例 生活が窮乏する。

生活窮困。

07 | しっそ【質素】

(名·形動) 素淡的，質樸的，簡陋的，樸素的

例 質素な家が並んでいる。

街上整排都是簡陋的房屋。

08 | とぼしい【乏しい】

㊒ 不充分，不夠，缺乏，缺少；生活貧困，貧窮

例 知識が乏しい。

缺乏知識。

09 | とみ【富】

㊔ 財富，資產，錢財；資源，富源；彩券

例 富を生む。

生財致富。

10 | とむ【富む】

(自五) 有錢，富裕；豐富

例 バラエティーに富む。

有豐富的綜藝節目。

11 | ひんこん【貧困】

(名·形動) 貧困，貧窮；（知識、思想等的）貧乏，極度缺乏

例 貧困(ひんこん)に耐(た)える。

忍受貧困。

12 | びんぼう【貧乏】

(名·形動·自サ) 貧窮，貧苦

例 貧乏(びんぼう)は厭(いや)だ。

討厭貧窮。

13 | ぼつらく【没落】

(名·自サ) 没落，衰敗；破產

例 没落(ぼつらく)した貴族(きぞく)を幽閉(ゆうへい)する。

幽禁沒落的貴族。

14 | ほどこす【施す】

(他五) 施，施捨，施予；施行，實施；添加；露，顯露

例 食糧(しょくりょう)を施(ほどこ)す。

周濟食糧。

パート 27 第二十七章 政治

- 政治 -

27-1

27-1 政治 / 政治

01 | きき【危機】

名 危機，險關

きき　だっ
例 危機を脱する。

解除危機。

02 | きょうわ【共和】

名 共和

きょうわこく　ほうかい
例 共和国を崩壊させた。

讓共和國倒台。

03 | くんしゅ【君主】

名 君主，國王，皇帝

くんしゅ　そむ
例 君主に背く。

背叛國王。

04 | けんりょく【權力】

名 權力

けんりょく　こじ
例 権力を誇示する。

炫耀權力。

05 | こうしん【行進】

名·自サ （列隊）進行，前進

こうしん　おこな
例 デモ行進を行った。

舉行遊行示威。

06 | こうぜん【公然】

副·形動 公然，公開

こうぜん　ひみつ　おおやけ
例 公然の秘密が公になる。

公開的秘密被公開了。

07 | こうにん【公認】

名·他サ 公認，國家機關或政黨正式承認

こうにんかいけいし
例 公認会計士になる。

成為有執照的會計師。

08 | こうよう【公用】

名 公用；公務，公事；國家或公共集團的費用

こうようぶん　か　かた
例 公用文の書き方。

公務文書的寫法。

09 | しっきゃく【失脚】

名·自サ 失足(落水、跌跤)；喪失立足地，下台；賠錢

だいとうりょう　しっきゃく
例 大統領が失脚する。

總統下台。

10 | しほう【司法】

名 司法

しほうかん　けってい　くだ
例 司法官が決定を下す。

法官作出決定。

11 | じゅりつ【樹立】

名·自他サ 樹立，建立

例 新党(しんとう)を樹立(じゅりつ)する。

建立新黨。

12 | じょうせい【情勢】

名 形勢，情勢

例 情勢(じょうせい)が悪化(あっか)する。

情勢惡化。

13 | せいけん【政権】

名 政權；參政權

例 政権(せいけん)を失(うしな)う。

喪失政權。

14 | せいさく【政策】

名 政策，策略

例 政策(せいさく)を実施(じっし)する。

實施政策。

15 | せいふく【征服】

名·他サ 征服，克服，戰勝

例 敵国(てきこく)を征服(せいふく)する。

征服敵國。

16 | せっちゅう【折衷】

名·他サ 折中，折衷

例 両案(りょうあん)を折衷(せっちゅう)する。

折衷兩個方案。

17 | そうどう【騒動】

名·自サ 騷動，風潮，鬧事，暴亂

例 騒動(そうどう)が起(お)こる。

掀起風波。

18 | ちょうかん【長官】

名 長官，機關首長；(都道府縣的)知事

例 文化庁長官(ぶんかちょうちょうかん)。

文化廳廳長。

19 | てんか【天下】

名 天底下，全國，世間，宇內；(幕府的)將軍

例 天下(てんか)を取(と)る。

奪取政權。

20 | とうち【統治】

名·他サ 統治

例 国(くに)を統治(とうち)する。

統治國家。

21 | どくさい【独裁】

名·自サ 獨斷，獨行；獨裁，專政

例 独裁政治(どくさいせいじ)をする。

施行獨裁政治。

22 | はくがい【迫害】

名·他サ 迫害，虐待

例 異民族(いみんぞく)を迫害(はくがい)する。

迫害異族。

23 | は【派】

名·漢造 派，派流；衍生；派出

例 反対派と推進派。

反對派與促進派。

24 | ひきいる【率いる】

他上一 帶領；率領

例 部下を率いる。

率領部下。

25 | ふはい【腐敗】

名·自サ 腐敗，腐壞；墮落

例 腐敗が進む。

腐敗日趨嚴重。

26 | ぶんり【分離】

名·自他サ 分離，分開

例 政教分離制度が成立した。

政治宗教分離制通過了。

27 | ほうけん【封建】

名 封建

例 封建的な考え方が多い。

許多人思想很封建。

28 | ぼうどう【暴動】

名 暴動

例 暴動を起こす。

發生暴動。

29 | ほうむる【葬る】

他五 葬，埋葬；隱瞞，掩蓋；葬送，拋棄

例 世間から葬られる。

被世人遺忘。

30 | もっか【目下】

名·副 當前，當下，目前

例 目下の急務になる。

成為當前緊急任務。

31 | やとう【野党】

名 在野黨

例 野党が不信任決議案を提出する。

在野黨提出不信任案。

32 | ようせい【要請】

名·他サ 要求，請求

例 救助を要請する。

請求幫助。

33 | よとう【与党】

名 執政黨；志同道合的伙伴

例 与党と野党の意見が分かれた。

執政黨與在野黨的意見分歧了。

34 | りゃくだつ【略奪】

名·他サ 掠奪，搶奪，搶劫

例 資源を略奪する。

掠奪資源。

35 | れんぽう【連邦】

㊔ 聯邦，聯合國家

例 アラブ首長国連邦を結成した。

組成阿拉伯聯合大公國。

27-2

27-2 行政、公務員 /
行政、公務員

01 | がいしょう【外相】

㊔ 外交大臣，外交部長，外相

例 外相と会談する。

與外交部長會談。

02 | かいにゅう【介入】

名·自サ 介入，干預，參與，染指

例 政府が介入する。

政府介入。

03 | かんりょう【官僚】

㊔ 官僚，官吏

例 高級官僚に憧れる。

嚮往高級官員的官場世界。

04 | ぎょうせい【行政】

㊔（相對於立法、司法而言的）行政；（行政機關執行的）政務

例 行政改革に取り組む。

專心致志從事行政改革。

05 | げんしゅ【元首】

㊔（國家的）元首（總統、國王、國家主席等）

例 一国の元首。

國家元首。

06 | こうふ【交付】

名·他サ 交付，交給，發給

例 免許証を交付する。

發給駕照。

07 | こくてい【国定】

㊔ 國家制訂，國家規定

例 国定公園。

國家公園。

08 | こくど【国土】

㊔ 國土，領土，國家的土地；故鄉

例 国土計画。

（日本）國土開發計畫。

09 | こくゆう【国有】

㊔ 國有

例 国有企業を民営化する。

國營事業民營化。　。

10 | こせき【戸籍】

㊔ 戶籍，戶口

例 戸籍に入れる。

列入戶口。

11 | さかえる【栄える】

自下一 繁榮，興盛，昌盛；榮華，顯赫

例 町が栄える。

城鎮繁榮。

12 | しさつ【視察】

名·他サ 視察，考察

例 工場(こうじょう)を視察(しさつ)する。

視察工廠。

13 | しゅのう【首脳】

名 首腦，領導人

例 首脳会談(しゅのうかいだん)は明日(あす)開(ひら)かれる。

明天舉辦首腦會議。

14 | しんこく【申告】

名·他サ 申報，報告

例 税関(ぜいかん)に申告(しんこく)する。

向海關申報。

15 | ぜいむしょ【税務署】

名 稅務局

例 税務署(ぜいむしょ)に連絡(れんらく)する。

聯絡稅捐處。

16 | そち【措置】

名·他サ 措施，處理，處理方法

例 万全(ばんぜん)の措置(そち)を取(と)る。

採取萬全措施。

17 | たいじ【退治】

名·他サ 打退，討伐，征服；消滅，肅清；治療

例 悪者(わるもの)を退治(たいじ)する。

懲治惡人。

18 | つかさどる【司る】

他五 管理，掌管，擔任

例 会計(かいけい)を司(つかさど)る。

擔任會計。

19 | とうせい【統制】

名·他サ 統治，統歸，統一管理；控制能力

例 言論(げんろん)を統制(とうせい)する。

限制言論自由。

20 | とっけん【特権】

名 特權

例 特権(とっけん)を与(あた)える。

給予特權。

21 | とどけ【届け】

名（提交機關、工作單位、學校等）申報書，申請書

例 届(とど)けを出(だ)す。

提出申請書。

22 | にんめい【任命】

名·他サ 任命

例 大臣(だいじん)に任命(にんめい)する。

任命為大臣。

23 | ひのまる【日の丸】

名（日本國旗）太陽旗；太陽形

例 日(ひ)の丸(まる)を揚(あ)げる。

升起太陽旗。

24 | ふっこう【復興】

名·自他サ 復興，恢復原狀；重建

例 復興(ふっこう)の目途(めど)が立(た)たない。

無法設立重建的目標。

25 | ぶんれつ【分裂】

名·自サ 分裂，裂變，裂開

例 細胞分裂(さいぼうぶんれつ)を繰(く)り返(かえ)す。

細胞不斷地分裂。

26 | やくば【役場】

名 (町、村)鄉公所；辦事處

例 役場(やくば)に届(とど)けを出(だ)す。

向區公所提出申請。

27-3

27-3 議会、選挙 / 議會、選舉

01 | いちれん【一連】

名 一連串，一系列；(用細繩串著的)一串

例 一連(いちれん)の措置(そち)をとる。

採一連串措施。

02 | ぎあん【議案】

名 議案

例 議案(ぎあん)を提出(ていしゅつ)する。

提出議案。

03 | ぎけつ【議決】

名·他サ 議決，表決

例 満場一致(まんじょういっち)で議決(ぎけつ)する。

全場一致通過。

04 | ぎじどう【議事堂】

名 國會大廈；會議廳

例 国会議事堂(こっかいぎじどう)。

國會大廈。

05 | ぎだい【議題】

名 議題，討論題目

例 議題(ぎだい)にする。

作為議題。

06 | きょうぎ【協議】

名·他サ 協議，協商，磋商

例 協議(きょうぎ)がまとまる。

達成協議。

07 | けつぎ【決議】

名·他サ 決議，決定；議決

例 決議案(けつぎあん)を採択(さいたく)する。

採納決議案。

08 | けつ【決】

名 決定，表決；(提防)決堤；決然，毅然；(最後)決心，決定

例 多数決(たすうけつ)で決(き)める。

以多數決來表決。

09 | ごうぎ【合議】

名·自他サ 協議，協商，集議

例 合議(ごうぎ)のうえで決(き)める。

協商之後再決定。

10 | さいけつ【採決】

名·自サ 表決

例 採決に従う。

遵守裁決。

11 | さいたく【採択】

名·他サ 採納，通過；選定，選擇

例 決議が採択される。

決議被採納。

12 | さんぎいん【参議院】

名 参議院，參院（日本國會的上院）

例 参議院の選挙に参加した。

角逐參議院選舉。

13 | しじ【支持】

名·他サ 支撐；支持，擁護，贊成

例 内閣を支持する。

擁護內閣。

14 | しゅうぎいん【衆議院】

名 （日本國會的）眾議院

例 衆議院議員に当選する。

當選眾議院議員。

15 | しりぞける【退ける】

他五 斥退；擊退；拒絕；撤銷

例 案を退ける。

撤銷法案。

16 | しんぎ【審議】

名·他サ 審議

例 審議を打ち切る。

停止審議。

17 | とうぎ【討議】

名·自他サ 討論，共同研討

例 討議に入る。

開始討論。

18 | とうせん【当選】

名·自サ 當選，中選

例 当選の見込みがある。

有當選希望。

19 | ないかく【内閣】

名 內閣，政府

例 内閣総理大臣に指名される。

被提名為首相。

20 | はかる【諮る】

他五 商量，協商；諮詢

例 会議に諮る。

在會議上商討。

21 | ばらばら

副 分散貌；凌亂的樣子，支離破碎的樣子；（雨點，子彈等）帶著聲響落下或飛過

例 意見がばらばらに割れる。

意見紛歧。

22 | ひけつ【否決】

(名·他サ) 否決

例 議会(ぎかい)で否決(ひけつ)される。

在會議上被否決了。

23 | ひょう【票】

(名·漢造) 票，選票；(用作憑證的)票；表決的票

例 票(ひょう)を投(とう)じる。

投票。

24 | ほうあん【法案】

(名) 法案，法律草案

例 法案(ほうあん)が可決(かけつ)される。

通過法案。

25 | まんじょう【満場】

(名) 全場，滿場，滿堂

例 満場一致(まんじょういっち)で可決(かけつ)される。

全場一致贊成通過。

26 | ゆうりょく【有力】

(形動) 有勢力，有權威；有希望；有努力；有效力

例 有力者(ゆうりょくしゃ)に近(ちか)づく。

接近有勢力者。

27-4 国際、外交 / 國際、外交

01 | インターナショナル【international】

(名·形動) 國際；國際歌；國際間的

例 インターナショナルフォーラムを開催(かいさい)する。

舉辦國際論壇。

02 | きょうてい【協定】

(名·他サ) 協定

例 協定(きょうてい)を結(むす)ぶ。

締結協定。

03 | こくれん【国連】

(名) 聯合國

例 国連(こくれん)の大使(たいし)。

聯合國大使。

04 | こっこう【国交】

(名) 國交，邦交

例 国交(こっこう)を回復(かいふく)する。

恢復邦交。

05 | しんぜん【親善】

(名) 親善，友好

例 親善訪問(しんぜんほうもん)が始(はじ)まった。

友好訪問開始進行。

06 | たいがい【対外】

名 對外（國）；對外（部）

例 対外政策(たいがいせいさく)を討論(とうろん)する。

討論外交政策。

07 | たつ【断つ】

他五 切，斷；絕，斷絕；消滅；截斷

例 外交関係(がいこうかんけい)を断(た)つ。

斷絕外交關係。

08 | ちょういん【調印】

名·自サ 簽字，蓋章，簽署

例 条約(じょうやく)に調印(ちょういん)する。

在契約書上蓋章。

09 | どうめい【同盟】

名·自サ 同盟，聯盟，聯合

例 軍事同盟(ぐんじどうめい)を結(むす)ぶ。

結為軍事同盟。

10 | ほうべい【訪米】

名·自サ 訪美

例 首相(しゅしょう)が訪米(ほうべい)する。

首相出訪美國。

11 | れんめい【連盟】

名 聯盟；聯合會

例 連盟(れんめい)に加(くわ)わる。

加入聯盟。

27-5 軍事 / 軍事

01 | あらそい【争い】

名 爭吵，糾紛，不合；爭奪

例 争(あらそ)いが起(お)こる。

發生糾紛。

02 | いくさ【戦】

名 戰爭

例 長(なが)い戦(いくさ)となる。

演變為久戰。

03 | かくめい【革命】

名 革命；（某制度等的）大革新，大變革

例 革命(かくめい)を起(お)こす。

掀起革命。

04 | きゅうえん【救援】

名·他サ 救援；救濟

例 救援活動(きゅうえんかつどう)が開始(かいし)された。

開始進行救援活動。

05 | きょうこう【強行】

名·他サ 強行，硬幹

例 強行突破(きょうこうとっぱ)を図(はか)る。

企圖強行突破。

06 | ぐんじ【軍事】

名 軍事，軍務

例 軍事機密(ぐんじきみつ)を漏(も)らす。

泄漏軍事機密。

07 | ぐんび【軍備】

㊔ 軍備，軍事設備；戰爭準備，備戰

例 軍備(ぐんび)が整(ととの)う。

已做好備戰準備。

08 | ぐんぷく【軍服】

㊔ 軍服，軍裝

例 軍服(ぐんぷく)を着用(ちゃくよう)する。

穿軍服。

09 | こうそう【抗争】

名·自サ 抗爭，對抗，反抗

例 内部(ないぶ)抗争(こうそう)が起(お)こる。

引起內部的對立。

10 | こうふく【降伏】

名·自サ 降服，投降

例 無条件(むじょうけん)降伏(こうふく)する。

無條件投降。

11 | こくぼう【国防】

㊔ 國防

例 国防(こくぼう)会議(かいぎ)を開(ひら)く。

召開國防會議。

12 | しゅうげき【襲撃】

名·他サ 襲擊

例 襲撃(しゅうげき)を受(う)ける。

受到攻擊。

13 | しょくみんち【植民地】

㊔ 殖民地

例 植民地(しょくみんち)を開発(かいはつ)する。

開發殖民地。

14 | しんりゃく【侵略】

名·他サ 侵略

例 侵略(しんりゃく)に抵抗(ていこう)する。

抵禦侵略。

15 | せんさい【戦災】

㊔ 戰爭災害，戰禍

例 戦災(せんさい)孤児(こじ)を救(すく)う。

拯救戰爭孤兒。

16 | せんとう【戦闘】

名·自サ 戰鬥

例 戦闘(せんとう)に参加(さんか)する。

參加戰鬥。

17 | せんにゅう【潜入】

名·自サ 潛入，溜進；打進

例 スパイの潜入(せんにゅう)を防(ふせ)ぐ。

防間諜潛入。

18 | せんりょう【占領】

名·他サ （軍）武力佔領；佔據

例 敵(てき)の占領下(せんりょうか)におかれる。

在敵人的佔領之下。

19 | ぞうきょう【増強】

㊔·他サ (人員，設備的)增強，加強

へいりょく　ぞうきょう
例 兵力を増強する。

增強兵力。

20 | そうび【装備】

㊔·他サ 裝備，配備

そうび　ととの
例 装備を整える。

準備齊全。

21 | たいせい【態勢】

㊔ 姿態，樣子，陣式，狀態

きんきゅうたいせい　はい
例 緊急態勢に入る。

進入緊急情勢。

22 | ちあん【治安】

㊔ 治安

ちあん　いじ
例 治安を維持する。

維持治安。

23 | どういん【動員】

㊔·他サ 動員，調動，發動

ぐんたい　どういん
例 軍隊を動員する。

動員軍隊。

24 | とうそつ【統率】

㊔·他サ 統率

いちぐん　とうそつ
例 一軍を統率する。

統帥一軍。

25 | ないらん【内乱】

㊔ 內亂，叛亂

ないらん　お
例 内乱が起こる。

起內亂。

26 | ばくだん【爆弾】

㊔ 炸彈

ばくだん　しか
例 爆弾を仕掛ける。

裝設炸彈。

27 | はんらん【反乱】

㊔ 叛亂，反亂，反叛

はんらん　お
例 反乱を起こす。

掀起叛亂。

28 | ぶそう【武装】

㊔·自サ 武裝，軍事裝備

ぶそうへい　たいき
例 武装兵が待機する。

武裝兵整裝待發。

29 | ぶたい【部隊】

㊔ 部隊；一群人

りくぐんだいいちぶたい　こうげき
例 陸軍第一部隊が攻撃してきた。

陸軍第一部隊攻過來了。

30 | ぶりょく【武力】

㊔ 武力，兵力

ぶりょく　こうし
例 武力を行使する。

行使武力。

27
政治

31 | ふんそう【紛争】

(名·自サ) 紛爭，糾紛

例 紛争(ふんそう)が起(お)こる。

引起紛爭。

32 | ベース【base】

(名) 基礎，基本；基地(特指軍事基地)，根據地

例 二塁(にるい)ベースが空(あ)いている。

二壘壘上無人。

33 | へいき【兵器】

(名) 兵器，武器，軍火

例 核兵器(かくへいき)を保有(ほゆう)する。

持有核子武器。

34 | ぼうえい【防衛】

(名·他サ) 防衛，保衛

例 防衛本能(ぼうえいほんのう)がはたらく。

發揮防衛本能。

35 | ほろびる【滅びる】

(自上一) 滅亡，淪亡，消亡

例 国(くに)が滅(ほろ)びる。

國家滅亡。

36 | ほろぶ【滅ぶ】

(自五) 滅亡，滅絕

例 人類(じんるい)もいつかは滅(ほろ)ぶ。

人類終究會滅亡。

37 | ほろぼす【滅ぼす】

(他五) 消滅，毀滅

例 一族(いちぞく)を滅(ほろ)ぼす。

全族滅亡。

38 | めつぼう【滅亡】

(名·自サ) 滅亡

例 滅亡(めつぼう)に瀕(ひん)する。

瀕於滅亡。

パート
28
第二十八章

法律

- 法律 -

28-1

28-1 規則 / 規則

01 | あやまち【過ち】

名 錯誤，失敗；過錯，過失

例 過ち(あやま)を犯(おか)す。

犯下過錯。

02 | あらたまる【改まる】

自五 改變；更新；革新，一本正經，故裝嚴肅，鄭重其事

例 規則(きそく)が改(あらた)まる。

改變規則。

03 | いこう【移行】

名·自サ 轉變，移位，過渡

例 新制度(しんせいど)に移行(いこう)する。

改行新制度。

04 | おかす【犯す】

他五 犯錯；冒犯；汙辱

例 犯罪(はんざい)を犯(おか)す。

犯罪。

05 | かいあく【改悪】

名·他サ 危害，壞影響，毒害

例 憲法(けんぽう)を改悪(かいあく)する。

把憲法改壞。

06 | かいてい【改定】

名·他サ 重新規定

例 明日(あす)から運賃(うんちん)が改定(かいてい)される。

明天開始調整運費。

07 | かいてい【改訂】

名·他サ 修訂

例 改訂版(かいていばん)が発行(はっこう)された。

發行修訂版。

08 | かんこう【慣行】

名 例行，習慣行為；慣例，習俗

例 慣行(かんこう)に従(したが)う。

遵從慣例。

09 | かんしゅう【慣習】

名 習慣，慣例

例 慣習(かんしゅう)を破(やぶ)る。

打破慣例。

10 | かんれい【慣例】

名 慣例，老規矩，老習慣

例 慣例(かんれい)に従(したが)う。

遵照慣例。

11 | かんわ【緩和】

(名·自他サ) 緩和，放寬

例 規制(きせい)を緩和(かんわ)する。

放寬限制。

12 | きせい【規制】

(名·他サ) 規定(章則)，規章；限制，控制

例 昨年(さくねん)、飲酒運転(いんしゅうんてん)に対(たい)する規制(きせい)が強化(きょうか)された。

去年開始針對酒後駕駛嚴格取締。

13 | きてい【規定】

(名·他サ) 規則，規定

例 規定(きてい)の書式(しょしき)。

規定的格式。

14 | きはん【規範】

(名) 規範，模範

例 社会生活(しゃかいせいかつ)の規範(きはん)。

社會生活的規範。

15 | きやく【規約】

(名) 規則，規章，章程

例 規約(きやく)に違反(いはん)する。

違反規則。

16 | きょうせい【強制】

(名·他サ) 強制，強迫

例 参加(さんか)を強制(きょうせい)する。

強制參加。

17 | きんもつ【禁物】

(名) 嚴禁的事物；忌諱的事物

例 油断(ゆだん)は禁物(きんもつ)。

大意是禁忌。

18 | げんこう【現行】

(名) 現行，正在實行

例 現行犯(げんこうはん)で捕(つか)まる。

以現行犯逮捕。

19 | げんそく【原則】

(名) 原則

例 原則(げんそく)から外(はず)れる。

偏離原則。

20 | さだまる【定まる】

(自五) 決定，規定；安定，穩定，固定；確定，明確；(文)安靜

例 目標(もくひょう)が定(さだ)まる。

確立目標。

21 | さだめる【定める】

(他下一) 規定，決定，制定；平定，鎮定；奠定；評定，論定

例 憲法(けんぽう)を定(さだ)める。

制定憲法。

22 | しこう・せこう【施行】

(名·他サ) 施行，實施；實行

例 法律(ほうりつ)を施行(しこう)する。

施行法律。

23 | じこう【事項】
名 事項，項目
例 注意事項を説明する。
説明注意事項。

24 | しゅけん【主権】
名 (法)主權
例 主権を確立する。
確立主權。

25 | じゅんじる・じゅんずる【準じる・準ずる】
自上一 以…為標準，按照；當作…看待
例 先例に準じる。
參照先例(處理)。

26 | しょてい【所定】
名 所定，規定
例 所定の時間を超えた。
超過規定的時間。

27 | しょぶん【処分】
名·他サ 處理，處置；賣掉，丟掉；懲處，處罰
例 処分を与える。
作出懲處。

28 | せい【制】
名·漢造 (古)封建帝王的命令；限制；制度；支配；製造
例 4 年制大学を卒業する。
畢業於四年制大學。

29 | せいき【正規】
名 正規，正式規定；(機)正常，標準；道義；正確的意思
例 正規の教育を受ける。
接受正規教育。

30 | せいやく【制約】
名·他サ (必要的)條件，規定；限制，制約
例 制約を受ける。
受制約。

31 | せってい【設定】
名·他サ 制定，設立，確定
例 規則を設定する。
訂定規則。

32 | ちつじょ【秩序】
名 秩序，次序
例 秩序が乱れる。
秩序混亂。

33 | ノルマ【(俄) norma】
名 基準，定額
例 ノルマを果たす。
完成銷售定額。

34 | もうける【設ける】
他下一 預備，準備；設立，設置，制定
例 規則を設ける。
訂立規則。

28-2

28-2 法律 /
法律

01 | きんじる【禁じる】
他上一 禁止，不准；禁忌，戒除；抑制，控制

例 私語を禁じる。

禁止竊竊私語。

02 | じょうやく【条約】
名 (法)條約

例 条約を締結する。

締結條約。

03 | じょう【条】
名·接助·接尾 項，款；由於，所以；(計算細長物)行，條

例 条を追って討議する。

逐條討論。

04 | せいてい【制定】
名·他サ 制定

例 法律を制定する。

制訂法律。

05 | そむく【背く】
自五 背著，背向；違背，不遵守；背叛，辜負；拋棄，背離，離開(家)

例 命令に背く。

違抗命令。

06 | とりしまり【取り締まり】
名 管理，管束；控制，取締；監督

例 取り締まりを強化する。

加強取締。

07 | とりしまる【取り締まる】
他五 管束，監督，取締

例 犯罪を取り締まる。

取締犯罪。

08 | はいし【廃止】
名·他サ 廢止，廢除，作廢

例 制度を廃止する。

廢除制度。

09 | ほしょう【保障】
名·他サ 保障

例 自由が保障される。

自由受到保障。

10 | りっぽう【立法】
名 立法

例 立法府で審議する。

經立法院審議。

28-3 (1)

28-3 犯罪 (1) /
犯罪 (1)

01 | あく【悪】
名·接頭 惡，壞；壞人；(道德上的)惡，壞；(性質)惡劣，醜惡

例 悪を懲らす。

懲惡。

02 | ありさま【有様】
名 樣子，光景，情況，狀態

例 事件の有様を語る。

敘述事情發生的情況。

28 法律

03 | あんさつ【暗殺】

名·他サ 暗殺，行刺

例 暗殺を謀る。

圖謀暗殺。

04 | いっそう【一掃】

名·他サ 掃盡，清除

例 暴力を一掃する。

肅清暴力。

05 | おおごと【大事】

名 重大事件，重要的事情

例 それは大事だ。

那事情很重要。

06 | おかす【侵す】

他五 侵犯，侵害；侵襲；患，得(病)

例 病魔に侵される。

遭病魔侵襲。

07 | かんし【監視】

名·他サ 監視；監視人

例 監視カメラを設置する。

安裝監視攝影機。

08 | かんよ【関与】

名·自サ 干與，參與

例 事件に関与する。

參與事件。

09 | ぎぞう【偽造】

名·他サ 偽造，假造

例 パスポートを偽造する。

偽造護照。

10 | きょうはく【脅迫】

名·他サ 脅迫，威脅，恐嚇

例 脅迫状を書く。

寫恐嚇信。

11 | きょう【共】

漢造 共同，一起

例 共犯者は別の男だ。

共犯是另一位男性。

12 | こうそく【拘束】

名·他サ 約束，束縛，限制；截止

例 身がらを拘束する。

限制人身自由。

13 | さぎ【詐欺】

名 詐欺，欺騙，詐騙

例 詐欺に遭う。

遭到詐騙。

14 | さらう

他五 攫，奪取，拐走；(把當場所有的全部)拿走，取得，贏走

例 子供をさらう。

誘拐小孩。

15 | じしゅ【自首】

(名・自サ) (法)自首

例 警察(けいさつ)に自首(じしゅ)する。

向警察自首。

16 | セキュリティー【security】

(名) 安全，防盜；擔保

例 セキュリティーシステムを備(そな)えた。

設置防盜裝置。

17 | ぜんか【前科】

(名) (法)前科，以前服過刑

例 前科一犯(ぜんかいっぱん)が知(し)られた。

被知道犯有前科。

18 | セクハラ【sexual harassment之略】

(名) 性騷擾

例 セクハラで訴(うった)える。

以性騷擾提出告訴。

19 | そうさく【捜索】

(名・他サ) 尋找，搜；(法)搜查(犯人、罪狀等)

例 家宅捜索(かたくそうさく)を受(う)ける。

接受強行進入住宅搜查。

20 | そうさ【捜査】

(名・他サ) 搜查(犯人、罪狀等)；查訪，查找

例 捜査(そうさ)を開始(かいし)する。

開始搜查。

21 | ついせき【追跡】

(名・他サ) 追蹤，追緝，追趕

例 追跡調査(ついせきちょうさ)を依頼(いらい)する。

委託跟蹤調查。

22 | つきとばす【突き飛ばす】

(他五) 用力撞倒，撞出很遠

例 老人(ろうじん)を突(つ)き飛(と)ばす。

撞飛老人。

28-3 (2)

28-3 犯罪 (2) /
犯罪 (2)

23 | つながる【繋がる】

(自五) 連接，聯繫；(人)列隊，排列；牽連，有關係；(精神)連接在一起；被繫在…上，連成一排

例 事件(じけん)につながる容疑者(ようぎしゃ)。

與事件有關的嫌疑犯。

24 | てがかり【手掛かり】

(名) 下手處，著力處；線索

例 手掛(てが)かりをつかむ。

掌握線索。

25 | てぐち【手口】

(名) (做壞事等常用的)手段，手法

例 使(つか)い古(ふる)した手口(てぐち)。

故技，老招式。

26 | てじょう【手錠】

(名) 手銬

例 手錠(てじょう)をかける。

帶手銬。

27 | てはい【手配】

名·自他サ 籌備，安排；(警察逮捕犯人的)部署，布置

例 犯人を指名手配する。

指名通緝犯人。

28 | どうき【動機】

名 動機；直接原因

例 犯行の動機を調べる。

審問犯罪動機。

29 | とうそう【逃走】

名·自サ 逃走，逃跑

例 逃走経路が判明した。

弄清了逃亡路線。

30 | とうぼう【逃亡】

名·自サ 逃走，逃跑，逃遁；亡命

例 外国へ逃亡する。

亡命於國外。

31 | なぐる【殴る】

他五 毆打，揍；(接某些動詞下面成複合動詞)草草了事

例 横面を殴る。

呼巴掌。

32 | にげだす【逃げ出す】

自五 逃出，溜掉；拔腿就跑，開始逃跑

例 試練から逃げ出す。

從考驗中逃脫。

33 | ぬすみ【盗み】

名 偷盜，竊盜

例 盗みを働く。

行竊。

34 | のがす【逃す】

他五 錯過，放過；(接尾詞用法)放過，漏掉

例 犯人を逃す。

讓犯人跑掉。

35 | のがれる【逃れる】

自下一 逃跑，逃脫；逃避，避免，躲避

例 責任を逃れる。

逃避責任。

36 | のっとる【乗っ取る】

他五 (「のりとる」的音便)侵占，奪取，劫持

例 会社を乗っ取られる。

奪取公司。

37 | パトカー【patrolcar】

名 警車(「パトロールカー之略」)

例 パトカーに追われる。

被警車追逐。

38 | ひきおこす【引き起こす】

他五 引起，引發；扶起，拉起

例 事件を引き起こす。

引發事件。

39 | ひとじち【人質】

㊔ 人質

例 人質になる。

成為人質。

40 | まぬがれる【免れる】

(他下一) 免，避免，擺脱

例 責任を免れようとする。

想推卸責任。

41 | もほう【模倣】

(名·他サ) 模仿，仿照，仿效

例 模倣犯を防ぐ。

防止模仿犯罪。

42 | ゆうかい【誘拐】

(名·他サ) 拐騙，誘拐，綁架

例 子供を誘拐する。

拐騙兒童。

43 | ゆうどう【誘導】

(名·他サ) 引導，誘導；導航

例 誘導尋問を受ける。

接受誘導問話。

44 | らち【拉致】

(名·他サ) 擄人劫持，強行帶走

例 社長が拉致される。

社長被綁架。

28-4 裁判、刑罰 / 判決、審判、刑罰

01 | いぎ【異議】

㊔ 異議，不同的意見

例 異議を申し立てる。

提出異議。

02 | かんい【簡易】

(名·形動) 簡易，簡單，簡便

例 簡易裁判所。

簡便法庭。

03 | けいばつ【刑罰】

㊔ 刑罰

例 刑罰を与える。

判刑。

04 | けい【刑】

㊔ 徒刑，刑罰

例 刑に服す。

服刑。

05 | けんじ【検事】

㊔ (法)檢察官

例 検事長を務める。

擔任檢察長。

06 | さつじん【殺人】

㊔ 殺人，兇殺

例 殺人を犯す。

犯下殺人罪。

07 | さばく【裁く】

(他五) 裁判，審判；排解，從中調停，評理

例 罪人(ざいにん)を裁(さば)く。

審判罪犯。

08 | しけい【死刑】

(名) 死刑，死罪

例 死刑(しけい)を執行(しっこう)する。

執行死刑。

09 | しっこう【執行】

(名·他サ) 執行

例 死刑(しけい)を執行(しっこう)する。

執行死刑。

10 | しょうこ【証拠】

(名) 證據，證明

例 証拠(しょうこ)が見(み)つかる。

找到證據。

11 | しょばつ【処罰】

(名·他サ) 處罰，懲罰，處分

例 厳重(げんじゅう)に処罰(しょばつ)する。

嚴重處罰。

12 | せいさい【制裁】

(名·他サ) 制裁，懲治

例 制裁(せいさい)を加(くわ)える。

加以制裁。

13 | そしょう【訴訟】

(名·自サ) 訴訟，起訴

例 訴訟(そしょう)を起(お)こす。

起訴。

14 | たいけつ【対決】

(名·自サ) 對證，對質；較量，對抗

例 対決(たいけつ)を避(さ)ける。

避免交鋒。

15 | ちょうてい【調停】

(名·他サ) 調停

例 いさかいを調停(ちょうてい)する。

調停爭論。

16 | とりしらべる【取り調べる】

(他下一) 調查，偵查

例 容疑者(ようぎしゃ)を取(と)り調(しら)べる。

對嫌疑犯進行調查。

17 | ばいしょう【賠償】

(名·他サ) 賠償

例 賠償請求(ばいしょうせいきゅう)する。

請求賠償。

18 | はんけつ【判決】

(名·他サ) (法)判決；(是非直曲的)判斷，鑑定，評價

例 判決(はんけつ)が出(で)る。

做出判決。

19 | べんご【弁護】

(名·他サ) 辯護，辯解；(法)辯護

例 弁護(べんご)を依頼(いらい)する。

請求辯護。

20 | ほうてい【法廷】

(名) (法)法庭

例 法廷(ほうてい)で審理(しんり)する。

在法院審理。

パート
29
第二十九章

心理、感情

- 心理、感情 -

29-1 (1)

29-1 心 (1) / 心、內心 (1)

01 | あくどい

形 (顏色)太濃艷；(味道)太膩；(行為)太過份讓人討厭，惡毒

例 あくどいやり方(かた)。

惡毒的作法。

02 | あせる【焦る】

自五 急躁，著急，匆忙

例 焦(あせ)って失敗(しっぱい)する。

因急躁而失敗。

03 | あんじ【暗示】

名·他サ 暗示，示意，提示

例 暗示(あんじ)をかける。

得到暗示。

04 | いきちがい・ゆきちがい【行き違い】

名 走岔開；(聯繫)弄錯，感情失和，不睦

例 行(い)き違(ちが)いになる。

走岔開，沒遇上。

05 | いじ【意地】

名 (不好的)心術，用心；固執，倔強，意氣用事；志氣，逞強心

例 意地(いじ)を張(は)る。

堅持己見。

06 | いたわる【労る】

他五 照顧，關懷；功勞；慰勞，安慰；(文)患病

例 やさしい言葉(ことば)で病人(びょうにん)をいたわる。

用溫柔的話語安慰病人。

07 | いっしんに【一心に】

副 專心，一心一意

例 一心(いっしん)に神(かみ)に祈(いの)る。

一心一意向上天祈求。

08 | いっしん【一新】

名·自他サ 刷新，革新

例 気分(きぶん)を一新(いっしん)する。

轉換心情。

09 | うけみ【受け身】

名 被動，守勢，招架；(語法)被動式

例 受(う)け身(み)にまわる。

轉為被動。

10 | うちあける【打ち明ける】

(他下一) 吐露，坦白，老實説

例 秘密(ひみつ)を打(う)ち明(あ)ける。

吐露秘密。

11 | うわき【浮気】

(名·自サ·形動) 見異思遷，心猿意馬；外遇

例 浮気(うわき)がばれる。

外遇被發現。

12 | うわのそら【上の空】

(名·形動) 心不在焉，漫不經心

例 上(うわ)の空(そら)でいる。

發呆，心不在焉。

13 | うんざり

(副·形動·自サ) 厭膩，厭煩，(興趣)索性

例 うんざりする仕事(しごと)はもう嫌(いや)だ。

令人煩厭的工作，我已經受不了了。

14 | えぐる

(他五) 挖；深挖，追究；(喻)挖苦，刺痛；絞割

例 心(こころ)をえぐる。

心如刀絞。

15 | おいこむ【追い込む】

(他五) 趕進；逼到，迫陷入；緊要，最後關頭加把勁；緊排，縮排(文字)；讓(病毒等)內攻

例 窮地(きゅうち)に追(お)い込(こ)まれる。

被逼到絕境。

16 | おだてる

(他下一) 慫恿，搧動；高捧，拍

例 おだてても無駄(むだ)だ。

拍馬屁也沒用。

17 | おもいつめる【思い詰める】

(他下一) 想不開，鑽牛角尖

例 あまり思(おも)い詰(つ)めないで。

別想不開。

18 | かばう【庇う】

(他五) 庇護，袒護，保護

例 子供(こども)をかばう。

袒護孩子。

19 | かんがい【感慨】

(名) 感慨

例 感慨深(かんがいぶか)い。

感觸很深。

20 | かんど【感度】

(名) 敏感程度，靈敏性

例 感度(かんど)がよい。

敏鋭度高。

21 | きあい【気合い】

(名) 運氣，運氣時的聲音，吶喊；(聚精會神時的)氣勢；呼吸；情緒，性情

例 気合(きあ)いを入(い)れる。

施加危害。

22 | きがおもい【気が重い】

㊖ 心情沉重

例 試験のことで気が重い。

因考試而心情沉重。

23 | きがきでない【気が気でない】

㊖ 焦慮，坐立不安

例 彼女のことを思うと気が気でない。

一想到她就坐立難安。

24 | きがすむ【気が済む】

㊖ 滿意，心情舒暢

例 謝られて気が済んだ。

得到道歉後就不氣了。

25 | きがね【気兼ね】

名·自サ 多心，客氣，拘束

例 隣近所に気兼ねする。

敦親睦鄰。

26 | きがむく【気が向く】

㊖ 心血來潮；有心

例 気が向いたら来てください。

等你有意願時請過來。

27 | きがる【気軽】

形動 坦率，不受拘束；爽快；隨便

例 気軽に話しかける。

隨性地搭話。

28 | きごころ【気心】

㊔ 性情，脾氣

例 気心の知れた友人。

知心朋友。

29 | きっぱり

副·自サ 乾脆，斬釘截鐵；清楚，明確

例 きっぱり断る。

斬釘截鐵地拒絕。

30 | きまりわるい【きまり悪い】

㊍ 趕不上的意思；不好意思，拉不下臉，難為情，害羞，尷尬

例 きまり悪そうな顔。

尷尬的表情。

29-1 (2)

29-1 心 (2) /

心、內心 (2)

31 | きょうかん【共感】

名·自サ 同感，同情，共鳴

例 共感を覚える。

產生共鳴。

32 | きょうしゅう【郷愁】

㊔ 鄉愁，想念故鄉；懷念，思念

例 郷愁を覚える。

思念故鄉。

33 | きよらか【清らか】

形動 沒有污垢；清澈秀麗；清澈

例 清らかな小川。

清澈的小河。

34 | ここち【心地】

㊔ 心情，感覺

例 心地(ここち)よい風(かぜ)。

舒服的涼風。

35 | こころえ【心得】

㊔ 知識，經驗，體會；規章制度，須知；(下級代行上級職務)代理，暫代

例 接客(せっきゃく)の心得(こころえ)を学(まな)ぶ。

學習待人接客的應對之道。

36 | こころがける【心掛ける】

(他下一) 留心，注意，記在心裡

例 健康(けんこう)を心掛(こころが)ける。

注意健康。

37 | こころがけ【心掛け】

㊔ 留心，注意；努力，用心；人品，風格

例 心掛(こころが)けがよい。

心地善良。

38 | こころぐるしい【心苦しい】

㊫ 感到不安，過意不去，擔心

例 辛(つら)い思(おも)いをさせて心苦(こころぐる)しいんだ。

讓您吃苦了，真過意不去。

39 | こころづかい【心遣い】

㊔ 關照，關心，照料

例 温(あたた)かい心遣(こころづか)い。

熱情關照。

40 | こころづよい【心強い】

㊫ 因為有可依靠的對象而感到安心；有信心，有把握

例 心強(こころづよ)い話(はなし)が嬉(うれ)しい。

鼓舞人心的消息真叫人開心。

41 | こめる【込める】

(他下一) 裝填；包括在內，計算在內；集中(精力)，貫注(全神)

例 気持(きも)ちを込(こ)める。

用心。

42 | さっかく【錯覚】

(名・自サ) 錯覺；錯誤的觀念；誤會，誤認為

例 錯覚(さっかく)を起(お)こす。

產生錯覺。

43 | さわる【障る】

(自五) 妨礙，阻礙，障礙；有壞影響，有害

例 気(き)に障(さわ)る。

影響好心情。

44 | じざい【自在】

㊔ 自在，自如

例 自在(じざい)に操(あやつ)る。

自由操縱。

45 | じぜん【慈善】

㊔ 慈善

例 慈善団体(じぜんだんたい)が資金(しきん)を受(う)ける。

慈善團體接受資金的贈與。

46 | じそんしん【自尊心】

㊔ 自尊心

例 自尊心が強い。

自尊心很強。

47 | したごころ【下心】

㊔ 內心，本心；別有用心，企圖，（特指）壞心腸

例 下心が見え見えだ。

明顯的別有居心。

48 | しゅうちゃく【執着】

名·自サ 迷戀，留戀，不肯捨棄，固執

例 生に執着する。

貪生。

49 | じょうちょ【情緒】

㊔ 情緒，情趣，風趣

例 情緒不安定になりやすい。

容易導致情緒不穩定。

50 | じょう【情】

名·漢造 情，情感；同情；心情；表情；情慾

例 情に厚い。

感情深厚。

51 | じりつ【自立】

名·自サ 自立，獨立

例 自立して働く。

憑自己的力量工作。

52 | しんじょう【心情】

㊔ 心情

例 心情を述べる。

描述心情。

53 | しん【心】

名·漢造 心臟；內心；（燈、蠟燭的）芯；（鉛筆的）芯；（水果的）核心；（身心的）深處；精神，意識；核心

例 義侠心にかられる。

激發俠義精神。

54 | すがすがしい【清清しい】

㊂ 清爽，心情舒暢；爽快

例 すがすがしい気持ちになる。

感到神清氣爽。

55 | せつじつ【切実】

形動 切實，迫切

例 切実な願いを込めた。

懷著殷切的期望。

56 | そう【添う】

自五 增添，加上，添上；緊跟，不離地跟隨；結成夫妻一起生活，結婚

例 ご要望に添いかねます。

無法滿足您的願望。

57 | そうかい【爽快】

名·形動 爽快

例 気分が爽快になる。

精神爽快。

58 | たるむ

自五 鬆，鬆弛；彎曲，下沉；(精神)不振，鬆懈

例 気持(きも)ちがたるむ。

情緒鬆懈。

59 | たんちょう【単調】

名·形動 單調，平庸，無變化

例 単調(たんちょう)な生活(せいかつ)が始(はじ)まる。

開始過著單調的生活。

60 | ちやほや

副·他サ 溺愛，嬌寵；捧，奉承

例 ちやほやされていい気(き)になる。

一吹捧就蹺屁股了。

29-1 (3)

29-1 心 (3) /
心、內心 (3)

61 | ちょっかん【直感】

名·他サ 直覺，直感；直接觀察到

例 直感(ちょっかん)が働(はたら)く。

依靠直覺。

62 | つうかん【痛感】

名·他サ 痛感；深切地感受到

例 力(ちから)の差(さ)を痛感(つうかん)する。

深切感到力量差距之大。

63 | つくづく

副 仔細；痛切，深切；(古)呆呆，呆然

例 つくづくと眺(なが)める。

仔細地看。

64 | つっぱる【突っ張る】

自他五 堅持，固執；(用手)推頂；繃緊，板起；抽筋，劇痛

例 欲(よく)の皮(かわ)が突(つ)っ張(ぱ)っている。

得寸進尺。

65 | つのる【募る】

自他五 加重，加劇；募集，招募，徵集

例 思(おも)いが募(つの)る。

心事重重。

66 | てんかん【転換】

名·自他サ 轉換，轉變，調換

例 気分転換(きぶんてんかん)に釣(つ)りに行(い)く。

為轉換心情去釣魚。

67 | テンション【tension】

名 緊張，激動緊張

例 テンションがあがる。

心情興奮。

68 | どうかん【同感】

名·自サ 同感，同意，贊同，同一見解

例 全(まった)く同感(どうかん)です。

完全同意。

69 | どうじょう【同情】

名·自サ 同情

例 同情(どうじょう)を寄(よ)せる。

寄予同情。

70 | とうてい【到底】

副（下接否定，語氣強）無論如何也，怎麼也

例 到底（とうてい）間（ま）に合（あ）わない。

無論如何也趕不上。

71 | とうとい【尊い】

形 價值高的，珍貴的，寶貴的，可貴的

例 尊（とうと）い犠牲（ぎせい）を払（はら）う。

付出極大犧牲。

72 | とうとぶ【尊ぶ】

他五 尊敬，尊重；重視，珍重

例 神仏（しんぶつ）を尊（とうと）ぶ。

敬奉神佛。

73 | とがる【尖る】

自五 尖；（神經）緊張；不高興，冒火

例 神経（しんけい）をとがらせる。

神經過敏。

74 | トラウマ【trauma】

名 精神性上的創傷，感情創傷，情緒創傷

例 トラウマを克服（こくふく）したい。

想克服感情創傷。

75 | どんかん【鈍感】

名·形動 對事情的感覺或反應遲鈍；反應慢；遲鈍

例 鈍感（どんかん）な男（おとこ）はモテない。

遲鈍的男人不受歡迎。

76 | ないしょ【内緒】

名 瞞著別人，秘密

例 内緒話（ないしょばなし）をする。

講秘密。

77 | ないしん【内心】

名·副 內心，心中

例 内心（ないしん）ほっとする。

心中放下一塊大石頭。

78 | なごり【名残】

名（臨別時）難分難捨的心情，依戀；臨別紀念；殘餘，遺跡

例 名残（なごり）を惜（お）しむ。

依依不捨。

79 | なさけぶかい【情け深い】

形 對人熱情，有同情心的樣子；熱心腸；仁慈

例 情（なさ）け深（ぶか）い人（ひと）が多（おお）い。

富有同情心的人相當多。

80 | なさけ【情け】

名 仁慈，同情；人情，情義；（男女）戀情，愛情

例 情（なさ）けをかける。

同情。

81 | なれ【慣れ】

名 習慣，熟習

例 慣（な）れからくる油断（ゆだん）。

因習慣過頭而疏於防備。

82 | なんだかんだ

㊊連語 這樣那樣；這個那個

例 なんだかんだ言って。

說東說西的。

83 | なんでもかんでも【何でもかんでも】

連語 一切，什麼都…，全部…；無論如何，務必

例 何でもかんでもすぐに欲しがる。

全部都想要。

84 | にんじょう【人情】

名 人情味，同情心；愛情

例 人情の厚い人が多く住んでいる。

住著許多富有人情濃厚的居民。

85 | ねつい【熱意】

名 熱情，熱忱

例 熱意を示す。

展現熱情。

86 | ねんいり【念入り】

名 精心、用心

例 念入りに掃除する。

用心打掃。

87 | のどか

形動 安靜悠閒；舒適，閒適；天氣晴朗，氣溫適中；和煦

例 のどかな気分が満ちあふれている。

洋溢著悠閒寧靜的氣氛。

88 | はじらう【恥じらう】

他五 害羞，羞澀

例 恥じらう姿が可愛らしい。

害羞的樣子真是可愛。

89 | はじる【恥じる】

自上一 害羞；慚愧

例 失態を恥じる。

恥於自己的失態。

90 | はじ【恥】

名 恥辱，羞恥，丟臉

例 恥をかく。

丟臉。

29-1 (4)

29-1 心 (4) /

心、內心 (4)

91 | はんのう【反応】

名·自サ （化學）反應；（對刺激的）反應；反響，效果

例 反応をうかがう。

觀察反應。

92 | びんかん【敏感】

名·形動 敏感，感覺敏銳

例 敏感な肌が合わない。

不適合敏感的皮膚。

93 | ファイト【fight】

名 戰鬥，搏鬥，鬥爭；鬥志，戰鬥精神

例 ファイト！

大喊「加油！」。

94 | ふい【不意】

(名·形動) 意外，突然，想不到，出其不意

例 不意(ふい)をつかれる。

冷不防被襲擊。

95 | ふきつ【不吉】

(名·形動) 不吉利，不吉祥

例 不吉(ふきつ)な予感(よかん)がする。

有不祥的預感。

96 | ふける【耽る】

(自五) 沉溺，耽於；埋頭，專心

例 読書(どくしょ)に耽(ふけ)る。

埋頭讀書。

97 | ふじゅん【不純】

(名·形動) 不純，不純真

例 不純(ふじゅん)な動機(どうき)が隠(かく)れている。

隱藏著不單純的動機。

98 | ふたん【負担】

(名·他サ) 背負；負擔

例 負担(ふたん)を軽減(けいげん)する。

減輕負擔。

99 | ぶなん【無難】

(名·形動) 無災無難，平安；無可非議，說得過去

例 無難(ぶなん)な日(ひ)を送(おく)る。

過著差強人意的日子。

100 | プレッシャー【pressure】

(名) 壓強，壓力，強制，緊迫

例 プレッシャーがかかる。

有壓力。

101 | へいじょう【平常】

(名) 普通；平常，平素，往常

例 平常心(へいじょうしん)を失(うしな)う。

失去平常心。

102 | へいぜん【平然】

(形動) 沉著，冷靜；不在乎；坦然

例 平然(へいぜん)としている。

漫不在乎。

103 | ぼうぜん【呆然】

(形動) 茫然，呆然，呆呆地

例 呆然(ぼうぜん)と立(た)ち尽(つ)くす。

茫然地呆站著。

104 | ほろにがい【ほろ苦い】

(形) 稍苦的

例 ほろ苦(にが)い思(おも)い出(で)。

略為苦澀的回憶。

105 | ほんき【本気】

(名·形動) 真的，真實；認真

例 本気(ほんき)になって働(はたら)く。

認真工作。

106 | ほんね【本音】

㊔ 真正的音色；真話，真心話

例 本音(ほんね)で話(はな)す。

推心置腹的說話。

107 | ほんのう【本能】

㊔ 本能

例 本能(ほんのう)で動(うご)く。

依本能行動。

108 | まごころ【真心】

㊔ 真心，誠心，誠意

例 真心(まごころ)を込(こ)めて働(はたら)く。

忠心耿耿地工作。

109 | まごつく

自五 慌張，驚慌失措，不知所措；徘徊，徬徨

例 初(はじ)めてのことでまごついた。

因為是第一次所以慌了手腳。

110 | まめ

名·形動 勤快，勤肯；忠實，認真，表裡一致，誠懇

例 まめに働(はたら)く。

認真工作。

29-1 (5)

29-1 心 (5) / 心、內心 (5)

111 | マンネリ【mannerism 之略】

㊔ 因循守舊，墨守成規，千篇一律，老套

例 マンネリに陥(おちい)る。

落入俗套。

112 | みだす【乱す】

他五 弄亂，攪亂

例 秩序(ちつじょ)を乱(みだ)す。

弄亂秩序。

113 | みだれる【乱れる】

自下一 亂，凌亂；紊亂，混亂

例 服装(ふくそう)が乱(みだ)れる。

服裝凌亂。

114 | みれん【未練】

名·形動 不熟練，不成熟；依戀，戀戀不捨；不乾脆，怯懦

例 未練(みれん)が残(のこ)る。

留戀。

115 | むかんしん【無関心】

名·形動 不關心；不感興趣

例 無関心(むかんしん)を装(よそお)う。

裝作沒興趣。

116 | ものたりない【物足りない】

㊝ 感覺缺少什麼而不滿足；有缺憾，不完美；美中不足

例 物足(ものた)りない説明(せつめい)。

說明不夠充分。

117 | もりあがる【盛り上がる】

自五 (向上或向外)鼓起，隆起；(情緒、要求等)沸騰，高漲

例 話(はなし)が盛(も)り上(あ)がる。

聊得很開心。

118 | やけに

副 (俗)非常，很，特別

例 表がやけに騒がしい。(おもて、さわ)

外面非常吵鬧。

119 | やしん【野心】

名 野心，雄心；陰謀

例 野心に燃える。(やしん、も)

野心勃勃。

120 | やわらぐ【和らぐ】

自五 變柔和，和緩起來

例 怒りが和らぐ。(いか、やわ)

讓憤怒的心情平靜下來。

121 | ゆうえつ【優越】

名·自サ 優越

例 優越感に浸る。(ゆうえつかん、ひた)

沈浸在優越感中。

122 | ゆうかん【勇敢】

名·形動 勇敢

例 勇敢に立ち向かう。(ゆうかん、た、む)

勇敢前行。

123 | ゆうわく【誘惑】

名·他サ 誘惑；引誘

例 甘い誘惑に克つ。(あま、ゆうわく、か)

戰勝甜美的誘惑。

124 | ゆさぶる【揺さぶる】

他五 搖晃；震撼

例 心が揺さぶられる。(こころ、ゆ)

內心動搖。

125 | ゆとり

名 餘地，寬裕

例 ゆとりのある生活。(せいかつ)

寬裕的生活。

126 | ゆるむ【緩む】

自五 鬆散，緩和，鬆弛

例 緊張感が緩む。(きんちょうかん、ゆる)

緩和緊張感。

127 | ようじんぶかい【用心深い】

形 十分小心，十分謹慎

例 用心深く行動する。(ようじんぶか、こうどう)

小心行事。

128 | りせい【理性】

名 理性

例 理性を失う。(りせい、うしな)

失去理性。

129 | りょうしん【良心】

名 良心

例 良心の呵責に耐えない。(りょうしん、かしゃく、た)

無法承受良心的苛責。

130 | ロマンチック【romantic】

(形動) 浪漫的，傳奇的，風流的，神祕的

例 ロマンチックな考え(かんが)え。

浪漫的想法。

29-2 (1)

29-2 意志 (1) /

意志 (1)

01 | あきらめ【諦め】

(名) 斷念，死心，達觀，想得開

例 あきらめがつかない。

不死心。

02 | あとまわし【後回し】

(名) 往後推，緩辦，延遲

例 それは後回し(あとまわ)しにしよう。

那件事稍後再辦吧。

03 | いこう【意向】

(名) 打算，意圖，意向

例 意向(いこう)を確(たし)かめる。

弄清(某人的)意圖。

04 | いざ

(感)(文)喂，來吧，好啦(表示催促、勸誘他人)；一旦(表示自己決心做某件事)

例 いざとなれば、やるしかない。

一旦發生問題，也只有硬著頭皮幹了。

05 | いし【意思】

(名) 意思，想法，打算

例 意思(いし)が通(つう)じる。

互相了解對方的意思。

06 | いどむ【挑む】

(自他五) 挑戰；找碴；打破紀錄，征服；挑逗，調情

例 試合(しあい)に挑(いど)む。

挑戰比賽。

07 | いと【意図】

(名·他サ) 心意，主意，企圖，打算

例 意図(いと)を隠(かく)す。

隱瞞企圖。

08 | いのり【祈り】

(名) 祈禱，禱告

例 祈(いの)りを捧(ささ)げる。

祈禱。

09 | いよく【意欲】

(名) 意志，熱情

例 意欲(いよく)を燃(も)やす。

激起熱情。

10 | うちこむ【打ち込む】

(他五) 打進，釘進；射進，扣殺；用力扔到；猛撲，(圍棋)攻入對方陣地；灌水泥 (自五) 熱衷，埋頭努力；迷戀

例 受験勉強(じゅけんべんきょう)に打(う)ち込(こ)む。

埋頭準備升學考試。

11 | おかす【冒す】

(他五) 冒著，不顧；冒充

例 危険(きけん)を冒(おか)す。

冒著危險。

12 | おしきる【押し切る】

(他五) 切斷；排除(困難、反對)

例 押(お)し切(き)ってやる。

大膽地做。

13 | おもいきる【思い切る】

(他五) 斷念，死心

例 思(おも)い切(き)ってやってみる。

狠下心做看看。

14 | おろそか【疎か】

(形動) 將該做的事放置不管的樣子；忽略；草率

例 仕事(しごと)をおろそかにする。

工作草率。

15 | かためる【固める】

(他下一) (使物質等)凝固，堅硬；堆集到一處；堅定，使鞏固；加強防守；使安定，使走上正軌；組成

例 守備(しゅび)を固(かた)める。

加強防守。

16 | かなえる【叶える】

(他下一) 使…達到(目的)，滿足…的願望

例 夢(ゆめ)をかなえる。

讓夢想成真。

17 | きよ【寄与】

(名・自サ) 貢獻，奉獻，有助於…

例 世界平和(せかいへいわ)に寄与(きよ)する。

為世界和平奉獻。

18 | げきれい【激励】

(名・他サ) 激勵，鼓勵，鞭策

例 叱咤激励(しったげきれい)。

大大地激勵。

19 | けしさる【消し去る】

(他五) 消滅，消除

例 記憶(きおく)を消(け)し去(さ)る。

消除記憶。

20 | けつい【決意】

(名・自他サ) 決心，決意；下決心

例 決意(けつい)を表明(ひょうめい)する。

表明決心。

21 | けっこう【決行】

(名・他サ) 斷然實行，決定實行

例 雨天決行(うてんけっこう)を提言(ていげん)する。

提議風雨無阻。

22 | こうじょう【向上】

(名・自サ) 向上，進步，提高

例 向上心(こうじょうしん)が強(つよ)い。

很有上進心。

23 | こうちょう【好調】

(名・形動) 順利，情況良好

例 絶好調(ぜっこうちょう)だ。

非常順利。

24 | こころざし【志】

㊔ 志願，志向，意圖；厚意，盛情；表達心意的禮物；略表心意

例 志が高い。

志向高。

25 | こころざす【志す】

(自他五) 立志，志向，志願

例 医者を志す。

立志成為醫生。

26 | こんき【根気】

㊔ 耐性，毅力，精力

例 根気のいる仕事を始める。

著手開始進行需要毅力的工作。

27 | しいて【強いて】

(副) 強迫；勉強；一定…

例 強いて言えば彼を好きだと思う。

如果硬要說的話我覺得我喜歡他。

28 | しいる【強いる】

(他上一) 強迫，強使

例 苦戦を強いられる。

陷入苦戰。

29 | じっせん【実践】

(名·他サ) 實踐，自己實行

例 実践に移す。

付諸實踐。

30 | しのぐ【凌ぐ】

(他五) 忍耐，忍受，抵禦；躲避，排除；闖過，擺脫，應付，冒著；凌駕，超過

例 寒さをしのぐ。

熬過寒冬。

31 | しゅどう【主導】

(名·他サ) 主導；主動

例 主導性を発揮する。

發揮主導性。

32 | しょうきょ【消去】

(名·自他サ) 消失，消去，塗掉；(數)消去法

例 文字を消去する。

刪除文字。

33 | しんぼう【辛抱】

(名·自サ) 忍耐，忍受；(在同一處)耐，耐心工作

例 辛抱が足りない。

耐性不足。

34 | すんなり(と)

(副·自サ) 苗條，細長，柔軟又有彈力；順利，容易，不費力

例 議案がすんなりと通る。

議案順利通過。

35 | せいいっぱい【精一杯】

(形動·副) 竭盡全力

例 精一杯頑張る。

拚了老命努力。

29-2 意志 (2) /
意志 (2)

36 | たいぼう【待望】
名·他サ 期待，渴望，等待

たいぼう　あめ　ふ
例 待望の雨が降った。

期待已久的雨終於降落。

37 | たえる【耐える】
自下一 忍耐，忍受，容忍；擔負，禁得住；(堪える)(不)值得，(不)堪

くつう　た
例 苦痛に耐える。

忍受痛苦。

38 | たんとうちょくにゅう【単刀直入】
名·形動 一人揮刀衝入敵陣；直截了當

たんとうちょくにゅう　い
例 単刀直入に言う。

開門見山地説。

39 | ちゃくもく【着目】
名·自サ 著眼，注目；著眼點

みらい　ちゃくもく
例 未来に着目する。

著眼於未來。

40 | ちゅうとはんぱ【中途半端】
名·形動 半途而廢，沒有完成，不夠徹底

ちゅうとはんぱ　かた
例 中途半端なやり方。

模稜兩可的做法。

41 | ちょうせん【挑戦】
名·自サ 挑戰

ちょうせん　おう
例 挑戦に応じる。

面對挑戰。

42 | ちょくめん【直面】
名·自サ 面對，面臨

きき　ちょくめん
例 危機に直面する。

面臨危機。

43 | つくす【尽くす】
他五 盡，竭盡；盡力

ちから　つ
例 力を尽くす。

盡力。

44 | つとめて【努めて】
副 盡力，盡可能，竭力；努力，特別注意

つと　げんき　だ
例 努めて元気を出す。

盡量打起精神。

45 | つらぬく【貫く】
他五 穿，穿透，穿過，貫穿；貫徹，達到

いっしょう　つらぬ
例 一生を貫く。

貫穿一生。

46 | でなおし【出直し】
名 回去再來，重新再來

げんてん　でなお
例 原点から出直しする。

從原點重新再來。

47｜とどめる

(他下一) 停住；阻止；留下，遺留；止於(某限度)

例 心(こころ)にとどめる。

遺留在心中。

48｜なげだす【投げ出す】

(他五) 拋出，扔下；拋棄，放棄；拿出，豁出，獻出

例 仕事(しごと)を投(な)げ出(だ)す。

扔下工作。

49｜にんたい【忍耐】

(名) 忍耐

例 忍耐強(にんたいづよ)いが恨(うら)みも忘(わす)れない。

會忍耐但也會記仇。

50｜ねばり【粘り】

(名) 黏性，黏度；堅韌頑強

例 粘(ねば)りをみせる。

展現韌性。

51｜ねばる【粘る】

(自五) 黏；有耐性，堅持

例 最後(さいご)まで粘(ねば)る。

堅持到底。

52｜ねんがん【念願】

(名·他サ) 願望，心願

例 長年(ながねん)の念願(ねんがん)が叶(かな)う。

實現多年來的心願。

53｜のぞましい【望ましい】

(形) 所希望的；希望那樣；理想的；最好的…

例 望(のぞ)ましい環境(かんきょう)が整(ととの)った。

理想的環境完備到位了。

54｜はいじょ【排除】

(名·他サ) 排除，消除

例 よそ者(もの)を排除(はいじょ)する。

排除外來者。

55｜はかい【破壊】

(名·自他サ) 破壞

例 環境(かんきょう)を破壊(はかい)する。

破壞環境。

56｜はげます【励ます】

(他五) 鼓勵，勉勵；激發；提高嗓門，聲音，厲聲

例 子供(こども)を励(はげ)ます。

鼓勵孩子。

57｜はげむ【励む】

(自五) 努力，勤勉

例 勉学(べんがく)に励(はげ)む。

努力唸書。

58｜はたす【果たす】

(他五) 完成，實現，履行；(接在動詞連用形後)表示完了，全部等；(宗)還願；(舊)結束生命

例 使(つか)い果(は)たす。

全部用完。

59 | はんする【反する】

自サ 違反；相反；造反

例 予期(よき)に反(はん)する。

與預期相反。

60 | ひたすら

副 只願，一味

例 ひたすら描(えが)き続(つづ)ける。

一心一意作畫。

61 | ひとくろう【一苦労】

名·自サ 費一些力氣，費一些力氣，操一些心

例 説得(せっとく)するのに一苦労(ひとくろう)する。

費了一番功夫説服。

62 | まちどおしい【待ち遠しい】

形 盼望能盡早實現而等待的樣子；期盼已久的

例 会(あ)える日(ひ)が待(ま)ち遠(どお)しい。

期盼已久的會面日。

63 | まちのぞむ【待ち望む】

他五 期待，盼望

例 待(ま)ち望(のぞ)んだマイホームが完成(かんせい)した。

期盼已久的新家終於落成了

64 | みこみ【見込み】

名 希望；可能性；預料，估計，預定

例 見込(みこ)みが薄(うす)い。

希望不大。

65 | もたらす【齎す】

他五 帶來；造成；帶來(好處)

例 幸福(こうふく)をもたらす。

帶來幸福。

66 | やりとおす【遣り通す】

他五 做完，完成

例 最後(さいご)までやり通(とお)す。

做到最後。

67 | やりとげる【遣り遂げる】

他下一 徹底做到完，進行到底，完成

例 目標(もくひょう)を遣(や)り遂(と)げる。

徹底完成目標。

68 | ようぼう【要望】

名·他サ 要求，迫切希望

例 要望(ようぼう)がかなう。

如願以償。

69 | よくぶかい【欲深い】

形 貪而無厭，貪心不足的樣子

例 欲深(よくぶか)い頼(たの)み。

貪而無厭的要求。

70 | よく【欲】

名·漢造 慾望，貪心；希求

例 欲(よく)の皮(かわ)が突(つ)っ張(ぱ)る。

得寸進尺。

29-3

29-3 好き、嫌い / 喜歡、討厭

01 | あこがれ【憧れ】

(名) 憧憬，嚮往

例 憧(あこが)れの人(ひと)に会(あ)えた。

見到了仰慕已久的人。

02 | あざわらう【嘲笑う】

(他五) 嘲笑

例 人(ひと)の失敗(しっぱい)を嘲笑(あざわら)う。

嘲笑他人的失敗。

03 | あまえる【甘える】

(自下一) 撒嬌；利用…的機會，既然…就順從

例 お母(かあ)さんに甘(あま)える。

跟媽媽撒嬌。

04 | いやいや

(名·副) (小孩子搖頭表示不願意)搖頭；勉勉強強，不得已而…

例 赤(あか)ん坊(ぼう)がいやいやをする。

小嬰兒搖頭(表示不願意)。

05 | いや(に)【嫌(に)】

(形動·副) 不喜歡；厭煩；不愉快；(俗)太；非常；離奇

例 今日(きょう)はいやに暑(あつ)い。

今天真是熱。

06 | うぬぼれ【自惚れ】

(名) 自滿，自負，自大

例 うぬぼれが強(つよ)い。

過於自大。

07 | かたおもい【片思い】

(名) 單戀，單相思

例 片思(かたおも)いをする。

單相思。

08 | きずつける【傷付ける】

(他下一) 弄傷；弄出瑕疵，缺陷，毛病，傷痕，損害，損傷；敗壞

例 人(ひと)を傷(きず)つける。

傷害他人。

09 | きにくわない【気に食わない】

(慣) 不稱心；看不順眼

例 気(き)に食(く)わない奴(やつ)だ。

我看他不順眼。

10 | くわずぎらい【食わず嫌い】

(名) 沒嘗過就先說討厭，(有成見而)不喜歡；故意討厭

例 夫(おっと)のジャズ嫌(ぎら)いは食(く)わず嫌(ぎら)いだ。

我丈夫對爵士樂抱有成見。

11 | けいべつ【軽蔑】

(名·他サ) 輕視，藐視，看不起

例 軽蔑(けいべつ)の眼差(まなざ)し。

輕蔑的眼神。

12 | けがす【汚す】

(他五) 弄髒；拌和

例 名誉を汚す。

敗壞名聲。

13 | けがらわしい【汚らわしい】

(形) 好像對方的污穢要感染到自己身上一樣骯髒，討厭，卑鄙

例 汚らわしい金なんて使いたくない。

不義之財我才不用。

14 | けがれる【汚れる】

(自下一) 髒

例 汚れた金。

髒錢。

15 | こいする【恋する】

(自他サ) 戀愛，愛

例 恋する乙女がかわいらしい。

戀愛中的少女真是可愛迷人。

16 | こうい【好意】

(名) 好意，善意，美意

例 好意を抱く。

懷有好感。

17 | こうひょう【好評】

(名) 好評，稱讚

例 好評発売中。

好評發售中。

18 | このましい【好ましい】

(形) 因為符合心中的愛好與期望而喜歡；理想的，滿意的

例 好ましい状態を目指す。

以理想狀態為目標。

19 | しこう【嗜好】

(名·他サ) 嗜好，愛好，興趣

例 酒やタバコなどの嗜好品。

酒或香煙等愛好品。

20 | したう【慕う】

(他五) 愛慕，懷念，思慕；敬慕，敬仰，景仰；追隨，跟隨

例 先生を慕う。

仰慕老師。

21 | しっと【嫉妬】

(名·他サ) 嫉妒

例 嫉妬深い性格。

善妒的性格。

22 | しぶい【渋い】

(形) 澀的；不高興或沒興致，悶悶不樂，陰沉；吝嗇的；厚重深沉，渾厚，雅致

例 好みが渋い。

興趣很典雅。

23 | たんどく【単独】

(名) 單獨行動，獨自

例 単独行動が好きだ。

喜歡單獨行動。

24 | つつく

(他五) 捅，叉，叼，啄；指責，挑毛病

例 人(ひと)の欠点(けってん)をつつく。

挑人毛病。

25 | にくしみ【憎しみ】

(名) 憎恨，憎惡

例 憎(にく)しみを消(け)し去(さ)る。

消除憎恨。

26 | ねたむ【妬む】

(他五) 忌妒，吃醋；妒恨

例 他人(たにん)の幸(しあわ)せを妬(ねた)む。

嫉妒他人幸福。

27 | はまる

(他五) 吻合，嵌入；剛好合適；中計，掉進；陷入；(俗)沉迷

例 ツボにはまる。

正中下懷。

28 | はんかん【反感】

(名) 反感

例 反感(はんかん)をかう。

引起反感。

29 | ひとめぼれ【一目惚れ】

(名·自サ) (俗)一見鍾情

例 受付嬢(うけつけじょう)に一目(ひとめ)惚(ぼ)れする。

對櫃臺小姐一見鍾情。

30 | ぶじょく【侮辱】

(名·他サ) 侮辱，凌辱

例 侮辱的(ぶじょくてき)な言動(げんどう)に激怒(げきど)した。

對屈辱人的言行感到極為憤怒。

31 | みぐるしい【見苦しい】

(形) 令人看不下去的；不好看，不體面；難看

例 見苦(みぐる)しい言(い)い訳(わけ)をする。

丟人現眼的藉口。

32 | むかつく

(自五) 噁心，反胃；生氣，發怒

例 彼(かれ)をみるとむかつく。

一看到他就生氣。

33 | ものずき【物好き】

(名·形動) 從事或觀看古怪東西；也指喜歡這樣的人；好奇

例 物好(ものず)きな人(ひと)がいる。

有好事之徒。

34 | もめる【揉める】

(自下一) 發生糾紛，擔心

例 兄弟間(きょうだいかん)でもめる。

兄弟鬩牆。

35 | れんあい【恋愛】

(名·自サ) 戀愛

例 職場(しょくば)恋愛(れんあい)に陥(おちい)る。

陷入辦公室戀情。

29-4

29-4 喜び、笑い / 高興、笑

01 | かんむりょう【感無量】

名·形動(同「感慨無量」)感慨無量

例 感無量(かんむりょう)な面持(おもも)ち。

感慨萬千的神情。

02 | きょうじる【興じる】

自上一(同「興ずる」)感覺有趣，愉快，以…自娛，取樂

例 遊(あそ)びに興(きょう)じる。

玩得很起勁。

03 | くすぐったい

形 被搔癢到想發笑的感覺；發癢，癢癢的

例 首(くび)がくすぐったい。

脖子發癢。

04 | こころよい【快い】

形 高興，愉快，爽快；(病情)良好

例 快(こころよ)い環境(かんきょう)を創出(そうしゅつ)する。

創造出愉快的環境來。

05 | こっけい【滑稽】

形動 滑稽，可笑；詼諧

例 滑稽(こっけい)な格好(かっこう)をする。

打扮滑稽的模樣。

06 | じゅうじつ【充実】

名·自サ 充實，充沛

例 充実(じゅうじつ)した内容(ないよう)が盛(も)り込(こ)まれている。

加入充實的內容。

07 | なごやか【和やか】

形動 心情愉快，氣氛和諧；和睦

例 和(なご)やかな雰囲気(ふんいき)。

和諧的氣氛。

08 | はずむ【弾む】

自五 跳，蹦；(情緒)高漲；提高(聲音)；(呼吸)急促 他五(狠下心來)花大筆錢買

例 心(こころ)が弾(はず)む。

心情雀躍。

09 | ふく【福】

名·漢造 福，幸福，幸運

例 笑(わら)う門(かど)には福(ふく)来(きた)る。

笑口常開有福報。

29-5

29-5 悲しみ、苦しみ / 悲傷、痛苦

01 | あつりょく【圧力】

名 (理)壓力；制伏力

例 圧力(あつりょく)を感(かん)じる。

備感壓力。

02 | いためめ【痛い目】

名 痛苦的經驗

例 痛(いた)い目(め)に遭(あ)う。

難堪；倒楣。

03 | うざい

(俗語) 陰鬱，鬱悶(「うざったい」之略)

例 うざい天気が続きます。

接連不斷的陰霾天氣。

04 | うずめる【埋める】

(他下一) 掩埋，填上；充滿，擠滿

例 彼の胸に顔をうずめて泣く。

臉埋在他的胸前哭了。

05 | うつろ

(名·形動) 空，空心，空洞；空虛，發呆

例 うつろな目で見つめた。

以空洞的眼神注視著。

06 | おちこむ【落ち込む】

(自五) 掉進，陷入；下陷；(成績、行情)下跌；得到，落到手裡

例 景気が落ち込む。

景氣下滑。

07 | かかえこむ【抱え込む】

(他五) 雙手抱

例 悩みを抱え込む。

懷抱著煩惱。

08 | がっくり

(副·自サ) 頹喪，突然無力地

例 がっくりと首を垂れる。

沮喪地垂下頭。

09 | きずつく【傷付く】

(自五) 受傷，負傷；弄出瑕疵，缺陷，毛病(威信、名聲等)遭受損害或敗壞，(精神)受到創傷

例 心が傷つく。

精神受到創傷。

10 | ぐち【愚痴】

(名) (無用的，於事無補的)牢騷，抱怨

例 愚痴をこぼす。

發牢騷。

11 | くよくよ

(副·自サ) 鬧彆扭；放在心上，想不開，煩惱

例 小さいことにくよくよするな。

別為小事想不開。

12 | く【苦】

(名·漢造) 苦(味)；痛苦；苦惱；辛苦

例 苦になる。

為…而苦惱。

13 | こころぼそい【心細い】

(形) 因為沒有依靠而感到不安；沒有把握

例 心細い思いをする。

感到不安害怕。

14 | こどく【孤独】

(名·形動) 孤獨，孤單

例 孤独な人生。

孤獨的人生。

15 | こりつ【孤立】

名·自サ 孤立

例 周辺から孤立する。

被周遭孤立。

16 | せつない【切ない】

形 因傷心或眷戀而心中煩悶；難受；苦惱，苦悶

例 切ない思いを描く。

描繪痛苦郁悶的心情。

17 | ぜつぼう【絶望】

名·自サ 絕望，無望

例 絶望のどん底から這い上がった。

從絕望的深淵中爬出來。

18 | だいなし【台無し】

名 弄壞，毀損，糟蹋，完蛋

例 計画が台無しになる。

破壞了計畫。

19 | つうせつ【痛切】

形動 痛切，深切，迫切

例 痛切に実感する。

深切的感受到。

20 | とまどい【戸惑い】

名·自サ 困惑，不知所措

例 戸惑いを隠せない。

掩不住困惑。

21 | とまどう【戸惑う】

自五 （夜裡醒來）迷迷糊糊，不辨方向；找不到門；不知所措，困惑

例 急に質問されて戸惑う。

突然被問不知如何回答。

22 | なげく【嘆く】

自五 嘆氣；悲嘆；嘆惋，慨嘆

例 悲運を嘆く。

感嘆命運的悲哀。

23 | なさけない【情けない】

形 無情，沒有仁慈心；可憐，悲慘；可恥，令人遺憾

例 情け無いことが書かれている。

羞恥的事情被拿來做文章。

24 | なやましい【悩ましい】

形 因疾病或心中有苦處而難過，難受；特指性慾受刺激而情緒不安定；煩惱，惱

例 悩ましい日々を送る。

過著苦難的日子。

25 | なやます【悩ます】

他五 使煩惱，煩擾，折磨；惱人，迷人

例 頭を悩ます。

傷惱筋。

26 | なやみ【悩み】

名 煩惱，苦惱，痛苦；病，患病

例 悩みを相談する。

商談苦惱。

27 | なん【難】

名·漢造 困難；災，苦難；責難，問難

例 食糧難(しょくりょうなん)に陥(おちい)る。

陷入糧荒。

28 | はかない

形 不確定，不可靠，渺茫；易變的，無法長久的，無常

例 人(ひと)の命(いのち)ははかない。

人的生命無常。

29 | ひさん【悲惨】

名·形動 悲慘，悽慘

例 悲惨(ひさん)な情景(じょうけい)が目(め)に浮(う)かぶ。

悲慘的情景浮現在眼前。

30 | むなしい【空しい・虚しい】

形 沒有內容，空的，空洞的；付出努力卻無成果，徒然的，無效的(名詞形為「空しさ」)

例 むなしい一生(いっしょう)を送(おく)っていた。

度過虛幻的一生。

31 | もろい【脆い】

形 易碎的，容易壞的，脆的；容易動感情的，心軟，感情脆弱；容易屈服，軟弱，窩囊

例 涙(なみだ)にもろい人(ひと)。

心軟愛掉淚的人。

32 | ゆううつ【憂鬱】

名·形動 憂鬱，鬱悶；愁悶

例 憂鬱(ゆううつ)な気分(きぶん)になる。

心情憂鬱。

29-6 驚き、恐れ、怒り / 驚懼、害怕、憤怒

01 | あざむく【欺く】

他五 欺騙；混淆，勝似

例 甘言(かんげん)をもって欺(あざむ)く。

用甜言蜜語騙人。

02 | いかり【怒り】

名 憤怒，生氣

例 怒(いか)りがこみ上(あ)げる。

怒上心頭。

03 | うっとうしい

形 天氣，心情等陰鬱不明朗；煩厭的，不痛快的

例 前髪(まえがみ)がうっとうしい。

瀏海很惱人。

04 | おそれいる【恐れ入る】

自五 真對不起；非常感激；佩服，認輸；感到意外；吃不消，為難

例 恐(おそ)れ入(い)ります。

不好意思。

05 | おそれ【恐れ】

名 害怕，恐懼；擔心，擔憂，疑慮

例 失敗(しっぱい)の恐(おそ)れがある。

恐怕會失敗。

06 | おっかない

㊎（俗）可怕的，令人害怕的，令人提心吊膽的

例 おっかない客が店長を呼べって。

令人提心吊膽的顧客粗聲説:「叫店長來」。

07 | おどす【脅す・威す】

他五 威嚇，恐嚇，嚇唬

例 刃物で脅す。

拿刀威嚇。

08 | おどろき【驚き】

名 驚恐，吃驚，驚愕，震驚

例 驚きを隠せない。

掩不住心中的驚訝。

09 | おびえる【怯える】

自下一 害怕，懼怕；做惡夢感到害怕

例 恐怖に怯える。

恐懼害怕。

10 | おびやかす【脅かす】

他五 威脅；威嚇，嚇唬；危及，威脅到

例 安全を脅かす。

威脅到安全。

11 | かんかん

副·形動 硬物相撞聲；火、陽光等炙熱強烈貌；大發脾氣

例 父はかんかんになって怒った。

父親批哩啪啦地大發雷霆。

12 | きょうい【驚異】

名 驚異，奇事，驚人的事

例 大自然の驚異。

大自然的奇觀。

13 | キレる

自下一（俗）突然生氣，發怒

例 キレる子供たち。

暴怒的孩子們。

14 | こりる【懲りる】

自上一（因為吃過苦頭）不敢再嘗試

例 失敗して懲りた。

一朝被蛇咬，十年怕草繩。

15 | しょうげき【衝撃】

名（精神的）打擊，衝擊；（理）衝撞

例 衝撃を与える。

給予打擊。

16 | たいまん【怠慢】

名·形動 怠慢，玩忽職守，鬆懈；不注意

例 職務怠慢が挙げられる。

被檢舉疏忽職守。

17 | ちくしょう【畜生】

名 牲畜，畜生，動物；（罵人）畜生，混帳

例 失敗した、畜生！

混帳！失敗了。

18｜どうよう【動揺】

(名·自他サ) 動搖，搖動，搖擺；(心神)不安，不平靜；異動

例 人心(じんしん)が動揺(どうよう)する。

人心動搖。

19｜とぼける【惚ける・恍ける】

(自下一) (腦筋)遲鈍，發呆；裝糊塗，裝傻；出洋相，做滑稽愚蠢的言行

例 とぼけた顔(かお)をする。

裝出一臉糊塗樣。

20｜なじる【詰る】

(他五) 責備，責問

例 部下(ぶか)をなじる。

責備部下。

21｜なんと

(副) 怎麼，怎樣

例 なんと立派(りっぱ)な庭(にわ)だ。

多棒的庭院啊。

22｜ののしる【罵る】

(自五) 大聲吵鬧　(他五) 罵，説壞話

例 人(ひと)を罵(ののし)る。

罵人。

23｜ばかばかしい【馬鹿馬鹿しい】

(形) 毫無意義與價值，十分無聊，非常愚蠢

例 馬鹿馬鹿(ばかばか)しいことをいう。

説蠢話。

24｜はらだち【腹立ち】

(名) 憤怒，生氣

例 腹立(はらだ)ちを抑(おさ)える。

壓抑憤怒。

25｜はらはら

(副·自サ) (樹葉、眼淚、水滴等)飄落或是簌簌落下貌；非常擔心的樣子

例 はらはらドキドキする。

心頭噗通噗通地跳。

26｜はんぱつ【反発】

(名·自他サ) 排斥，彈回；抗拒，不接受；反抗；(行情)回升

例 反発(はんぱつ)を招(まね)く。

遭到反抗。

27｜ひめい【悲鳴】

(名) 悲鳴，哀鳴；驚叫，叫喊聲；叫苦，感到束手無策

例 悲鳴(ひめい)を上(あ)げる。

慘叫。

28｜ぶきみ【不気味】

(形動) (不由得)令人毛骨悚然，令人害怕

例 不気味(ぶきみ)な笑(わら)い声(ごえ)が聞(き)こえてくる。

聽到令人毛骨悚然的笑聲。

29｜ふふく【不服】

(名·形動) 不服從；抗議，異議；不滿意，不心服

例 不服(ふふく)を申(もう)し立(た)てる。

提出異議。

30 | ふんがい【憤慨】

(名·自サ) 憤慨，氣憤

例 ひどく憤慨(ふんがい)する。

非常氣憤。

31 | へいこう【閉口】

(名·自サ) 閉口(無言)；為難，受不了；認輸

例 彼(かれ)の喋(しゃべ)りには閉口(へいこう)する。

他的喋喋不休叫人吃不消。

32 | へきえき【辟易】

(名·自サ) 畏縮，退縮，屈服；感到為難，感到束手無策

例 彼(かれ)のわがままに辟易(へきえき)する。

對他的任性感到束手無策。

33 | めざましい【目覚ましい】

(形) 好到令人吃驚的；驚人；突出

例 目覚(めざま)しい発展(はってん)を遂(と)げる。

取得了驚人的發展。

34 | やばい

(形) (俗)(對作案犯法的人警察將進行逮捕)不妙，危險

例 見(み)つかったらやばいぞ。

如果被發現就不好了啦。

35 | よくあつ【抑圧】

(名·他サ) 壓制，壓迫

例 抑圧(よくあつ)を受(う)ける。

受壓迫。

36 | わずらわしい【煩わしい】

(形) 複雜紛亂，非常麻煩；繁雜，繁複

例 煩(わずら)わしい人間関係(にんげんかんけい)は面倒(めんどう)だ。

複雜的人際關係真是麻煩。

29-7

29-7 感謝、後悔 / 感謝、悔恨

01 | あしからず【悪しからず】

(連語·副) 不要見怪；原諒

例 あしからずご了承願(りょうしょうねが)います。

請予原諒。

02 | おおめ【大目】

(名) 寬恕，饒恕，容忍

例 大目(おおめ)に見(み)る。

寬恕，不追究。

03 | おしむ【惜しむ】

(他五) 吝惜，捨不得；惋惜，可惜

例 努力(どりょく)を惜(お)しまない。

努力不懈。

04 | かなう【叶う】

(自五) 適合，符合，合乎；能，能做到；(希望等)能實現，能如願以償

例 望(のぞ)みがかなう。

實現願望。

05 | かんべん【勘弁】

(名·他サ) 饒恕，原諒，容忍；明辨是非

例 勘弁(かんべん)してください。

請饒了我吧。

06 | こうかい【後悔】

(名·他サ) 後悔，懊悔

例 後悔先に立たず。

後悔莫及。

07 | サンキュー【thank you】

(感) 謝謝

例 サンキューカードを出す。

寄出感謝卡。

08 | しゃざい【謝罪】

(名·自他サ) 謝罪；賠禮

例 失礼を謝罪する。

為失禮而賠不是。

09 | たまう

(他五·補動·五型) (敬)給，賜予；(接在動詞連用形下)表示對長上動作的敬意

例 お言葉を賜う。

拜賜良言。

10 | どげざ【土下座】

(名·自サ) 跪在地上；低姿態

例 土下座して謝る。

下跪道歉。

11 | むねん【無念】

(名·形動) 什麼也不想，無所牽掛；懊悔，悔恨，遺憾

例 無念な死に方。

遺憾的死法。

12 | めいよ【名誉】

(名·造語) 名譽，榮譽，光榮；體面；名譽頭銜

例 名誉教授になる。

當上榮譽教授。

13 | めぐみ【恵み】

(名) 恩惠，恩澤；周濟，施捨

例 恵みの雨が降る。

降下恩澤之雨。

14 | めぐむ【恵む】

(他五) 同情，憐憫；施捨，周濟

例 恵まれた環境にいる。

生在得天獨厚的環境裡。

15 | めんぼく・めんもく【面目】

(名) 臉面，面目；名譽，威信，體面

例 面目が立たない。

丟臉。

パート
30
第三十章

思考、言語

- 思考、語言 -

30-1

30-1 思考 /
思考

01 | あやぶむ【危ぶむ】
他五 操心，擔心；認為靠不住，有風險
例 事業の成功を危ぶむ。
擔心事業是否能成功。

02 | ありふれる
自下一 常有，不稀奇
例 それはありふれた考えだ。
那是大家都想得到的普通想法。

03 | い【意】
名 心意，心情；想法；意思，意義
例 哀悼の意を表す。
表達哀悼之意。

04 | いまさら【今更】
副 現在才…；(後常接否定語)現在開始；(後常接否定語)現在重新…；(後常接否定語)事到如今，已到了這種地步
例 いまさら言うまでもない。
事到如今也不用再提了。

05 | いそん・いぞん【依存】
名·自サ 依存，依靠，賴以生存
例 人民の力に依存する。
依靠人民的力量。

06 | おこない【行い】
名 行為，形動；舉止，品行
例 行いを改める。
改正言行舉止。

07 | おもいつき【思いつき】
名 想起，(未經深思)隨便想；主意
例 思い付きでものを言う。
到什麼就說什麼。

08 | かえりみる【省みる】
他上一 反省，反躬，自問
例 自らを省みる。
自我反省。

09 | かえりみる【顧みる】
他上一 往回看，回頭看；回顧；顧慮；關心，照顧
例 家庭を顧みる。
照顧家庭。

10 | かっきてき【画期的】
形動 劃時代的
例 画期的な発明。
劃時代的發明。

11 | かなわない

(連語)（「かなう」的未然形 + ない）不是對手，敵不過，趕不上的

例 暑(あつ)くてかなわない。

熱得受不了。

12 | がる

(接尾) 覺得…；自以為…

例 面白(おもしろ)がる。

覺得好玩。

13 | かろうじて【辛うじて】

(副) 好不容易才…，勉勉強強地…

例 かろうじて間(ま)に合(あ)う。

好不容易才趕上。

14 | きょくたん【極端】

(名·形動) 極端；頂端

例 極端(きょくたん)な例(れい)。

極端的例子。

15 | くいちがう【食い違う】

(自五) 不一致，有分歧；交錯，錯位

例 意見(いけん)が食(く)い違(ちが)う。

意見紛歧。

16 | けんち【見地】

(名) 觀點，立場；（到建築預定地等）勘查土地

例 教育的(きょういくてき)な見地(けんち)に立(た)つ。

站在教育的立場上。

17 | こうそう【構想】

(名·他サ)（方案、計畫等）設想；（作品、文章等）構思

例 構想(こうそう)を練(ね)る。

推敲構思。

18 | こらす【凝らす】

(他五) 凝集，集中

例 目(め)を凝(こ)らす。

凝視。

19 | さえる【冴える】

(自下一) 寒冷，冷峭；清澈，鮮明；（心情、目光等）清醒，清爽；（頭腦、手腕等）靈敏，精巧，純熟

例 今日(きょう)は気分(きぶん)が冴(さ)えない。

今天精神狀況不佳。

20 | さく【策】

(名) 計策，策略，手段；鞭策；手杖

例 解決策(かいけつさく)を見出(みいだ)す。

找出解決的方法。

21 | しこう【思考】

(名·自他サ) 思考，考慮；思維

例 思考(しこう)を巡(めぐ)らせる。

多方思考。

22 | じゅうなん【柔軟】

(形動) 柔軟；頭腦靈活

例 柔軟(じゅうなん)な考(かんが)え方(かた)が身(み)につく。

學會靈活的思考。

23 | たてまえ【建前】

㊔ 主義，方針，主張；外表；(建)上樑儀式

例 本音と建前。

真心話與場面話。

24 | どうい【同意】

名·自サ 同義；同一意見，意見相同；同意，贊成

例 同意を求める。

徵求同意。

25 | とって

提助·接助 (助詞「とて」添加促音)(表示不應視為例外)就是，甚至；(表示把所説的事物做為對象加以提示)所謂；説是；即使説是；(常用「…こととて」表示不得已的原因)由於，因為

例 私にとって一大事だ。

對於我來説是件大事。

26 | とんだ

連體 意想不到的(災難)；意外的(事故)；無法挽回的

例 とんだ勘違いをする。

意想不到地會錯意了。

27 | ネタ

㊔ (俗)材料；證據

例 小説のネタを考える。

思考小説的題材。

28 | ねる【練る】

他五 (用灰汁、肥皂等)熬成熟絲，熟絹；推敲，錘鍊(詩文等)；修養，鍛鍊

自五 成隊遊行

例 策略を練る。

推敲策略。

29 | ねん【念】

名·漢造 念頭，心情，觀念；宿願；用心；思念，考慮

例 念を押す。

反覆確認。

30 | はくじゃく【薄弱】

形動 (身體)軟弱，孱弱；(意志)不堅定，不強；不足

例 意思が薄弱だ。

意志薄弱。

31 | ひそか【密か】

形動 悄悄地不讓人知道的樣子；祕密，暗中；悄悄，偷偷

例 密かに進める。

暗中進行。

32 | ひとちがい【人違い】

名·自他サ 認錯人，弄錯人

例 後ろ姿がそっくりなので人違いする。

因為背影相似所以認錯人。

33 | もうしぶん【申し分】

㊔ 可挑剔之處，缺點；申辯的理由，意見

例 申し分ない。

無可挑剔。

◉ 30-2 (1)

30-2 判断 (1) /
判斷 (1)

01 | あえて【敢えて】

副 敢；硬是，勉強；(下接否定)毫(不)，不見得

例 あえて危険を冒す。

鋌而走險。

02 | あかし【証】

名 證據，證明

例 身の証を立てる。

證明自身清白。

03 | あて【当て】

名 目的，目標；期待，依賴；撞，擊；墊敷物，墊布

例 当てのない旅に出た。

出發進行一場沒有目的地的旅行。

04 | あやふや

形動 態度不明確的；靠不住的樣子；含混的；曖昧的

例 あやふやな返事をする。

含糊其詞的回答。

05 | あんのじょう【案の定】

副 果然，不出所料

例 案の定失敗した。

果然失敗了。

06 | イエス【yes】

名·感 是，對；同意

例 イエス・マンになった。

變成唯唯諾諾的人。

07 | いかなる

連體 如何的，怎樣的，什麼樣的

例 いかなる危険も恐れない。

不怕任何危險。

08 | いかに

副·感 如何，怎麼樣；(後面多接「ても」)無論怎樣也；怎麼樣；怎麼回事；(古)喂

例 いかにすべきかわからない。

不知如何是好。

09 | いかにも

副 的的確確，完全；實在；果然，的確

例 いかにもそうだ。

的確是那樣。

10 | いずれも【何れも】

連語 無論哪一個都，全都

例 いずれも優れた短編を集める。

集結所有傑出的短篇。

11 | うちけし【打ち消し】

㊔ 消除，否認，否定；(語法)否定

例 打ち消し合う。

相互否定。

12 | かくしん【確信】

(名·他サ) 確信，堅信，有把握

例 確信を持つ。

有信心。

13 | かくてい【確定】

(名·自他サ) 確定，決定

例 当選確定のメールが来た。

收到確定當選電子郵件。

14 | かくりつ【確立】

(名·自他サ) 確立，確定

例 信頼関係を確立する。

確立互信關係。

15 | かりに【仮に】

(副) 暫時；姑且；假設；即使

例 仮に定める。

暫定。

16 | かり【仮】

㊔ 暫時，暫且；假；假說

例 仮契約を作る。

製作臨時契約。

17 | きょくげん【極限】

㊔ 極限

例 極限を超える。

超過極限。

18 | きょぜつ【拒絶】

(名·他サ) 拒絕

例 拒絶反応を抑える。

(醫)抑制抗拒反應。

19 | きょひ【拒否】

(名·他サ) 拒絕，否決

例 受け取り拒否。

拒絕領取。

20 | ぎわく【疑惑】

㊔ 疑惑，疑心，疑慮

例 疑惑が晴れる。

解除疑惑。

21 | きわめて【極めて】

(副) 極，非常

例 極めて難しい。

非常困難。

22 | くつがえす【覆す】

(他五) 打翻，弄翻，翻轉；(將政權、國家)推翻，打倒；徹底改變，推翻(學說等)

例 常識を覆す。

顛覆常識。

23 | げんみつ【厳密】

形動 嚴密；嚴格

例 厳密(げんみつ)に言(い)う。

嚴格來説。

24 | ごうい【合意】

名·自サ 同意，達成協議，意見一致

例 合意(ごうい)に達(たっ)する。

達成協議。

25 | ことによると

副 可能，説不定，或許

例 ことによると病気(びょうき)かもしれない。

也許是生病了也説不定。

26 | こんどう【混同】

名·自他サ 混同，混淆，混為一談

例 公私(こうし)を混同(こんどう)する。

公私混淆。

27 | さぞ

副 想必，一定是

例 さぞ疲(つか)れたことでしょう。

想必一定很累了吧。

28 | さぞかし

副 (「さぞ」的強調)想必，一定

例 さぞかし喜(よろこ)ぶでしょう。

想必很開心吧。

29 | さっする【察する】

他サ 推測，觀察，判斷，想像；體諒，諒察

例 気持(きも)ちを察(さっ)する。

理解對方的感受。

30 | さほど

副 (後多接否定語)並(不是)，並(不像)，也(不是)

例 さほど問題(もんだい)ではない。

問題沒有多嚴重。

30-2 (2)

30-2 判斷 (2) /

判斷 (2)

31 | さも

副 (從一旁看來)非常，真是；那樣，好像

例 さもうれしそうな顔(かお)をする。

神情看起來似乎非常開心。

32 | じしゅ【自主】

名 自由，自主，獨立

例 自主(じしゅ)トレーニングを行(おこな)った。

進行自由練習。

33 | したしらべ【下調べ】

名·他サ 預先調查，事前考察；預習

例 下調(したしら)べを怠(おこた)る。

預習偷懶。

34 | しまつ【始末】

(名·他サ) (事情的)始末，原委；情況，狀況；處理，應付；儉省，節約

例 始末（しまつ）がつく。

得以解決。

35 | しんさ【審査】

(名·他サ) 審查

例 応募者（おうぼしゃ）を審査（しんさ）する。

審查應徵者。

36 | しんにん【信任】

(名·他サ) 信任

例 信任（しんにん）が厚（あつ）い。

深受信任。

37 | すいそく【推測】

(名·他サ) 推測，猜測，估計

例 推測（すいそく）が当（あ）たる。

猜對了。

38 | すいり【推理】

(名·他サ) 推理，推論，推斷

例 推理小説（すいりしょうせつ）が流行（りゅうこう）している。

推理小說正流行。

39 | せいする【制する】

(他サ) 制止，壓制，控制；制定

例 はやる気持（きも）ちを制（せい）する。

抑止焦急的心情。

40 | せいみつ【精密】

(名·形動) 精密，精確，細緻

例 精密（せいみつ）な検査（けんさ）を受（う）ける。

接受精密的檢查。

41 | ぜせい【是正】

(名·他サ) 更正，糾正，訂正，矯正

例 格差（かくさ）を是正（ぜせい）する。

修正差價。

42 | そうおう【相応】

(名·自サ·形動) 適合，相稱，適宜

例 身分相応（みぶんそうおう）な暮（く）らしをする。

過著與身份相符的生活。

43 | そくばく【束縛】

(名·他サ) 束縛，限制

例 時間（じかん）に束縛（そくばく）される。

受時間限制。

44 | そし【阻止】

(名·他サ) 阻止，擋住，阻塞

例 反対派（はんたいは）の入場（にゅうじょう）を阻止（そし）する。

阻止反對派的進場。

45 | それゆえ【それ故】

(連語·接續) 因為那個，所以，正因為如此

例 それ故（ゆえ）申請（しんせい）を却下（きゃっか）する。

因此駁回申請。

46 | たいおう【対応】

(名·自サ) 對應，相對，對立；調和，均衡；適應，應付

例 対応策(たいおうさく)を検討(けんとう)する。

商討對策。

47 | たいがい【大概】

(名·副) 大概，大略，大部分；差不多，不過份

例 ふざけるのも大概(たいがい)にしろ。

開玩笑也該適可而止。

48 | たいしょ【対処】

(名·自サ) 妥善處置，應付，應對

例 新情勢(しんじょうせい)に対処(たいしょ)する。

應付新情勢。

49 | だきょう【妥協】

(名·自サ) 妥協，和解

例 妥協(だきょう)をはかる。

謀求妥協。

50 | だけつ【妥結】

(名·自サ) 妥協，談妥

例 交渉(こうしょう)が妥結(だけつ)する。

談判達成協議。

51 | だったら

(接續) 這樣的話，那樣的話

例 だったら明日(あす)にしよう。

這樣的話，明天再做吧。

52 | だと

(格助) (表示假定條件或確定條件)如果是…的話…

例 毎日(まいにち)が日曜日(にちようび)だといいな。

如果每天都是星期天就好了。

53 | だんげん【断言】

(名·他サ) 斷言，斷定，肯定

例 失敗(しっぱい)はないと断言(だんげん)する。

斷言絕不失敗。

54 | だんぜん【断然】

(副·形動タルト) 斷然；顯然，確實；堅決；(後接否定語)絕(不)

例 断然認(だんぜんみと)めない。

絕不承認。

55 | てまわし【手回し】

(名) 準備，安排，預先籌畫；用手搖動

例 手回(てまわ)しがいい。

準備周到。

56 | てきぎ【適宜】

(副·形動) 適當，適宜；斟酌；隨意

例 適宜(てきぎ)に指示(しじ)を与(あた)える。

適當給予意見。

57 | どうにか

(副) 想點法子；(經過一些曲折)總算，好歹，勉勉強強

例 どうにかなるだろう。

總會有辦法的。

58 | とかく

副·自サ 種種，這樣那樣(流言、風聞等)；動不動，總是；不知不覺就，沒一會就

例 とかく日本人の口には合わない。

總之，不合日本人的胃口。

59 | とがめる【咎める】

他下一 責備，挑剔；盤問 自下一 (傷口等)發炎，紅腫

例 罪を咎める。

問罪。

60 | とりあえず【取りあえず】

副 匆忙，急忙；(姑且)首先，暫且先

例 取るものもとりあえず。

急急忙忙。

30-2 (3)

30-2 判断 (3) / 判斷 (3)

61 | とりまぜる【取り混ぜる】

他下一 攙混，混在一起

例 大小取り混ぜる。

(尺寸)大小混在一起。

62 | なおさら

副 更加，越，更

例 なおさらよくない。

更加不好了。

63 | なるたけ

副 盡量，儘可能

例 なるたけ早く来てください。

請盡可能早點前來。

64 | なんだか【何だか】

連語 是什麼；(不知道為什麼)總覺得，不由得

例 何だかとても眠い。

不知道為什麼很睏。

65 | にんしき【認識】

名·他サ 認識，理解

例 認識を深める。

加深理解。

66 | はかる【図る・謀る】

他五 圖謀，策劃；謀算，欺騙；意料；謀求

例 自殺を図る。

意圖自殺。

67 | はばむ【阻む】

他五 阻礙，阻止

例 行く手を阻む。

妨礙將來。

68 | はんてい【判定】

名·他サ 判定，判斷，判決

例 判定で負ける。

被判定輸了比賽。

69 | ひかえる【控える】

自下一 在旁等候，待命 他下一 拉住，勒住；控制，抑制；節制；暫時不…；面臨，靠近；(備忘)記下；(言行)保守，穩健

例 支出を控える。

節制支出。

70 | ひつぜん【必然】

㊔ 必然

例 その必然性を問う。

追究其必然性。

71 | ふかけつ【不可欠】

名·形動 不可缺，必需

例 これは不可欠の要素だ。

這是必不可欠缺的條件。

72 | ふしん【不審】

名·形動 懷疑，疑惑；不清楚，可疑

例 不審な人物を見掛ける。

發現可疑人物。

73 | ベスト【best】

㊔ 最好，最上等，最善，全力

例 ベストを尽くす。

盡全力。

74 | べんぎ【便宜】

名·形動 方便，便利；權宜

例 便宜を図る。

謀求方便。

75 | ほうき【放棄】

名·他サ 放棄，喪失

例 権利を放棄する。

放棄權利。

76 | まぎれる【紛れる】

自下一 混入，混進；(因受某事物吸引)注意力分散，暫時忘掉，消解

例 人混みに紛れて見失った。

混入人群看不見了。

77 | まして

副 何況，況且；(古)更加

例 ましてや私にできるわけがない。

何況我不可能做得來的。

78 | みあわせる【見合わせる】

他下一 (面面)相視；暫停，暫不進行；對照

例 予定を見合わせる。

預定計畫暫緩。

79 | みとおし【見通し】

㊔ 一直看下去；(對前景等的)預料，推測

例 見通しが甘かった。

預想得太樂觀。

80 | みなす【見なす】

他五 視為，認為，看成；當作

例 正解と見なす。

當作是正確答案。

81 | みはからう【見計らう】

他五 斟酌，看著辦，選擇

例 タイミングを見計らう。

斟酌時機。

82 | むだん【無断】

㊔ 擅自，私自，事前未經允許，自作主張

例 無断欠勤する。

擅自缺席。

83 | むやみ（に）【無闇（に）】

名·形動 （不加思索的）胡亂，輕率；過度，不必要

例 むやみにお金を使う。

胡亂花錢。

84 | むよう【無用】

㊔ 不起作用，無用處；無需，沒必要

例 心配無用です。

無須擔心。

85 | もくろむ【目論む】

他五 計畫，籌畫，企圖，圖謀

例 大事業をもくろむ。

籌畫一項大事業。

86 | もしくは

接續 （文）或，或者

例 火曜日もしくは木曜日に。

在週二或週四。

87 | もっぱら【専ら】

㊓ 專門，主要，淨；（文）專擅，獨攬

例 専ら練習に励む。

專心致志努力練習。

88 | ゆえ（に）【故（に）】

接續·接助 理由，緣故；（某）情況；（前皆體言表示原因）因為

例 ユダヤ人であるが故に迫害された。

因為是猶太人因此遭到迫害。

89 | ようする【要する】

他サ 需要；埋伏；摘要，歸納

例 長い時間を要する。

需要很長的時間。

90 | よくせい【抑制】

名·他サ 抑制，制止

例 感情を抑制する。

抑制情感。

91 | よし【良し】

㊒ （「よい」的文語形式）好，行，可以

例 終わりよければすべて良し。

結果好就是好的。

92 | よしあし【善し悪し】

㊔ 善惡，好壞；有利有弊，善惡難明

例 善し悪しを見分ける。

分辨是非。

93 | るいすい【類推】

名·他サ 類推；類比推理

例 類推して問題を解決する。

以此類推解決問題。

94 | ろく

名·形動·副 (物體的形狀)端正，平正；正常，普通；像樣的，令人滿意的；好的；正經的，好好的，認真的；(下接否定)很好地，令人滿意地，正經地

例 ろくな話(はなし)をしない。

不說正經話。

95 | わざわざ

副 特意，特地；故意地

例 わざわざ出(で)かける。

特地出門。

30-3 (1)

30-3 理解 (1) /
理解 (1)

01 | アプローチ【approach】

名·自サ 接近，靠近；探討，研究

例 科学的(かがくてき)なアプローチで作(つく)られた。

以科學的探討程序製作而成。

02 | オプション【option】

名 選擇，取捨

例 オプション機能(きのう)を追加(ついか)する。

增加選項的功能。

03 | がいとう【該当】

名·自サ 相當，適合，符合(某規定、條件等)

例 該当(がいとう)する項目(こうもく)にチェックする。

核對符合的項目。

04 | かいめい【解明】

名·他サ 解釋清楚

例 真実(しんじつ)を解明(かいめい)する。

解開真相。

05 | がたい【難い】

接尾 上接動詞連用形，表示「很難(做)…」的意思

例 忘(わす)れ難(がた)い。

難忘。

06 | がっち【合致】

名·自サ 一致，符合，吻合

例 事実(じじつ)に合致(がっち)する。

與事實相符。

07 | カテゴリ(一)【(德) Kategorie】

名 種類，部屬；範疇

例 カテゴリー別(べつ)に分(わ)ける。

依類別區分。

08 | ぎんみ【吟味】

名·他サ (吟頌詩歌)仔細體會，玩味；(仔細)斟酌，考慮

例 食材(しょくざい)を吟味(ぎんみ)する。

仔細斟酌食材。

09 | けいせき【形跡】

名 形跡，痕跡

例 形跡(けいせき)を残(のこ)す。

留下痕跡。

10 | けいたい【形態】

㊔ 型態，形狀，樣子

例 新しい政治形態を受け入れる。

接受新的政治形態。

11 | けい【系】

漢造 系統；系列；系別；(地層的年代區分)系

例 ヴィジュアル系。

視覺系。

12 | けん【件】

㊔ 事情，事件；(助數詞用法)件

例 その件について。

關於那件事。

13 | こころみる【試みる】

他上一 試試，試驗一下

例 あれこれ試みる。

多方嘗試。

14 | こころみ【試み】

㊔ 試，嘗試

例 最初の試みが上手くいかなかった。

第一次嘗試並不順利。

15 | ことがら【事柄】

㊔ 事情，情況，事態

例 重要な事柄。

重要的事情。

16 | さいしゅう【採集】

名・他サ 採集，搜集

例 植物採集に出掛ける。

出門採集植物標本。

17 | さい【差異】

㊔ 差異，差別

例 差異がない。

沒有差別。

18 | さとる【悟る】

他五 醒悟，覺悟，理解，認識；察覺，發覺，看破；(佛)悟道，了悟

例 真理を悟る。

領悟真理。

19 | しきる【仕切る】

他五・自五 隔開，間隔開，區分開；結帳，清帳；完結，了結

例 カーテンで部屋を仕切る。

用窗簾把房間隔開。

20 | しゅうしゅう【収集】

名・他サ 收集，蒐集

例 資料を収集する。

收集資料。

21 | しゅつげん【出現】

名・自サ 出現

例 新しい問題が出現した。

出現了新問題。

22 | しょうごう【照合】

(名·他サ) 對照，校對，核對（帳目等）

例 書類(しょるい)を照合(しょうごう)する。

核對文件。

23 | しょうだく【承諾】

(名·他サ) 承諾，應允，允許

例 承諾(しょうだく)を得(え)る。

得到承諾。

24 | しらべ【調べ】

(名) 調查；審問；檢查；（音樂的）演奏；調音；（音樂、詩歌）音調

例 調(しら)べを受(う)ける。

接受調查。

25 | せいぜん【整然】

(形動) 整齊，井然，有條不紊

例 整然(せいぜん)と並(なら)ぶ。

排得整整齊齊。

26 | せいだく【清濁】

(名) 清濁；（人的）正邪，善惡；清音和濁音

例 水(みず)の清濁(せいだく)を試験(しけん)する。

檢驗水的清濁。

27 | そなわる【具わる・備わる】

(自五) 具有，設有，具備

例 必要(ひつよう)なものが備(そな)わった。

必需品都已備齊。

28 | だいたい【大体】

(名·副) 大抵，概要，輪廓；大致，大部分；本來，根本

例 話(はなし)は大体(だいたい)わかった。

大概了解説話的內容。

29 | たいひ【対比】

(名·他サ) 對比，對照

例 両者(りょうしゃ)を対比(たいひ)する。

對照兩者。

30 | だかい【打開】

(名·他サ) 打開，開闢（途徑），解決（問題）

例 現状(げんじょう)を打開(だかい)する。

突破現狀。

30-3 (2)

30-3 理解 (2) /

理解 (2)

31 | たんけん【探検】

(名·他サ) 探險，探查

例 探検隊(たんけんたい)に参加(さんか)する。

加入探險隊。

32 | ついきゅう【追及】

(名·他サ) 追上，趕上；追究

例 真相(しんそう)を追究(ついきゅう)する。

探究真相。

33 | つじつま【辻褄】

(名) 邏輯，條理，道理；前後，首尾

例 つじつまを合(あ)わせる。

使其順理成章。

34 てきおう【適応】
名·自サ 適應，適合，順應
例 事態(じたい)に適応(てきおう)した処置(しょち)。
順應事情的狀態來處置。

35 てんけん【点検】
名·他サ 檢點，檢查
例 戸締(とじ)まりを点検(てんけん)する。
檢查門窗。

36 とげる【遂げる】
他下一 完成，實現，達到；終於
例 急成長(きゅうせいちょう)を遂(と)げる。
實現快速成長的目標。

37 ととのえる【整える・調える】
他下一 整理，整頓；準備；達成協議，談妥
例 支度(したく)を整(ととの)える。
準備就緒。

38 とりくむ【取り組む】
自五 (相撲)互相扭住；和…交手；開(匯票)；簽訂(合約)；埋頭研究
例 研究(けんきゅう)に取(と)り組(く)む。
埋首於研究。

39 とりわけ【取り分け】
名·副 分成份；(相撲)平局，平手；特別，格外，分外
例 今日(きょう)はとりわけ暑(あつ)い。
今天特別地熱。

40 なんか
副助 (推一個例子意指其餘)之類，等等，什麼的
例 お前(まえ)なんかにわかるもんか。
像你這種人能懂什麼。

41 ばくぜん【漠然】
形動 含糊，籠統，曖昧，不明確
例 漠然(ばくぜん)とした考(かんが)え。
籠統的想法。

42 ぶんさん【分散】
名·自サ 分散，開散
例 負荷(ふか)を分散(ぶんさん)する。
分散負荷。

43 ぶんべつ【分別】
名·他サ 分別，區別，分類
例 ごみの分別作業(ぶんべつさぎょう)。
垃圾的分類作業。

44 まるっきり
副 (「まるきり」的強調形式，後接否定語)完全，簡直，根本
例 まるっきり知(し)らない。
完全不知道。

45 めいはく【明白】
名·形動 明白，明顯
例 結果(けっか)は明白(めいはく)だ。
結果顯而易見。

46 | めいりょう【明瞭】

(形動) 明白，明瞭，明確

例 それは明瞭(めいりょう)な事実(じじつ)だ。

那是一樁明顯的事實。

47 | もさく【模索】

(名·自サ) 摸索；探尋

例 方法(ほうほう)を模索(もさく)する。

探詢方法。

48 | よういん【要因】

(名) 主要原因，主要因素

例 要因(よういん)を探(さぐ)る。

探詢主要原因。

49 | ようそう【様相】

(名) 樣子，情況，形勢；模樣

例 田舎(いなか)は様相(ようそう)を一変(いっぺん)した。

農村完全改變了面貌。

50 | よし【由】

(名) (文)緣故，理由；方法手段；線索；(所講的事情的)內容，情況；(以「…のよし」的形式)聽說

例 知(し)る由(よし)もない。

無從得知。

51 | よみとる【読み取る】

(自五) 領會，讀懂，看明白，理解

例 真意(しんい)を読(よ)み取(と)る。

理解真正的涵意。

52 | りょうかい【了解】

(名·他サ) 了解，理解；領會，明白；諒解

例 了解(りょうかい)しました。

明白了。

53 | るいじ【類似】

(名·自サ) 類似，相似

例 類似点(るいじてん)がある。

有相似之處。

54 | るい【類】

(名·接尾·漢造) 種類，類型，同類；類似

例 類(るい)は友(とも)を呼(よ)ぶ。

物以類聚。

30-4 (1)

30-4 知識 (1) /
知識 (1)

01 | あんじる【案じる】

(他上一) 掛念，擔心；(文)思索

例 父(ちち)の健康(けんこう)を案(あん)じる。

擔心父親的身體健康。

02 | いざしらず【いざ知らず】

(慣) 姑且不談；還情有可原

例 そのことはいざ知(し)らず。

那件事先姑且不談。

03 | いたって【至って】

(副·連語) (文)很，極，甚；(用「に至って」的形式)至，至於

例 至(いた)って健康(けんこう)だ。

非常健康。

04 | いちがいに【一概に】

㊙副 一概，一律，沒有例外地（常和否定詞相應）

例 一概(いちがい)に論(ろん)じられない。

無法一概而論。

05 | いちじるしい【著しい】

形 非常明顯；顯著地突出；顯然

例 著(いちじる)しい差異(さい)がある。

有很大差別。

06 | いちよう【一様】

名·形動 一樣；平常；平等

例 一様(いちよう)に取(と)り扱(あつか)う。

同樣對待。

07 | いちりつ【一律】

名 同樣的音律；一樣，一律，千篇一律

例 すべてを一律(いちりつ)に扱(あつか)う。

全部一視同仁。

08 | いろん【異論】

名 異議，不同意見

例 異論(いろん)を唱(とな)える。

提出不同意見。

09 | い【異】

名·形動 差異，不同；奇異，奇怪；別的，別處的

例 異(い)を唱(とな)える。

提出異議。

10 | うそつき【嘘つき】

名 説謊；説謊的人；吹牛的廣告

例 嘘(うそ)つきは泥棒(どろぼう)の始(はじ)まり。

小錯不改，大錯難改。

11 | おおすじ【大筋】

名 內容提要，主要內容，要點，梗概

例 事件(じけん)の大筋(おおすじ)。

事件的概要。

12 | おのずから【自ずから】

副 自然而然地，自然就

例 おのずから明(あき)らかになる。

真相自然得以大白。

13 | おのずと【自ずと】

副 自然而然地

例 おのずと分(わ)かってくる。

自然會明白。

14 | おぼえ【覚え】

名 記憶，記憶力；體驗，經驗；自信，信心；信任，器重；記事

例 覚(おぼ)えがない。

不記得；想不起。

15 | おもむき【趣】

名 旨趣，大意；風趣，雅趣；風格，韻味，景象；局面，情形

例 景色(けしき)に趣(おもむき)がある。

景色雅緻優美。

16 | おもんじる・おもんずる【重んじる・重んずる】

(他上一・他サ) 注重，重視；尊重，器重，敬重

例 名誉(めいよ)を重(おも)んじる。

注重名譽。

17 | おろか【愚か】

(形動) 智力或思考能力不足的樣子；不聰明；愚蠢，愚昧，糊塗

例 愚(おろ)かな行(おこな)い。

愚蠢的行為。

18 | がいせつ【概説】

(名·他サ) 概説，概述，概論

例 内容(ないよう)を概説(がいせつ)する。

概述內容。

19 | がいねん【概念】

(名) （哲）概念；概念的理解

例 概念(がいねん)をつかむ。

掌握概念。

20 | がいりゃく【概略】

(名·副) 概略，梗概，概要；大致，大體

例 概略(がいりゃく)を話(はな)す。

講述概要。

21 | かんけつ【簡潔】

(名·形動) 簡潔

例 簡潔(かんけつ)に述(の)べる。

簡潔陳述。

22 | かんてん【観点】

(名) 觀點，看法，見解

例 観点(かんてん)を変(か)える。

改變觀點。

23 | ぎのう【技能】

(名) 技能，本領

例 技能(ぎのう)を身(み)に付(つ)ける。

有一技之長。

24 | きゃっかん【客観】

(名) 客觀

例 客観的(きゃっかんてき)に言(い)う。

客觀地說。

25 | きゅうきょく【究極】

(名·自サ) 畢竟，究竟，最終

例 究極(きゅうきょく)の選択(せんたく)を迫(せま)られた。

被迫做出最終的選擇。

26 | きょうくん【教訓】

(名·他サ) 教訓，規戒

例 教訓(きょうくん)を得(え)る。

得到教訓。

27 | けがれ【汚れ】

(名) 污垢

例 汚(けが)れを洗(あら)い流(なが)す。

洗淨髒污。

28 | こうみょう【巧妙】

形動 巧妙

例 巧妙な手口ですり抜けられた。

被巧妙的手法給蒙混過去。

29 | ごさ【誤差】

名 誤差；差錯

例 誤差が生じる。

產生誤差。

30 | こつ

名 訣竅，技巧，要訣

例 コツをつかむ。

掌握要領。

30-4 (2)

30-4 知識 (2) /

知識 (2)

31 | ことに【殊に】

副 特別，格外

例 殊に重要である。

格外重要。

32 | ごもっとも【御尤も】

形動 對，正確；肯定

例 おっしゃることはごもっともです。

您說得沒錯。

33 | こんきょ【根拠】

名 根據

例 根拠にとぼしい。

缺乏根據。

34 | こんてい【根底】

名 根底，基礎

例 常識を根底から覆す。

徹底推翻常識。

35 | こんぽん【根本】

名 根本，根源，基礎

例 根本的な問題を解決する。

解決根本的問題。

36 | さいぜん【最善】

名 最善，最好；全力

例 最善を尽くす。

盡最大努力。

37 | さくご【錯誤】

名 錯誤；(主觀認識與客觀實際的)不相符，謬誤

例 時代錯誤も甚だしい。

極度不符合時代精神。

38 | しくみ【仕組み】

名 結構，構造；(戲劇，小說等)結構，劇情；企畫，計畫

例 仕組みを理解する。

瞭解計畫。

39 | しかしながら

接續 (「しかし」的強調)可是，然而；完全

例 しかしながら彼はまだ若い。

但是他還很年輕。

40 | じっしつ【実質】

(名) 實質，本質，實際的內容

例 彼が実質的なリーダーだ。

他才是真正的領導者。

41 | じつじょう【実情】

(名) 實情，真情；實際情況

例 実情を知る。

明白實情。

42 | じったい【実態】

(名) 實際狀態，實情

例 実態を調べる。

調查實際情況。

43 | じつ【実】

(名·漢造) 實際，真實；忠實，誠意；實質，實體；實的；籽

例 実の兄と再会する。

與親哥哥重逢。

44 | してん【視点】

(名) (畫)(遠近法的)視點；視線集中點；觀點

例 視点を変える。

改變觀點。

45 | しや【視野】

(名) 視野；(觀察事物的)見識，眼界，眼光

例 視野を広げる。

擴大視野。

46 | しゅかん【主観】

(名) (哲)主觀

例 主観に走る。

過於主觀。

47 | しゅし【趣旨】

(名) 宗旨，趣旨；(文章、說話的)主要內容，意思

例 趣旨に沿う。

符合主旨。

48 | しゅたい【主体】

(名) (行為，作用的)主體；事物的主要部分，核心；有意識的人

例 主体的な行動を促す。

促進主要的行動。

49 | しよう【仕様】

(名) 方法，辦法，作法

例 仕様がない。

沒有辦法。

50 | しんじつ【真実】

(名·形動·副) 真實，事實，實在；實在地

例 真実がわかる。

明白事實。

51 | しんそう【真相】

(名) (事件的)真相

例 真相を解明する。

弄清真相。

52 | しんり【真理】

㊔ 道理；合理；真理，正確的道理

例 真理を探究する。

探求真理。

53 | ずばり

㊙ 鋒利貌，喀嚓；（說話）一語道破，擊中要害，一針見血

例 ずばりと言い当てる。

一語道破。

54 | せいかい【正解】

(名·他サ) 正確的理解，正確答案

例 この問題の正解を求めよ。

請解出此題的正確答案。

55 | せいか【成果】

㊔ 成果，結果，成績

例 成果を挙げる。

取得成果。

56 | せいぎ【正義】

㊔ 正義，道義；正確的意思

例 正義の味方を求めている。

找尋正義的使者。

57 | せいじょう【正常】

(名·形動) 正常

例 正常な状態を保つ。

正常的狀態。

58 | せいとうか【正当化】

(名·他サ) 使正當化，使合法化

例 自分の行動を正当化する。

把自己的行為合理化。

59 | せいとう【正当】

(名·形動) 正當，合理，合法，公正

例 正当に評価する。

公正的評價。

60 | ぜんあく【善悪】

㊔ 善惡，好壞，良否

例 善悪を判断する。

判斷善惡。

30-4 (3)

30-4 知識 (3) /

知識 (3)

61 | センス【sense】

㊔ 感覺，官能，靈機；觀念；理性，理智；判斷力，見識，品味

例 センスがない。

沒品味。

62 | ぜんてい【前提】

㊔ 前提，前提條件

例 ～を前提として。

以…為前提。

63 | たくみ【巧み】

(名·形動) 技巧，技術；取巧，矯揉造作；詭計，陰謀；巧妙，精巧

例 巧みな手口に騙された。

被陰謀詭計給矇騙了。

64 | たやすい

㊮ 不難，容易做到，輕而易舉

例 たやすくできる。

容易做到。

65 | ちがえる【違える】

他下一 使不同，改變；弄錯，錯誤；扭到（筋骨）

例 順序を違える。

順序錯誤。

66 | ちせい【知性】

㊔ 智力，理智，才智，才能

例 知性にあふれる。

才氣洋溢。

67 | ちてき【知的】

形動 智慧的；理性的

例 知的財産権。

智慧財產權。

68 | つうじょう【通常】

㊔ 通常，平常，普通

例 通常どおり営業する。

如往常般營業。

69 | ていぎ【定義】

名·他サ 定義

例 敬語の用法を定義する。

給敬語的用法下定義。

70 | てぎわ【手際】

㊔（處理事情的）手法，技巧；手腕，本領；做出的結果

例 手際がいい。

手腕高明。

71 | とくぎ【特技】

㊔ 特別技能（技術）

例 特技を活かす。

發揮特殊技能。

72 | なだかい【名高い】

㊮ 有名，著名；出名

例 研究者として名高い。

以研究員的身份而聞名。

73 | なまなましい【生々しい】

㊮ 生動的；鮮明的；非常新的

例 生々しい体験談を語る。

講述彷彿令人身歷其境的經驗談。

74 | なみ【並・並み】

名·造語 普通，一般，平常；排列；同樣；每

例 並の人間には計算できない。

一般人是無法計算出來的。

75 | にかよう【似通う】

自五 類似，相似

例 似通った感じ。

類似的感覺。

76 | にせもの【にせ物】

㊔ 假冒者，冒充者，假冒的東西

例 偽物(にせもの)にまんまとだまされた。

不知道是假貨就這樣乖乖的受騙。

77 | にもかかわらず

(連語・接續) 雖然…可是；儘管…還是；儘管…可是

例 休日(きゅうじつ)にもかかわらず店内(てんない)は閑散(かんさん)としている。

儘管是休假日店內也很冷清。

78 | はあく【把握】

(名・他サ) 掌握，充分理解，抓住

例 状況(じょうきょう)を把握(はあく)する。

充分理解狀況。

79 | ばっちり

(副) 完美地，充分地

例 準備(じゅんび)はばっちりだ。

準備很充分。

80 | ひかん【悲観】

(名・自他サ) 悲觀

例 将来(しょうらい)を悲観(ひかん)する。

對將來感到悲觀。

81 | ひずみ【歪み】

㊔ 歪斜，曲翘；(喻)不良影響；(理)形變

例 政策(せいさく)のひずみを是正(ぜせい)する。

導正政策的失調。

82 | ひずむ

(自五) 變形，歪斜

例 心(こころ)が歪(ひず)む。

心態不正。

83 | ひとなみ【人並み】

(名・形動) 普通，一般

例 人並(ひとな)みの暮(く)らしがしたい。

想過普通人的生活。

84 | ぶつぎ【物議】

㊔ 群眾的批評

例 物議(ぶつぎ)を醸(かも)す。

引起群眾的批評。

85 | ふへん【普遍】

㊔ 普遍；(哲)共性

例 普遍的(ふへんてき)な真理(しんり)になるのだ。

成為普遍的真理。

86 | ふまえる【踏まえる】

(他下一) 踏，踩；根據，依據

例 要点(ようてん)を踏(ふ)まえる。

根據重點。

87 | ふめい【不明】

㊔ 不詳，不清楚；見識少，無能；盲目，沒有眼光

例 意識不明(いしきふめい)に陥(おちい)る。

陷入意識不明的狀態。

88 | へんけん【偏見】

㊔ 偏見，偏執

例 偏見を持つ。

持有偏見。

89 | ポイント【point】

㊔ 點，句點；小數點；重點；地點；(體)得分

例 ポイントを押さえる。

抓住要點。

30-4 (4)

30-4 知識 (4) /
知識 (4)

90 | ほうしき【方式】

㊔ 方式；手續；方法

例 方式を変える。

改變方式。

91 | ほんかく【本格】

㊔ 正式

例 本格的なフランス料理。

道地的法國料理。

92 | ほんしつ【本質】

㊔ 本質

例 本質を見抜く。

看破本質。

93 | ほんたい【本体】

㊔ 真相，本來面目；(哲)實體，本質；本體，主要部份

例 計略の本体を明かす。

揭露陰謀的真相。

94 | まこと【誠】

(名·副) 真實，事實；誠意，真誠，誠心；誠然，的確，非常

例 嘘か真かを評する。

評判是真還是假？

95 | まさしく

(副) 的確，沒錯；正是

例 これぞまさしく日本の夏だ。

這才是正宗的日本夏天啊。

96 | みおとす【見落とす】

(他五) 看漏，忽略，漏掉

例 間違いを見落とす。

漏看錯誤之處。

97 | みしらぬ【見知らぬ】

(連體) 未見過的

例 見知らぬ人に声をかけられた。

被陌生人搭話。

98 | みち【未知】

㊔ 未定，不知道，未決定

例 未知の世界に飛び込む。

闖入未知的世界。

99 | むいみ【無意味】

(名·形動) 無意義，沒意思，沒價值，無聊

例 無意味な行動をする。

做無謂的行動。

100 | むち【無知】
㊔ 沒知識，無智慧，愚笨

例 相手の無知につけ込む。

抓住對手的弱點。

101 | もくろみ【目論見】
㊔ 計畫，意圖，企圖

例 もくろみが外れる。

計畫落空。

102 | ややこしい
㊫ 錯綜複雜，弄不明白的樣子，費解，繁雜

例 ややこしい問題を解く。

解開錯綜複雜的問題。

103 | ゆがむ【歪む】
(自五) 歪斜，歪扭；(性格等)乖僻，扭曲

例 顔がゆがむ。

臉扭曲。

104 | ようしき【様式】
㊔ 樣式，方式；一定的形式，格式；(詩、建築等)風格

例 様式にこだわる。

嚴格要求格式。

105 | ようほう【用法】
㊔ 用法

例 用法を把握する。

掌握用法。

106 | よかん【予感】
(名·他サ) 預感，先知，預兆

例 いやな予感がする。

有不祥的預感。

107 | よって
(接續) 因此，所以

例 これによって無罪とする。

因此獲判無罪。

108 | よほど【余程】
㊓ 頗，很，相當，在很大程度上；很想…，差一點就…

例 よほどの技術がないと無理だ。

沒有相當技術是辦不到的。

109 | りくつ【理屈】
㊔ 理由，道理；(為堅持己見而捏造的)歪理，藉口

例 理屈をこねる。

強詞奪理。

110 | りてん【利点】
㊔ 優點，長處

例 利点を活かす。

活用長處。

111 | りょうしき【良識】
㊔ 正確的見識，健全的判斷力

例 良識を疑う。

懷疑是否有健全的判斷力。

112 | りろん【理論】

㊔ 理論

例 理論(りろん)を述(の)べる。

闡述理論。

113 | ろんり【論理】

㊔ 邏輯；道理，規律；情理

例 論理性(ろんりせい)を欠(か)く。

欠缺邏輯性。

● 30-5 (1)

30-5 言語 (1) / 語言 (1)

01 | あてじ【当て字】

㊔ 借用字，假借字；別字

例 当(あ)て字(じ)を書(か)く。

寫假借字。

02 | いちじちがい【一字違い】

㊔ 錯一個字

例 一字違(いちじちが)いで大違(おおちが)い。

錯一個字便大不同。

03 | かく【画】

㊔ (漢字的)筆劃

例 11 画(かく)の漢字(かんじ)を使(つか)う。

使用 11 劃的漢字。

04 | かたこと【片言】

㊔ (幼兒，外國人的)不完全的詞語，隻字片語，單字羅列；一面之詞

例 片言(かたこと)の日本語(にほんご)。

隻字片語的日語。

05 | かんご【漢語】

㊔ 中國話；音讀漢字

例 漢語(かんご)を用(もち)いる。

使用漢語。

06 | かんよう【慣用】

名・他サ 慣用，慣例

例 慣用的(かんようてき)な表現(ひょうげん)。

慣用的表現方式。

07 | げんぶん【原文】

㊔ (未經刪文或翻譯的)原文

例 原文(げんぶん)を翻訳(ほんやく)する。

翻譯原文。

08 | ごい【語彙】

㊔ 詞彙，單字

例 語彙(ごい)を増(ふ)やす。

增加單字量。

09 | ごく【語句】

㊔ 語句，詞句

例 よく使(つか)う語句(ごく)を登録(とうろく)する。

收錄經常使用的語句。

10 | ごげん【語源】

㊔ 語源，詞源

例 語源(ごげん)を調(しら)べる。

查詢詞彙來源。

11 | じたい【字体】

㊔ 字體；字形

例 字体（じたい）を変（か）える。

變換字體。

12 | じどうし【自動詞】

㊔ (語法)自動詞

例 自動詞（じどうし）の活用（かつよう）を覚（おぼ）える。

記住自動詞的活用。

13 | しゅうしょく【修飾】

名·他サ 修飾，裝飾；(文法)修飾

例 名詞（めいし）を修飾（しゅうしょく）する。

修飾名詞。

14 | じょし【助詞】

㊔ (語法)助詞

例 助詞（じょし）を間違（まちが）える。

弄錯助詞。

15 | じょどうし【助動詞】

㊔ (語法)助動詞

例 助動詞（じょどうし）の役割（やくわり）を担（にな）う。

起助動詞的作用。

16 | すうし【数詞】

㊔ 數詞

例 数詞（すうし）をつける。

加上數詞。

17 | せいめい【姓名】

㊔ 姓名

例 姓名（せいめい）を名乗（なの）る。

自報姓名。

18 | せつぞくし【接続詞】

㊔ 接續詞，連接詞

例 接続詞（せつぞくし）を間違（まちが）える。

接續詞錯誤。

19 | だいする【題する】

他サ 題名，標題，命名；題字，題詞

例 「資本論（しほんろん）」と題（だい）する著作（ちょさく）。

以「資本論」為題的著作。

20 | だいべん【代弁】

名·他サ 替人辯解，代言

例 友人（ゆうじん）の代弁（だいべん）をする。

替朋友辯解。

21 | たどうし【他動詞】

㊔ 他動詞，及物動詞

例 他動詞（たどうし）は目的語（もくてきご）を取（と）る。

他動詞必須有受詞。

30-5 言語 (2) / 語言 (2)

22 | ちょくやく【直訳】

名·他サ 直譯

例 英語(えいご)の文(ぶん)を直訳(ちょくやく)する。

直譯英文的文章。

23 | つかいこなす【使いこなす】

他五 運用自如，掌握純熟

例 日本語(にほんご)を使(つか)いこなす。

日語能運用自如。

24 | つづり【綴り】

名 裝訂成冊；拼字，拼音

例 書類(しょるい)の綴(つづ)りを出(だ)した。

取出裝訂成冊的文件。

25 | ていせい【訂正】

名·他サ 訂正，改正，修訂

例 内容(ないよう)を訂正(ていせい)する。

修訂內容。

26 | と

格助·並助（接在助動詞「う、よう、まい」之後，表示逆接假定前題）不管…也，即使…也；（表示幾個事物並列）和

例 なんと言(い)われようと構(かま)わない。

不管誰說什麼都不在乎。

27 | どうじょう【同上】

名 同上，同上所述

例 同上(どうじょう)の理由(りゆう)により。

基於同上的理由。

28 | とくめい【匿名】

名 匿名

例 匿名(とくめい)の手紙(てがみ)が届(とど)いた。

收到匿名信。

29 | なづけおや【名付け親】

名（給小孩）取名的人；（某名稱）第一個使用的人

例 新製品(しんせいひん)の名付(なづ)け親(おや)は娘(むすめ)だ。

新商品的命名者是女兒。

30 | なづける【名付ける】

他下一 命名；叫做，稱呼為

例 子供(こども)に名付(なづ)ける。

給孩子取名字。

31 | なふだ【名札】

名（掛在門口的、行李上的）姓名牌，（掛在胸前的）名牌

例 名札(なふだ)をつける。

戴名牌。

32 | ならす【慣らす】

他五 使習慣，使適應

例 体(からだ)を慣(な)らす。

使身體習慣。

33 | ならびに【並びに】

接續 (文)和，以及

例 氏名並びに電話番号。

姓名與電話號碼。

34 | ぶんご【文語】

名 文言；文章語言，書寫語言

例 文語を使う。

使用文言文。

35 | ほんみょう【本名】

名 本名，真名

例 本名を名乗る。

報上真名。

36 | マーク【mark】

名·他サ (劃)記號，符號，標記；商標；標籤，標示，徽章

例 マークを付ける。

作上記號。

37 | まえおき【前置き】

名 前言，引言，序語，開場白

例 前置きが長い。

開場白冗長。

38 | めいしょう【名称】

名 名稱(一般指對事物的稱呼)

例 名称を変える。

改變名稱。

39 | よびすて【呼び捨て】

名 光叫姓名(不加「様」、「さん」、「君」等敬稱)

例 人を呼び捨てにする。

直呼別人的名(姓)。

40 | りゃくご【略語】

名 略語；簡語

例 略語を濫用する。

濫用略語。

41 | ろうどく【朗読】

名·他サ 朗讀，朗誦

例 詩を朗読する。

朗讀詩句。

42 | わぶん【和文】

名 日語文章，日文

例 和文英訳の仕事を依頼する。

委托日翻英的工作。

30-6 (1)

30-6 表現 (1) / 表達 (1)

01 | あかす【明かす】

他五 説出來；揭露；過夜，通宵；證明

例 秘密を明かす。

揭露祕密。

02 | ありのまま

名·形動·副 據實；事實上，實事求是

例 ありのままを話す。

説出實情。

03｜いいはる【言い張る】

(他五) 堅持主張，固執己見

例 知らないと言い張る。

堅稱不知情。

04｜いいわけ【言い訳】

(名·自サ) 辯解，分辯；道歉，賠不是；語言用法上的分別

例 知らなかったと言い訳する。

辯說不知情。

05｜いきごむ【意気込む】

(自五) 振奮，幹勁十足，踴躍

例 意気込んで参加する。

鼓足幹勁參加。

06｜うったえ【訴え】

(名) 訴訟，控告；訴苦，申訴

例 訴えを退ける。

撤銷訴訟。

07｜うながす【促す】

(他五) 促使，促進

例 注意を促す。

提醒注意。

08｜エスカレート【escalate】

(名·自他サ) 逐步上升，逐步升級

例 紛争がエスカレートする。

衝突與日俱增。

09｜えんかつ【円滑】

(名·形動) 圓滑；順利

例 運営が円滑に進む。

順利經營。

10｜えんきょく【婉曲】

(形動) 婉轉，委婉

例 婉曲に断る。

委婉拒絕。

11｜オーケー【OK】

(名·自サ·感) 好，行，對，可以；同意

例 先方のオーケーを取る。

取得對方的同意。

12｜おおい

(感)（在遠方要叫住他人）喂，嗨（亦可用「おい」）

例 おおい、ここだ。

喂！在這裡啦。

13｜おおげさ

(形動) 做得或說得比實際誇張的樣子；誇張，誇大

例 おおげさに言う。

誇大其詞。

14｜おせじ【お世辞】

(名) 恭維（話），奉承（話），獻殷勤的（話）

例 お世辞を言う。

說客套話。

15 | かいだん【会談】

(名·自サ) 面談，會談；(特指外交等)談判

例 会談を打ち切る。

中止會談。

16 | かかげる【掲げる】

(他下一) 懸，掛，升起；舉起，打著；挑，掀起，撩起；刊登，刊載；提出，揭出，指出

例 目標を掲げる。

高舉目標。

17 | かきとる【書き取る】

(他五) (把文章字句等)記下來，紀錄，抄錄

例 要点を書き取る。

記錄下要點。

18 | かわす【交わす】

(他五) 交，交換；交結，交叉，互相…

例 言葉を交わす。

交談。

19 | きかく【企画】

(名·他サ) 規劃，計畫

例 旅行を企画する。

計畫去旅行。

20 | きさい【記載】

(名·他サ) 刊載，寫上，刊登

例 結果を記載する。

記錄結果。

21 | きめい【記名】

(名·自サ) 記名，簽名

例 無記名で提出する。

以不記名方式提出。

22 | きゃくしょく【脚色】

(名·他サ) (小説等)改編成電影或戲劇；添枝加葉，誇大其詞

例 話を映画に脚色する。

把故事改編成電影。

23 | きょうめい【共鳴】

(名·自サ) (理)共鳴，共振；共鳴，同感，同情

例 共鳴を呼ぶ。

引起共鳴。

24 | ぐちゃぐちゃ

(副) (因飽含水分)濕透；出聲咀嚼；抱怨，發牢騷的樣子

例 ぐちゃぐちゃと文句を言う。

不斷抱怨。

25 | けなす【貶す】

(他五) 譏笑，貶低，排斥

例 他社商品をけなす。

貶低其他公司的商品。

26 | げんろん【言論】

(名) 言論

例 言論の自由を保障する。

保障言論自由。

27 | こうぎ【抗議】

(名·自サ) 抗議

例 審判(しんぱん)に抗議(こうぎ)する。

對判決提出抗議。

28 | こうとう【口頭】

(名) 口頭

例 口頭(こうとう)で説明(せつめい)する。

口頭説明。

29 | こくはく【告白】

(名·他サ) 坦白，自白；懺悔；坦白自己的感情

例 好(す)きな人(ひと)に告白(こくはく)する。

向喜歡的人告白。

30 | ございます

(自·特殊型) 有；在；來；去

例 お探(さが)しの商品(しょうひん)はこちらにございます。

您要的商品在這邊。

30-6 (2)

30-6 表現 (2) /

表達 (2)

31 | こちょう【誇張】

(名·他サ) 誇張，誇大

例 誇張(こちょう)して表現(ひょうげん)する。

表現誇張。

32 | ごまかす

(他五) 欺騙，欺瞞，蒙混，愚弄；蒙蔽，掩蓋，搪塞，敷衍；作假，搗鬼，舞弊，侵吞(金錢等)

例 年(とし)をごまかす。

年齡作假。

33 | コメント【comment】

(名·自サ) 評語，解説，註釋

例 ノーコメントを貫(つらぬ)いてきた。

堅持一切均無可奉告。

34 | ごらんなさい【御覧なさい】

(敬) 看，觀賞

例 お手本(てほん)をよくご覧(らん)なさい。

請仔細看範本。

35 | さ

(終助) 向對方強調自己的主張，説法較隨便；(接疑問詞後)表示抗議、追問的語氣；(插在句中)表示輕微的叮嚀

例 僕(ぼく)だってできるさ。

我也會做啊。

36 | さいげん【再現】

(名·自他サ) 再現，再次出現，重新出現

例 事件(じけん)の状況(じょうきょう)を再現(さいげん)する。

重現案發現場。

37 | さけび【叫び】

(名) 喊叫，尖叫，呼喊

例 叫(さけ)び声(ごえ)が聞(き)こえた。

聽到尖叫聲。

38 | ざつだん【雑談】

(名·自サ) 閒談，說閒話，閒聊天

例 雑談にふける。

聊得很起勁。

39 | さんび【賛美】

(名·他サ) 讚美，讚揚，歌頌

例 口をそろえて賛美する。

異口同聲稱讚。

40 | しつぎ【質疑】

(名·自サ) 質疑，疑問，提問

例 論文の質疑応答は英語により行う。

以英語回答對論文的質疑。

41 | してき【指摘】

(名·他サ) 指出，指摘，揭示

例 弱点を指摘する。

指出弱點。

42 | しょうげん【証言】

(名·他サ) 證言，證詞，作證

例 法廷で証言する。

出庭作證。

43 | しょうさい【詳細】

(名·形動) 詳細

例 詳細に述べる。

詳細描述。

44 | しょうする【称する】

(他サ) 稱做名字叫…；假稱，偽稱；稱讚

例 病気と称して会社を休む。

謊稱生病向公司請假。

45 | じょげん【助言】

(名·自サ) 建議，忠告；從旁教導，出主意

例 助言を与える。

給予勸告。

46 | しるす【記す】

(他五) 寫，書寫；記述，記載；記住，銘記

例 氏名を記す。

寫上姓名。

47 | しれい【指令】

(名·他サ) 指令，指示，通知，命令

例 指令が下る。

下達命令。

48 | すいしん【推進】

(名·他サ) 推進，推動

例 積極的に推進する。

大力推動。

49 | すすめ【勧め】

(名) 規勸，勸告，勸誡；鼓勵；推薦

例 医者の勧めに従う。

聽從醫師的勸告。

50 | すべる【滑る】

(自五) 滑行；滑溜，打滑；(俗)不及格，落榜；失去地位，讓位；説溜嘴，失言

例 言葉が滑る。

説錯話。

51 | すらすら

(副) 痛快的，流利的，流暢的，順利的

例 日本語ですらすらと話す。

用日文流利的説話。

52 | せいめい【声明】

(名·自サ) 聲明

例 声明を発表する。

發表聲明。

53 | せじ【世辞】

(名) 奉承，恭維，巴結

例 (お)世辞がうまい。

善於奉承。

54 | せっとく【説得】

(名·他サ) 説服，勸導

例 説得に負ける。

被説服。

55 | せんげん【宣言】

(名·他サ) 宣言，宣布，宣告

例 独立を宣言する。

宣佈獨立。

56 | たいけん【体験】

(名·他サ) 體驗，體會，(親身)經驗

例 体験を生かす。

活用經驗。

57 | たいだん【対談】

(名·自サ) 對談，交談，對話

例 対談中、笑いが止まらなかった。

面談中笑聲不斷。

58 | たいわ【対話】

(名·自サ) 談話，對話，會話

例 対話がうまい。

善於交談。

59 | たとえ

(名·副) 比喻，譬喻；常言，寓言；(相似的)例子

例 例えを引く。

舉例。

60 | だまりこむ【黙り込む】

(自五) 沉默，緘默

例 急に黙り込んだ。

突然安靜下來。

30-6 表現 (3) / 表達(3)

61 | ちゅうこく【忠告】

名·自サ 忠告，勸告

例 忠告を聞き入れる。

接受忠告。

62 | ちゅうじつ【忠実】

名·形動 忠實，忠誠；如實，照原樣

例 忠実に再現する。

如實呈現。

63 | ちんもく【沈黙】

名·自サ 沈默，默不作聲，沈寂

例 沈黙を破る。

打破沈默。

64 | つげぐち【告げ口】

名·他サ 嚼舌根，告密，搬弄是非

例 先生に告げ口をする。

向老師打小報告。

65 | つづる【綴る】

他五 縫上，連綴；裝訂成冊；(文)寫，寫作；拼字，拼音

例 着物の破れを綴る。

縫補和服的破洞。

66 | ていきょう【提供】

名·他サ 提供，供給

例 情報を提供する。

提供情報。

67 | ていさい【体裁】

名 外表，樣式，外貌；體面，體統；(應有的)形式，局面

例 体裁を繕う。

裝飾門面。

68 | ていじ【提示】

名·他サ 提示，出示

例 証明書を提示する。

提出證明。

69 | でんたつ【伝達】

名·他サ 傳達，轉達

例 伝達事項をお知らせします。

傳遞轉達事項。

70 | てんで

副 (後接否定或消極語)絲毫，完全，根本；(俗)非常，很

例 話しがてんで違う。

內容完全不同。

71 | どうやら

副 好歹，好不容易才…；彷彿，大概

例 どうやら明日も雨らしい。

明天大概會下雨。

72 | とうろん【討論】

名·自サ 討論

例 討論に加わる。

參與討論。

73 | とう【問う】

(他五) 問，打聽；問候；徵詢；做為問題(多用否定形)；追究；問罪

例 選挙(せんきょ)で民意(みんい)を問(と)う。

以選舉徵詢民意。

74 | とく【説く】

(他五) 説明；説服，勸；宣導，提倡

例 説法(せっぽう)を説(と)く。

説明道理。

75 | どころか

(接續·接助) 然而，可是，不過；(用「…たところが的形式」)一…，剛要…

例 他人(たにん)どころか家族(かぞく)さえも～。

不用説是旁人了，就連家人也…。

76 | となえる【唱える】

(他下一) 唸，頌；高喊；提倡；提出，聲明；喊價，報價

例 スローガンを唱(とな)える。

高喊口號。

77 | とりいそぎ【取り急ぎ】

(副)(書信用語)急速，立即，趕緊

例 取(と)り急(いそ)ぎご返事(へんじ)申(もう)し上(あ)げます。

謹此奉覆。

78 | なにげない【何気ない】

(形) 沒什麼明確目的或意圖而行動的樣子；漫不經心的；無意的

例 何気(なにげ)ない一言(ひとこと)。

無心的一句話。

79 | なにとぞ【何とぞ】

(副) (文)請；設法，想辦法

例 何卒宜(なにとぞよろ)しくお願(ねが)いします。

務必請您多多指教。

80 | なにより【何より】

(連語·副) 沒有比這更…；最好

例 お元気(げんき)で何(なに)よりです。

您能身體健康比什麼都重要。

81 | ナンセンス【nonsense】

(名·形動) 無意義的，荒謬的，愚蠢的

例 ナンセンスなことを言(い)う。

廢話。

82 | なんなり(と)

(連語·副) 無論什麼，不管什麼

例 なんなりとお申(もう)し付(つ)け下(くだ)さい。

無論什麼事您儘管吩咐。

83 | ニュアンス【(法)nuance】

(名) 神韻，語氣；色調，音調；(意義、感情等)微妙差別，(表達上的)細膩

例 言葉(ことば)のニュアンスが違(ちが)う。

詞義有細微的差別。

84 | ねだる

(他五) 賴著要求；勒索，纏著，強求

例 小遣(こづか)いをねだる。

鬧著要零用錢。

85 | はくじょう【白状】

(名·他サ) 坦白，招供，招認，認罪

例 犯人が白状する。

嫌犯招供了。

86 | ばくろ【暴露】

(名·自他サ) 曝曬，風吹日曬；暴露，揭露，洩漏

例 秘密を暴露する。

洩漏秘密。

87 | はつげん【発言】

(名·自サ) 發言

例 発言を求める。

要求發言。

88 | はなはだ【甚だ】

(副) 很，甚，非常

例 成績が甚だ悪い。

成績非常差。

89 | ばれる

(自下一) (俗)暴露，散露；破裂

例 うそがばれる。

揭穿謊言。

90 | ひいては

(副) 進而

例 国のため、ひいては世界のために。

為了國家，進而為了世界。

30-6 表現 (4) /

表達 (4)

91 | ひなん【非難】

(名·他サ) 責備，譴責，責難

例 非難を浴びる。

遭到責備。

92 | ひやかす【冷やかす】

(他五) 冰鎮，冷卻，使變涼；嘲笑，開玩笑；只問價錢不買

例 そう冷やかすなよ。

不要那麼挖苦。

93 | ひょっと

(副) 突然，偶然

例 ひょっと口に出す。

不經意說出口。

94 | ひょっとして

(連語·副) 該不會是，萬一， 一旦，如果

例 ひょっとして道に迷ったら大変だ。

萬一迷路就糟糕了。

95 | ひょっとすると

(連語·副) 也許，或許，有可能

例 ひょっとするとあの人が犯人かもしれない。

那個人也許就是犯人。

96 | ふこく【布告】

名·他サ 佈告，公告；宣告，宣布

例 宣戦を布告する。

宣戰。

97 | ふひょう【不評】

名 聲譽不佳，名譽壞，評價低

例 不評を買う。

獲得不好的評價。

98 | プレゼン【presentation 之略】

名 簡報；(對音樂等的)詮釋

例 新企画のプレゼンをする。

進行新企畫的簡報。

99 | ぺこぺこ

名·自サ·形動副 癟，不鼓；空腹；諂媚

例 ぺこぺこして謝る。

叩頭作揖地道歉。

100 | へりくだる

自五 謙虛，謙遜，謙卑

例 へりくだった表現。

謙虛的表現。

101 | べんかい【弁解】

名·自他サ 辯解，分辯，辯明

例 弁解の余地が無い。

沒有辯解的餘地。

102 | へんとう【返答】

名·他サ 回答，回信，回話

例 返答に困る。

不知道如何回答。

103 | べんろん【弁論】

名·自サ 辯論；(法)辯護

例 弁論大会に出場する。

參加辯論大會。

104 | ぼやく

自他五 發牢騷

例 安い給料をぼやく。

抱怨薪水低。

105 | まぎらわしい【紛らわしい】

形 因為相像而容易混淆；以假亂真的

例 紛らわしいことをする。

以假亂真。

106 | まことに【誠に】

副 真，誠然，實在

例 誠に申し訳ございません。

實在非常抱歉。

107 | みせびらかす【見せびらかす】

他五 炫耀，賣弄，顯示

例 見せびらかして自慢する。

驕傲的炫耀。

108 | むごん【無言】

㊔ 無言，不説話，沈默

例 無言でうなずく。

默默地點頭。

109 | むろん【無論】

㊓ 當然，不用説

例 無論心配は要りません。

當然無須擔心。

110 | もうしいれる【申し入れる】

(他下一) 提議，(正式)提出

例 援助を申し入れる。

申請援助。

111 | もうしこみ【申し込み】

㊔ 提議，提出要求；申請，應徵，報名；預約

例 申し込みの締め切り。

報名期限。

112 | もうしでる【申し出る】

(他下一) 提出，申述，申請

例 申し出てください。

請提出申請。

113 | もうしで【申し出】

㊔ 建議，提出，聲明，要求；(法)申訴

例 申し出の順に処理する。

依申請順序處理。

114 | もらす【漏らす】

(他五) (液體、氣體、光等)漏，漏出；(秘密等)洩漏；遺漏；發洩；尿褲子

例 秘密を漏らす。

洩漏秘密。

115 | ユニーク【unique】

(形動) 獨特而與其他東西無雷同之處；獨到的，獨自的

例 ユニークな発想をする。

獨到的想法。

116 | ようけん【用件】

㊔ (應辦的)事情；要緊的事情；事情的內容

例 用件を述べる。

陳述事情內容。

117 | よっぽど

㊓ (俗)很，頗，大量；在很大程度上；(以「よっぽど…ようと思った」形式)很想…，差一點就…

例 よっぽど好きだね。

你真的很喜歡呢。

118 | よびとめる【呼び止める】

(他下一) 叫住

例 警察に呼び止められる。

被警察叫住。

119 | よみあげる【読み上げる】

(他下一) 朗讀；讀完

例 判決文を読み上げる。

朗讀判決書。

120 | よろん・せろん【世論・世論】
㊔ 輿論

例 世論(よろん)を無視(むし)する。

無視於輿論。

121 | リップサービス【lip service】
㊔ 口惠，口頭上説好聽的話

例 リップサービスが上手(じょうず)だ。

擅於説好聽的話。

122 | りょうしょう【了承】
(名·他サ) 知道，曉得，諒解，體察

例 ご了承下(りょうしょうくだ)さい。

請您見諒。

123 | ろんぎ【論議】
(名·他サ) 議論，討論，辯論，爭論

例 論議(ろんぎ)が盛(さか)んだ。

激烈爭辯。

124 | わるいけど【悪いけど】
(慣) 不好意思，但…，抱歉，但是…

例 悪(わる)いけど、金貸(かねか)して。

不好意思，借錢給我。

30-7 文書、出版物 / 文章文書、出版物

01 | うつし【写し】
㊔ 拍照，攝影；抄本，摹本，複製品

例 住民票(じゅうみんひょう)の写(うつ)しを持参(じさん)する。

帶上戶籍謄本影本。

02 | うわがき【上書き】
(名·自サ) 寫在(信件等)上(的文字)；(電腦用語)數據覆蓋

例 荷物(にもつ)の上書(うわが)きを確(たし)かめる。

核對貨物上的收件人姓名及地址。

03 | えいじ【英字】
㊔ 英語文字(羅馬字)；英國文學

例 毎朝英字新聞(まいあさえいじしんぶん)を読(よ)む。

每天閱讀英文報。

04 | えつらん【閲覧】
(名·他サ) 閱覽；查閱

例 新聞(しんぶん)を閲覧(えつらん)する。

閱覽報紙。

05 | おうぼ【応募】
(名·自サ) 報名參加；認購(公債，股票等)，認捐；投稿應徵

例 求人(きゅうじん)に応募(おうぼ)する。

應徵求才職缺。

06 | かじょうがき【箇条書き】

㊔ 逐條地寫，引舉，列舉

例 箇条書きで記す。

逐條記錄。

07 | かんこう【刊行】

(名·他サ) 刊行；出版，發行

例 雑誌を刊行する。

發行雜誌。

08 | きかん【季刊】

㊔ 季刊

例 季刊誌。

季刊。

09 | けいぐ【敬具】

㊔ (文)敬啟，謹具

例 拝啓と敬具。

敬啟與謹具。

10 | けいさい【掲載】

(名·他サ) 刊登，登載

例 雑誌に掲載する。

刊登在雜誌上。

11 | げんしょ【原書】

㊔ 原書，原版本；(外語的)原文書

例 英語の原書を読む。

閱讀英文原文書。

12 | げんてん【原典】

㊔ (被引證，翻譯的)原著，原典，原來的文獻

例 原典を引用する。

引用原著。

13 | こうどく【講読】

(名·他サ) 講解(文章)

例 源氏物語を講読する。

講解源氏物語。

14 | こうどく【購読】

(名·他サ) 訂閱，購閱

例 雑誌を購読する。

訂閱雜誌。

15 | さんしょう【参照】

(名·他サ) 參照，參看，參閱

例 別紙を参照して下さい。

請參閱其他文件。

16 | しゅだい【主題】

㊔ (文章、作品、樂曲的)主題，中心思想

例 映画の主題歌を書き下ろす。

新寫電影的主題曲。

17 | しょはん【初版】

㊔ (印刷物，書籍的)初版，第一版

例 初版を発行する。

發行書籍。

18｜しょひょう【書評】

㊔ 書評（特指對新刊的評論）

例 書評を書く。

撰寫書評。

19｜しょ【書】

名·漢造 書，書籍；書法；書信；書寫；字述；五經之一

例 書を習う。

學習書法。

20｜ぜっぱん【絶版】

㊔ 絕版

例 絶版にする。

不再出版。

21｜そうかん【創刊】

名·他サ 創刊

例 創刊号が書店に並ぶ。

書店陳列著創刊號。

22｜ださく【駄作】

㊔ 拙劣的作品，無價值的作品

例 駄作映画がヒットした。

拙劣的電影竟然大賣。

23｜ちょうへん【長編】

㊔ 長篇；長篇小說

例 長編小説に挑む。

挑戰撰寫長篇小說。

24｜ちょしょ【著書】

㊔ 著書，著作

例 著書を出す。

發表著作。

25｜ちょ【著】

名·漢造 著作，寫作；顯著

例 著名な音楽家を招く。

邀請赫赫有名的音樂家。

26｜でんき【伝記】

㊔ 傳記

例 伝記を書く。

寫傳記。

27｜とじる【綴じる】

他上一 訂起來，訂綴；（把衣的裡和面）縫在一起

例 資料を綴じる。

裝訂資料。

28｜ねんかん【年鑑】

㊔ 年鑑

例 年鑑を発行する。

發行年鑑。

29｜はいけい【拝啓】

㊔（寫在書信開頭的）敬啟者

例「拝啓」と「敬具」。

「敬啟者」與「謹具」。

30 | はん・ばん【版】

(名·漢造) 版；版本，出版；版圖

例 保存版(ほぞんばん)にする。

作為保存版。

31 | ふろく【付録】

(名·他サ) 附錄；臨時增刊

例 付録(ふろく)をつける。

附加附錄。

32 | ぶんしょ【文書】

(名) 文書，公文，文件，公函

例 文書(ぶんしょ)を校正(こうせい)する。

校對文件。

33 | ベストセラー【bestseller】

(名) （某一時期的）暢銷書

例 ベストセラーになる。

成為暢銷書。

34 | ほんぶん【本文】

(名) 本文，正文

例 本文(ほんぶん)を参照(さんしょう)せよ。

請參看正文。

35 | まとめ【纏め】

(名) 總結，歸納；匯集；解決，有結果；達成協議；調解（動詞為「纏める」）

例 一年間(いちねんかん)の総(そう)まとめ。

一年的總結。

36 | ミスプリント【misprint】

(名) 印刷錯誤，印錯的字

例 ミスプリントを訂正(ていせい)する。

訂正印刷錯誤。

37 | めいぼ【名簿】

(名) 名簿，名冊

例 同窓会名簿(どうそうかいめいぼ)が届(とど)いた。

收到同學會名冊。

38 | もくろく【目録】

(名) （書籍目錄的）目次；（圖書、財產、商品的）目錄；（禮品的）清單

例 目録(もくろく)を進呈(しんてい)する。

呈上目錄。

日檢智庫26

絕對合格！新制日檢 情境分類必勝單字

[25K+MP3]

■ 發行人／林德勝

■ 著者／吉松由美、田中陽子、西村惠子、千田晴夫、
山田社日檢題庫小組

■ 出版發行／山田社文化事業有限公司
地址　臺北市大安區安和路一段112巷17號7樓
電話　02-2755-7622　02-2755-7628
傳真　02-2700-1887

■ 郵政劃撥／19867160號　大原文化事業有限公司

■ 總經銷／聯合發行股份有限公司
地址　新北市新店區寶橋路235巷6弄6號2樓
電話　02-2917-8022
傳真　02-2915-6275

■ 印刷／上鎰數位科技印刷有限公司

■ 法律顧問／林長振法律事務所　林長振律師

■ 書+MP3／定價　新台幣 399 元

■ 初版／2019年 04 月

© ISBN : 978-986-246-537-0